Die Assistentin des Sisyphus

Landschaft einer Anderen

Roman

Von Marbie Stoner

Inhaltsverzeichnis

Buchbeschreibung

Katharina, Einzelgängerin, 29 Jahre und Motorradfahrerin, ist Krankenschwester mit einer speziellen Persönlichkeit in ungewöhnlicher seelischer Landschaft. In emotionaler Abhängigkeit steht sie unter dem Einfluss ihrer lesbischen Schwester Florentine, einer Staatsanwältin am Frankfurter Amtsgericht. Bei einer Tour in den Schweizer Bergen begegnet sie dem Mythos Sisyphus und lernt seine Deutung des Steineschiebens in einem Menschenleben kennen: Menschen dürfen durch die moderne Medizin nicht von ihrem Fels getrennt werden.

Fortan bestimmt der Mythos ihr Denken und Handeln mit dem Ziel, den Menschen durch aktive Sterbehilfe wieder zu ihrem Stein zu verhelfen.

Plötzlich sterben Menschen in Katharinas Umfeld, auf deren Tod schon gewartet wird. Ihr Vater – verwahrlost im Finalzustand seiner Alkoholkrankheit – soll im Pflegeheim zum Sterben untergebracht werden. Weder sie noch der Vater stimmen der Entscheidung zu, doch die Schwester und ihre Mutter drängen darauf.

In dieser Situation lernt sie Christoph kennen. Auch er muss eine schwierige Entscheidung treffen. Seit einem Motorradunfall liegt seine Frau in einem Pflegeheim im Wachkoma. Er will, dass die lebensverlängernden Maßnahmen eingestellt werden, trifft allerdings auf massiven Widerstand in der Pflegeeinrichtung.

Katharina und Christoph – zwei Bedürftige begegnen sich und klammern sich hilfesuchend aneinander. Wird ihre Liebesbeziehung den außergewöhnlichen Belastungen gewachsen sein?

Der Roman soll dazu bewegen, über schwierige ethische Entscheidungen am Ende eines Lebens nachzudenken.

Über die Autorin:

Marbie Stoner ist Jahrgang 1958, Mutter von zwei Töchtern, arbeitet in leitender Stellung im Gesundheitswesen und schreibt unter Pseudonym. Sie lebt im Main-Kinzig-Kreis in Hessen. Als leidenschaftliche Motorradfahrerin veröffentlichte sie bisher sechs Bücher mit Motorradreiseberichten aus Ost-Europa und Marokko. Ihre Freizeit verbringt sie im Sommer auf dem Motorrad und im Winter vor der Staffelei. „Die Assistentin des Sisyphus" ist ihr erster Roman.

Impressum

1. Auflage Mai 2017

© Margitta Bieker, alle Rechte vorbehalten.

63594 Hasselroth

ISBN: 9783740730536

TWENTYSIX – Der Selfpublishing Verlag

Eine Kooperation der Verlagsgruppe Random
House und BOD -Books on Demand.

Herstellung und Verlag:

BOD – Books on Demand, Norderstedt

Bildmaterialien im Buch: © Margitta Bieker

Coverfoto: Patnaree Asavacharanitich

Der Kjeragbolten in Norwegen am Lysefjord

Shutterstock: Stockfoto-ID: 467749133

Lektorat: Renate Blaes

           www.renate-blaes.de

Korrektorat: Sabine Hennig-Vogel

**Bibliografische Informationen der Deutschen
Nationalbibliothek:**

Die Deutsche Nationalbibliothek verzeichnet diese
Publikation in der Deutschen Nationalbibliografie,

detaillierte bibliografische Daten sind im Internet über dnb.de abrufbar.

„Eines Tages wird alles gut sein,
das ist unsere Hoffnung.
Heute ist alles in Ordnung,
das ist unsere Illusion".

Voltaire

Teil der Tragödie vor dem Einzug des Chors

*„**B**on soir, Madame!"*

Eva Luttermill, die Pensionswirtin, begrüßte mich freundlich, als ich nach sechs Stunden Autobahnfahrt von Marburg endlich in Sion im Schweizer Wallis ankam.

„Fait un bon voyage?", fragte sie.

„Oui, tout le meilleur! Ja, alles bestens. Bin nur müde", antwortete ich. „Haben Sie noch was zu essen?" Sie nickte und ihr rundliches Gesicht strahlte.

Ich stieg vom Motorrad, eine 1000er Cagiva Raptor, und stellte sie im Holzschuppen neben der Pension ab. Zog den Helm vom Kopf und die Regenkombi aus, sortierte die Haarzöpfe und steckte mir erst mal eine Zigarette an. Kurz vor Basel hatte es zu regnen begonnen und ich musste in die Gummipelle steigen. Gott, war ich froh, dass ich jetzt alles ablegen konnte! Mein Blick schweifte über die Landschaft. Das Wallis war wie immer grandios: Berge, Felsen, Wiesen. Ein Kletterparadies.

Dann schnallte ich das Gepäck ab. Der Sohn der Wirtin, ein attraktiver Endzwanziger in Lederhose und weißem Hemd, das lange Haar zum Pferdeschwanz gebunden, trug die Seitenkoffer. Ich schnappte mir die Packrolle mit der Kletterausrüstung.

„Na, immer noch die italienische rote Schönheit mit der japanischen Seele?", fragte er. „Keine Neue in Sicht?"

Ich lachte und schüttelte den Kopf.

„The one and lonely, only this lady!" Ich hatte die Maschine wegen der Zähne über dem Auspuff und dem Gehörn am Lenker gekauft. Und – na ja, weil sie einen Suzuki-Motor besaß. Tatsächlich: eine italienische Schönheit mit japanischer Seele. Ich mag keine Italiener; die springen nie an, wenn man es will, oder zeigen irgendein anderes Problem.

Man braucht Leidensfähigkeit für diese Bikes. Die Ducati Multistrada zum Beispiel, mit ihrer dämlichen Ständerkonstruktion, kippt aus dem normalen Stand einfach um, was von deren Besitzer notgedrungen als typische Charaktereigenschaft toleriert wird. Fürs Umkippen benötige *ich* keinen inkompetenten Ständer, das schaffe ich beim Absteigen oder bei knappen Wendemanövern regelmäßig selbst.

Frau Luttermill deckte den Tisch und stellte mir eine Traubensaftschorle hin. „S'gibt Kasspatzle."

Ich seufzte glücklich. Hausgemachte Spätzle mit gerösteten Zwiebeln und geschmolzenem Gruyère. Der Geruch dieser Käsespezialität ließ an ein überschrittenes Verfallsdatum denken, schmeckte aber unvergleichlich würzig. Dazu gab es grünen Salat mit Joghurtdressing. Köstlich.

„Bon appétit!", wünschte sie und flitzte dann flink wie ein Pony zwischen den Tischen im voll besetzten Restaurant umher.

Mit dickem Bauch und schweren Beinen schlurfte ich schließlich auf mein Zimmer. Wie gewohnt und für die Gegend typisch: Rotkarierte Gardinen und Bettwäsche, die Möbel in solider Kiefer, vor den Fenstern massive Schlagläden, die jedem Sturm standhielten. Durchs Fenster die Aussicht auf das Wallis, klasse! Eine gelbe Aster in einer Vase auf dem kleinen Tisch als Willkommensgruß, daneben das Neue Testament. Nun ja …

Und ein Wander- und Kletterführer für den Lieblingssteig der Schweizer in Sion: die *Via ferrato de Belvédère* in den Waliser Alpen, 1220 Meter hoch.

Pling! Mein Smartphone zeigte eine WhatsApp von Florentine. *„Gut angekommen, Rehlein? Nassen Arsch gekriegt, was? Pass auf dich auf und rutsch nicht den Felsen runter!"*

Ich lächelte und schrieb zurück: *„Alles bestens! Ich pass doch immer auf ... und besitze eine Regencombi!"*

Florentine ist meine ältere Schwester, Staatsanwältin in Frankfurt und quasi meine Zweitmutter. Ihr Name bedeutet im wörtlichen Sinn „die Blühende" und im übertragenen „die Hochangesehene".

Sie heißt nicht nur so, sie lebt es auch. Allein ihr selbstbewusster und aufrechter Gang ist beeindruckend. Wenn sie im Gerichtssaal auftaucht, ist der eine eigens für sie geschaffene Bühne, vor der alle im Publikum zu applaudieren scheinen. Sie liebt schnelle Autos, gesunde Ernährung, Kraftsport, und vor allem liebt sie Frauen.

Sie beschützte mich bei den Streitausbrüchen unserer Eltern und konnte gar nichts anderes als Staatsanwältin werden. Einmal stürmte Vater, mit leerer Whiskyflasche bewaffnet, volltrunken und brüllend in ihr Zimmer. Ich saß auf ihrem Bett, mit den Kopfhörern vom Walkman auf dem Kopf, und hörte selbstversunken die Spicegirls. Florentine warf sich auf mich, um mit ihrem Körper den Wutanfall dieses Alkoholikers abzufedern. Zum Glück war er so besoffen, dass er auf dem Flokatiteppich vor dem Bett ins Trudeln geriet und der Länge nach über den Schreibtisch fiel. Er zog sich eine Platzwunde am

Kopf zu, und alles war mit Blut verschmiert.
Florentine war damals siebzehn und ich elf Jahre alt.
Dieser Auftritt war das Finale.

Keine einzige Säule zeugte mehr von der vergangenen Pracht der Familienburg.
Mutter verließ mit uns das Trümmerfeld ihrer Ehe und zog aus. Ich erinnere mich, dass es mir danach sehr schlecht ging. Papa fehlte mir, Mama heulte ständig und Geld war knapp.

Meine Leistungen in der Schule ließen nach, ich saß stundenlang auf meinem Bett, summte vor mich hin und wiegte den Oberkörper hin und her. Das beruhigte mich. Was mich beunruhigte, war die seltsame und fremdartige Wahrnehmung meiner Extremitäten: Die Arme schienen immer länger zu werden, und die Beine bekamen Knoten. Einerseits beobachtete ich diese Phänomene interessiert, andererseits bereiteten sie mir Angst.

Große Angst! Meine Arme wurden so lang, dass ich überzeugt war, vom Bett aus die Tür öffnen zu können. War natürlich Quatsch, aber das begriff ich erst später und erzählte es dann Florentine. Sie umarmte mich, massierte mir die Füße, streichelte meine Arme und redete mir gut zu.
„Du weißt doch … du bist wie die Moldau! Ruhig

fließt sie in ihrem Bett, nichts stellt sich ihr entgegen. Wasser findet immer einen Weg. Alles ist gut."

Florentines Lebenspartnerin Miriam arbeitete als Polizeibeamtin und fuhr wie ich Motorrad, was sie mir sympathisch machte. Ein perfektes Paar: Staatsanwältin und Kriminaloberkommissarin.

Sie lernten sich im Gerichtssaal kennen. Florentines flammendes Plädoyer gegen einen Kinderschänder beeindruckte Miriam derart, dass sie drei Tage später im Bett landeten und beschlossen, ihren zukünftigen Weg gemeinsam zu gehen. Seitdem erlebe ich meine Schwester als glücklichen und ausgelassenen Menschen. Kaum wiederzuerkennen.

Ich seufzte und stieg in die Dusche. Danach sortierte ich die Kletterausrüstung: Handschuhe, Gurt, Helm, Karabiner, Haken, Kletter- und Wanderschuhe. Karabiner sind die vergessenen Helden des Kletterns. Sie werden regelmäßig geschunden, retten jeden Tag tausende von Leben und das ohne das leiseste Zeichen von Dankbarkeit oder Hochachtung vor ihrer genialen Form und Funktion. Gleich danach kommen für mich Kabelbinder und Panzerband. Mit denen befestige ich auf die Schnelle fast alle essenziellen Ausrüstungen am Motorrad.

Ich packte also alles in den Rucksack, schnürte ihn zu und streckte mich dann auf dem Bauernbett aus. Stöpselte mir die Kopfhörer des Handys in die Ohren – die Tonmalereien von Smetanas Moldau hüllten mich ein wie ein Schlafsack.

„Ich – die Mutter aller Flüsse – bin das Fließende. Strudelndes und kraftvolles Wasser, gleite perlend in meinem Lauf durch das stolze Prag. Den Menschen an den Ufern zur Freude, bestaunen sie meine Schönheit, meine Eleganz. Hindernisse umfließe ich spielend leicht oder mit voller Wucht, schaue nur nach vorn und finde meine Bestimmung im Treffen auf die große Schwester – der Elbe. Gemeinsam sind wir stark, breit und unangreifbar. Nichts hält uns auf. Wasser findet immer einen Weg."

Morgen geht es los. Ach, schön! Ich schlief bald tief und fest.

***

Es regnete in Strömen. Ich stand am Rande einer abschüssigen Böschung, zwei Meter unter mir brodelte ein reißender Fluss. Auf der anderen

Uferseite entdeckte ich eine männliche Gestalt. Sie winkte mir mit beiden Armen zu und schrie etwas, das ich nicht verstand. Vermutlich sollte ich rüber kommen. Vorsichtig setzte ich einen Fuß auf einen Hangvorsprung und tastete mich Schritt für Schritt weiter runter. Der vom Regen aufgeweichte Boden gab bei jedem Tritt schmatzende Geräusche von sich. Mir war kalt und ich zitterte. Ich spürte Angst aufkommen. Plötzlich kam die Erde ins Rutschen und unterhalb meiner Füße löste sich ein großer Klumpen samt Grasnabe. Erschrocken schrie ich auf, klammerte mich mit beiden Händen an Grasbüscheln über mir fest und riss sie dabei mit der Erde aus. Ich stürzte.

Fiel mit dem Brocken kopfüber in die dunkle Brühe. Eiskaltes Wasser schlug über mir zusammen, der Erdklumpen auf mir drückte mich noch tiefer in die Strudel.

Die Strömung erfasste meinen Körper, riss ihn ins Schwarze. Ich versuchte zu schwimmen, bewegte hektisch die Arme und stieß den Dreckbrocken von mir, aber gegen die Kraft des reißenden Wassers kam ich nicht an. Plötzlich wurde es hell, der Erdklumpen trudelte davon und verfing sich in den Uferpflanzen. Aber ich kam dem Ufer keinen Zentimeter näher, egal, wie sehr ich mich abmühte.

Ich schrie verzweifelt nach Florentine. Mir floss Wasser in den Mund, ich hustete, ich keuchte und spürte einen starken Würgereiz.

Da! Ein Felsbrocken mitten im Wasser, der war meine Chance! Ich musste nur aufpassen, dass ich nicht dagegen knallte. Ich streckte die Arme aus, der Felsen kam näher und näher, ich wollte seitlich vorbei. Verzweifelt das Wasser tretend, streifte ich den Brocken mit meiner linken Seite. Ein heftiger Schmerz schoss durch meine Schulter, dann ließ die Strömung nach.

Geschafft. Ich war gerettet! Nur noch knappe zwei Meter zum Ufer, dann war alles gut. Aber wie sollte ich dorthin gelangen? Ich spürte einen energischen Griff in meinem Nacken und der Kragen der Wanderjacke würgte meinen Hals. *Himmel, was war das denn?* Unsanft wurde ich auf den Felsbrocken gezogen.

„Das hätte ganz schön schief gehen können", sagte eine raue Stimme über mir. Der Druck des Kragens ließ nach, ich keuchte und zitterte. Schaute in die Richtung, aus der die Stimme kam und traute meinen Augen kaum. Ein Mann, der aussah wie ein schmutziger Waldschrat, zotteliger Bart bis auf die Brust, Haare wie Dreadlocks vom Kopf abstehend, völlig nackt, stand über mir. Ich wollte schreien, es

kam kein Wort heraus, nur ein lautes
Ping-ping-ping-ping.

Mein Wecker. Ein Traum. Ein Albtraum. Es war nur
ein Albtraum. Nass geschwitzt und mit Herzklopfen
saß ich aufrecht im Bett. Ich war wirklich
urlaubsreif! Ich stand auf, versuchte, die
Horrorvorstellung abzuschütteln.
Die Dusche brachte mir Erfrischung, aber nicht das
Gefühl, den Traum abzuspülen.

Was hatte er wohl zu bedeuten? *Du verlierst den
Boden unter den Füßen! Was sonst?*
Irgendetwas zischelte in meiner Nähe. Wo kam denn
das nun her? Aus dem Tankrucksack! Ich wühlte in
den Utensilien, bis ich die Ursache für das Geräusch
fand: Die Magnesiumbrausetabletten hatten bei der
Fahrt gestern zu viel Regen abbekommen und lösten
sich gerade auf. Also doch keine Halluzinationen! *Na
gut*, dann musste es eben ohne das gegen
Muskelkrämpfe bewährte Elektrolyt gehen. Ich
packte den Rucksack und steckte noch Stift und
Papier für eventuelle Skizzen ein. Taschenlampe?
Nein, so spät würde es nicht werden. Ich nahm die
Thermosflasche zum Auffüllen mit Tee zum
Frühstück mit.

Der Kaffee von Frau Luttermill sortierte mich

wieder in die reale Welt. *Scheiß Traum. Vergiss ihn!*
Der Tag würde gut werden, ich fühlte es. Das Wetter
war perfekt für eine Klettertour: Trocken, nicht zu
warm, und ab und zu ließ sich blauer Himmel sehen.
Die Gaststube war voll von Menschen. Hoffentlich
wollten die nicht auch alle auf den Steig. Frau
Luttermill füllte meine Flasche mit Tee, einer
Mischung aus schwarzem und Pfefferminztee.

Mein persönliches Rezept, eine dünne, aber
erfrischende Teeplörre. Ideal in den Bergen.

Dann ging es los. Ich nahm den Shuttlebus bis Nax,
danach würde es anstrengend werden bis zum Ziel
Belvédère in 1220 Höhenmetern, auf Deutsch:
„Schöne Aussicht".

Als Belohnung winkte der Blick auf Sion. Ich
schaute den Berg hinauf. Ein tolles Gefühl! Es war
noch früh, acht Uhr, trotzdem war der Pfad schon
reichlich begangen. Viele Grüppchen von
Kletterbegeisterten – das Klirren der Karabiner in
den Rucksäcken deren unüberhörbares
Markenzeichen. Eine mit Rostpatina belegte
Metallskulptur eines Kletterers mit Rucksack von
zwei Metern Größe wies auf den Einstieg hin.
Konnte man also nicht verfehlen. Die Figur wirkte
allerdings so, als ob sie den Felsen vor sich

herschieben wollte.

Ich schrieb eine WhatsApp an Florentine: „*Soderle. Es geht jetzt los, freue mich so! Heute bekomme ich keinen nassen Arsch. Wetter gut!*"

Dann legte ich den Klettergurt an, befestigte das Seilset mit den Karabinern an jedem Ende in der Mitte des Gurtes und setzte den Helm auf. Der Steig besaß einige ausgesetzte Stücke, vor denen ich Respekt hatte. Ausgesetzt bedeutete, klettern zu müssen. Es gab keinen Weg mehr, nur Felswände. Nach einer steilen Einstiegsverschneidung, bei der ganzer Körpereinsatz mit Stützen, Wegdrücken und Ausbalancieren des Körperschwerpunktes angesagt war, querte ich locker auf einem Band zum eigentlichen Wandfuß.

Hier war schon der erste Stau. Eine Kletterin vor mir war beim Ausklinken der Rastschlinge abgerutscht und ins Seil gefallen. Pech, dass sie eine kurze Hose trug, das gab beim Rutschen entlang des Felsens schmerzhafte Hautabschürfungen.

Der Schreck war zwar größer als alles andere gewesen, aber bis sich die Gruppe wieder in Bewegung setzen konnte, vergingen gute dreißig Minuten. Ich schaute derweil ins Rhonetal und auf Sion. Die Straßen schlängelten sich wie Würmer durch die Landschaft. Ich wollte die fantastische

Aussicht mit meinem Handy fotografieren. Mist, ich hatte vergessen, den Akku zu laden. In der Luft segelten Turmfalken. Ihr lautes *Ki-ki-ki-ki-ki* schallte über das Tal und sollte wohl die Kletterer vertreiben. Eindringlinge in ihrem Brutgebiet. Wie viel Kraft und Energie musste es die Vögel kosten, so in der Luft zu stehen? Ich würde so gerne fliegen können. Dann wären die dunklen Gedankentunnel unerreichbar; tief unten, ganz tief unten.

Plötzlich musste ich an meinen Vater denken. Er machte Probleme. Ich war vom Amtsgericht zur Betreuerin bestellt worden, die einzige Person, die er akzeptierte. Nicht, dass es etwas nützte oder änderte, dass ich seine Tochter und Betreuerin war, er machte ohnehin, was er wollte, und das erwies sich für die Umgebung als nicht immer günstig.

Vor zwei Monaten hatte ich sein Haus auf Florentines Kosten entrümpeln lassen. Als notorischer Messie sammelte er wertloses Zeug: Altpapier, Konservendosen, Zeitungen, Plastiktüten und Kartons. Das Schlimmste war jedoch, dass er das benutzte Toilettenpapier nicht in der Schüssel entsorgte, sondern fein säuberlich neben dem Klo stapelte. Wasser und Strom waren schon länger abgestellt; er bezahlte keine Rechnungen. Das war ihm zu spießig und zu bürgerlich. Außerdem hatte er nur eine Grundsicherung, weil er in besseren Zeiten nie in eine Rentenversicherung einbezahlt hatte. Das bedeutete: Er besaß kein Geld.

Vor der Aktion des Rollkommandos war das Haus so zugestellt, dass man das Schlafzimmer nicht mehr betreten konnte. Auf einer braunen Brühe in der Badewanne schwamm Unrat. Ich war die Einzige, die Vater in sein Haus ließ, und die einen Zweitschlüssel besaß.

Nach der Scheidung meiner Eltern hatte sich die Tragödie *peu à peu* entwickelt. Mutter sorgte nicht mehr für Ordnung, und niemand achtete auf seinen Alkoholpegel, der sich wie eine Segeljacht bei schwerem Wetter extrem nach oben und eher selten nach unten bewegte.

Ich seufzte und gähnte herzhaft. Jetzt war ich doch wieder in diesem Gedankentunnel. Sorgenvolle Gedanken sind wie eine Unterführung in die eigene Unterwelt. Man muss ganz durch sie hindurch, bis man sie endlich loslassen kann. Besser nicht in die Röhre steigen. Einatmen, ausatmen, Pause. Das hatte mir meine Therapeutin empfohlen. Wenn es mit der Atmung nicht funktionierte, dann sollte ich ein *„Stopp, es werde Licht!"* aufsagen. Das klappte oft, aber …

„Hallo, schöne Frau, nimm deinen Gurt – es geht weiter!", rief eine Stimme neben mir. Ich zuckte zusammen, und das half mir aus dem Gedankentunnel. Ich klinkte meine beiden Karabiner ins Stahlseil ein und betrat das Felsband, ein schmaler Absatz von zwanzig Zentimetern auf zehn Meter Länge. Es passte nur ein Fuß darauf. Die Füße nebeneinander aufzusetzen ging nicht. Nach unten zu schauen, verkniff ich mir. Es ging ziemlich tief runter …

Nach dem Queren ging es weiter mit dem ganzen Körper am Berg, aber an den Schlüsselstellen herrschte immer Stau, und so entschied ich mich nach der Hälfte der Strecke kurzerhand für den Wanderweg. An den Kletterpassagen vor den Eisentritten musste ich zwanzig Minuten warten, bis ich mich in das Stahlseil einklinken konnte. Hier war es mir heute zu voll. Am Wochenende stürmten nicht nur die Touristen, sondern auch die Schweizer in die Berge. Also die Kletterschuhe mit den Wanderschuhen getauscht.

Vor den ersten wirklich steilen hundert Höhenmetern hielt ich an. Wie eine monströse Skulptur lag ein riesiger Felsbrocken vor mir; etwa vier Meter hoch und mindestens sechs Meter im Durchmesser. Granit? Das Gestein wirkte schroff, schimmerte rötlich braun, zeigte weder Furchen noch Spalten und war frei von Moosbewuchs. Der Brocken lag also noch nicht lange hier und musste einen Riesenlärm verursacht haben, als er abgegangen war.

Ich legte den Rucksack ab und griff nach der Trinkflasche. Meine Augen tasteten den Findling nach brauchbaren Griffen und Tritten ab. Eine weitere Kletterübung konnte nicht schaden. Florentine wäre sicher besorgt, wenn sie es wüsste. Sie ist ein Mensch, der sich gerne und ständig Sorgen machte. Dass ich kein Geld mehr habe, dass mir das Motorrad auf die Füße kippt oder das Seil in der Kletterhalle reißt. Vor einem Sturz hatte ich eigentlich keine Angst, nur vor dem Aufprall. Vor allem, wenn ich allein unterwegs war.

Dieser Riese von Fels schien wie geschaffen für eine kleine Bouldereinlage zu sein, obgleich ich mit Seil und Haken besser zurechtkam. Bouldern ist Klettern ohne Seil und Gurt, aber nur in Absprunghöhe. Bei den Kletterweltmeisterschaften 2001 in Winterthur war die Disziplin erstmals bei einer Weltmeisterschaft präsent.

Ich zog meine Jacke aus und probte ein paar Griffe. Es kam hin. Hier ein Tritt, da noch ein Tritt und zwei Griffe, jetzt die Schuhe senkrecht auf Reibung stellen, ausatmen und mit den Beinen von unten hochstemmen. Das Ganze wiederholt und noch ein letzter Schwung. *Geschafft!*

Oben hatte der Brocken eine Plattform, auf der ich mich schweratmend niederließ und wartete, bis mein Puls sich beruhigte. Herrlicher Blick über den Talschluss und keine Menschen um mich rum! Meine Augen saugten die Natur auf. Ich griff nach dem Skizzenbuch im Rucksack und zeichnete mit wüsten Strichen den Latschenkieferwald unter mir. Zeichnen ist nichts anderes, als den Bleistift übers Papier spazieren lassen. Totale Stille um mich.

„Guten Tag!"

Ich fuhr herum und ließ den Bleistift fallen. Ich hatte niemanden kommen hören, doch am Fuß des Felsbrockens stand ein Mann, hoch gewachsen, muskulös, nackt und schmutzig. Ein zotteliger, verfilzter Bart mit Tannennadeln rundete das Bild eines Obdachlosen ab. Aber so einer läuft doch nicht in den Bergen rum? Seine Schuhe glichen Römersandalen – auch nicht gerade die geeignete Ausrüstung für das schroffe Gelände. Woran erinnerte er mich nur? Er kam mir irgendwie bekannt vor.

„Oh, hallo! Sie haben mich ganz schön erschreckt!"

„Das tut mir leid, aber Sie sitzen auf meinem Stein!"

Ich schnappte nach Luft. *Ein Irrer?*

„Was? *Ihr* Stein? Tut mir leid. Ich meine, dass ich auf Ihrem Stein sitze. Aber ich konnte ja nicht ahnen, dass er Ihnen gehört!"

Er lächelte.

„Macht ja nichts. Aber wie sind Sie denn da rauf gekommen? Haben Sie eine Leiter im Gepäck?" Er hustete kräftig und produktiv. Das Ergebnis dieser Anstrengung spuckte er seitlich von sich. Ich erhob mich langsam, musterte ihn dabei und fragte mich zwei Dinge: Ob ich Angst haben musste und wo ich sicherer wäre, hier oben oder wenn ich wieder Boden unter den Füßen hätte.

„Ich kann klettern und habe ein wenig trainiert. Außerdem wollte ich die Aussicht genießen. Soll ich jetzt runter kommen?" Er lachte aus vollem Hals. Er besaß keine Zähne.

„Nein, nein. Bleiben Sie ruhig. Ich versuche auch, auf meinen Stein zu kommen. Wissen Sie, den sehe ich sonst nur von unten. Wie haben Sie das denn gemacht?"

„Ach, das ist wirklich nicht nötig. Ich komm runter, dann können wir uns …"

Er war schneller als ich beim Bouldern, denn schon stand er neben mir. Ich wich einen Schritt zurück und bedauerte, dass ich keinen Eispickel eingepackt hatte.

„Oh, mach ich Ihnen Angst? Das will ich nicht, ehrlich! Sie brauchen nichts zu befürchten, ich tue niemandem was. Kann ich auch nicht mehr. Die Zeiten sind vorbei. Ja – die Aussicht ist wunderbar und wirklich eine kleine Abwechslung für mich. Ich treffe so selten auf Menschen und habe seit Hunderten von Jahren mit keinem mehr gesprochen. Wundert mich, dass ich es überhaupt noch kann!“ *Na bitte.* Dachte ich es mir doch – ein Irrer! Ein schmutziger, nackter Vollidiot.

Ich holte tief Luft und bewahrte Ruhe. Und plötzlich wusste ich, warum er mir bekannt vorkam: Er war der Waldschrat aus dem Traum. *Gibt es so was?*

„Was malen Sie denn so? Darf ich?“

Er griff nach meinem Block und hob dabei den Bleistift auf.

„Hier, haben Sie verloren.“ Dann starrte er auf das Bild. Lange und aufmerksam.

„Wissen Sie, dass vor zweihundert Jahren hier ein Gletscher lang floss? Und dass der Wald mit den Kiefern noch nicht existierte?“ Ich schüttelte den

Kopf.

„Nein. Davon habe ich nichts gehört. Das Schmelzen des Gletschers ist bestimmt interessant für Forscher und Geologen."

„Geologen!" Er setzte eine verächtliche Miene auf und hustete erneut.

„Ich habe es selbst gesehen! Ich wälzte den Stein vor 350 Jahren das erste Mal hier den Berg rauf! Was glauben Sie, wie sich die Landschaft verändert hat in dieser langen Zeit!"

Ich nickte. „Na klar." Ich seufzte. *Gott, was für ein Spinner! Wie kam ich hier schnell wieder weg?* Er sah so kräftig aus.

„Wissen Sie nicht, wer ich bin?" Er klang erstaunt.

„Sie haben sich nicht vorgestellt. Woher sollte ich Sie kennen? *Ich* lebe erst seit 29 Jahren!"

„Wir sind uns kürzlich begegnet. Ich besuchte Sie in Ihrem Traum. Und haben Sie nicht die griechische Mythologie in der Schule gelernt? Die Psychologie kommt doch gar nicht ohne die wichtigen Figuren aus. Was machten die ohne den berühmten Ödipus in ihren Eheberatungen, bei denen jeder Mann in seine Mutter verliebt ist. Der ist doch an allem schuld!"

Er lachte wieder schallend. Humor hatte er, das musste ich ihm lassen. Ich fingerte nach den

Zigaretten. *Wie kam der Typ in meinen Traum?*

„Kennen Sie die Arbeit, die nichts und gar nichts einbringt, sehr anstrengend ist und immer wieder von vorne beginnt? Sinnlose Quälerei ohne absehbares Ende?"

Ich steckte mir die Zigarette an und nahm einen Zug. „Ja. Kenn ich. Wir Frauen nennen es 'Hausarbeit'."

„Hausarbeit ist nicht sinnlos. Sie sehen sofort Ergebnisse. Die halten – zugegeben – nicht lange an, aber die Arbeit befriedigt, man kann viel nachdenken dabei und bekommt manchmal sogar Lob dafür! Nein, nein. Ich meine wirklich sinnlose absurde Arbeit und Beschäftigung, eine Strafe! Na?"

Jetzt musste was kommen. *Was meinte er denn nur?* Nun lachte ich auch.

„Ach, Sie meinen Sisyphusarbeit, nicht wahr? Ja, die kenne ich! Mach ich auch, meistens sogar täglich! Ich bin Krankenschwester und arbeite mit Ärzten zusammen, die jeden Tag aufs Neue erzogen werden müssen!"

„Krankenschwester? Wie interessant! Allein schon das Wort: Krankenschwester. Die Schwester aller Kranken. Welch ein Anspruch. Das ist keine Sisyphusarbeit, das ist ein Beruf, der zwar schwer ist, aber Sie nehmen so am Leben anderer Menschen teil. Das ist doch eine Ehre und nie langweilig!"

Wieso kennt der sich mit Krankenschwestern aus?

„Was machen Sie eigentlich mit diesem stinkenden Zeug da? Wozu soll das gut sein?"

„Das ist eine Zigarette, ein Sargnagel, ein Tröster in schweren Stunden, ein Schnuller für Erwachsene!"

„Darf ich auch mal …?" Er griff nach meinem Glimmstängel.

„Nein, Sie husten schon genug. Wie heißen Sie denn nun wirklich?"

Er zog die buschigen Augenbrauen hoch.

„Na, wie wohl? Stein und unnütze, absurde Arbeit? Wer bin ich wohl?"

Ich stand stocksteif da und starrte ihn an.

„Sisyphus?", hauchte ich und traute mich wieder Luft zu holen. Er lachte erneut und haute sich auf die Schenkel. „Richtig!"

Natürlich. Wer auch sonst? Ich wandere nichts ahnend durch die Waliser Berglandschaft und klettere auf einen Felsen, der zufällig Sisyphus gehört. Und dieser Mythos setzt sich neben mich, redet mit mir, als wäre das völlig normal.

Halluzination?

„Quatsch. Sisyphus ist ein Mythos, keine lebende Gestalt. Wo sind *Sie* denn entlaufen? Haben Sie Ihre Tabletten nicht eingenommen? Wollen Sie mich verschaukeln? Oder sind Sie nur mit einer üppigen Fantasie ausgestattet? Damit könnten Sie ja glatt Geld verdienen!" *Jetzt reichte es mir!*

Ich schaute nach unten und überlegte, wie ich schleunigst runter kommen könnte. Mit einem Male sah er traurig aus. Er kaute auf seiner Lippe herum und sackte ein wenig in sich zusammen. Es wurde still zwischen uns.

Fast tat er mir leid. Lass ihm doch seinen Wahn! Könnte doch vielleicht ganz interessant w*erden!* Sein Blick ging in die Ferne.

„Sie glauben mir nicht?", sagte er.

„Nein, nun – jedenfalls nicht alles. Ich wäre auch gerne schon mal jemand anderes, manchmal, aber ganz bestimmt nicht Sisyphus! Sie können nicht der arme Mann am Berg sein, der den Stein immer und immer wieder hinauf stemmt! Und schon gar nicht dieses Ungetüm!"

„Sie glauben mir nicht!" Er schüttelte die verfilzten Haare, seufzte und stand langsam auf.

„Das ist schade. Sie hätten so viel lernen können, so viel erfahren!" Er drehte sich um und machte sich an den Abstieg.

„Na ja. Ich muss los. So eine lange Pause war nicht geplant.

Passen Sie auf … ich zeig Ihnen was."

Ich stand so stocksteif wie Lots Frau, nachdem sie zurückgeblickt hatte. Wusste nicht, was ich jetzt tun sollte. Runter klettern? Der Stein bewegte sich. Kein Zweifel, er geräuschvoll ein paar Zentimeter bergauf. Und da! Schon wieder. Dieses Mal ein größeres Stück. *Der Irre schob diesen Koloss vorwärts! Das ist doch nicht möglich! Wer spinnt jetzt eigentlich? Ich oder er?* „Warten Sie, ich komme runter! Dann haben Sie es nicht so schwer."

Ich legte mich auf den Bauch, den Körper an den Stein gepresst rutschte ich, mit den Fußspitzen nach Mulden und Tritten tastend, langsam nach unten. In der Aufregung verpasste ich den letzten Tritt, fiel auf meinen Allerwertesten und schrie kurz auf.

Der Mann kam hinter dem Felsen hervor und sah besorgt aus. Er half mir auf und hielt mich fest. *Mein Gott, wenn das Florentine sehen könnte!* Da bemerkte ich, dass er überhaupt keinen Körpergeruch verströmte. Er roch nach – nichts.

Das müsste er aber, so schmutzig, wie er aussah. Und ich besitze eine empfindliche Nase. Ich nehme Gerüche lange vor anderen wahr. Einmal suchte ich nach einem Kadaver bei einer Rast auf einer Wanderung. Keiner roch das, aber ich fand ein verwesendes Kaninchen, etwa dreißig Meter vor mir im hohen Gras.

„Hast du dir wehgetan?" Ich schnüffelte verlegen.
„Nein, äh … doch, aber nur ein bisschen. Schlechte Technik von mir!"

Jetzt merkte ich, dass ich die Berührung nicht spürte, und dass er kurzerhand zum Du gewechselt hatte. Es war, als fasste mich ein Nichts an. Irritiert schaute ich erst auf seine Hände, die meine Schultern hielten und dann in sein Gesicht. Ich sah ihn ganz deutlich vor mir, er hatte braune Augen und volle Lippen, eingerahmt von einer Zottelmähne. Nur einen Penis hatte er nicht, in der mittleren Körperregion herrschte Niemandsland. Da war überhaupt nichts! Vorsichtig legte ich meine rechte Hand auf seinen wilden Schopf. *Ich spürte ihn nicht. Ich roch ihn nicht. Ich sah jemanden, der nicht greifbar war!* Er lächelte gütig auf mich runter.
„Alles nämlich, was ich bis heute als ganz wahr gelten ließ, empfing ich von den Sinnen, oder?", rezitierte er. Von *wem hatte er den Spruch? Descartes?*

„Diese hat man bisweilen auf Täuschungen ertappt, und es ist eine Klugheitsregel, niemals denen volles Vertrauen zu schenken, die uns auch nur ein einziges Mal getäuscht haben, nicht wahr?", ergänzte ich.
„Wieso riechst du nicht? Warum kann ich dich nicht fühlen?"

„Ich bin ein Mythos und virtuell. Ein Mythos stinkt nicht, und anfassen kannst du ihn auch nicht. Leider. Ich mag es, wenn Frauen mich berühren."

„Das glaube ich."

Ich wand mich aus einer Berührung, die ich nicht spürte, aber sah. Bisher konnte ich meinen Sinnen immer trauen. *Vielleicht träume ich ja auch nur? Und wache gleich auf.*

„Was heißt 'virtuell'?"

„Der Möglichkeit nach vorhanden. Ich bin einfach nur eine Möglichkeit, verstehst du?"

„Nein."

Er seufzte. „Das ist doch ganz einfach. Du siehst mich, weil du erkennen kannst! Weil es in deinem Geist diese Möglichkeit gibt! Wie heißt du?"

„Katharina. Die meisten Menschen nennen mich aber Kathy."

„Katharina. Schöner Name. Also Katharina, ich bin nur eine Möglichkeit, und du siehst sie. Verstehst du es jetzt?" Er sah mich streng an. „Ich bin ein Mythos. Mythos ist griechisch und bedeutet 'Erzählung'. Es ist möglich, dass du einer Erzählung begegnest, sie aber nicht fühlen und riechen kannst."

Na gut, Erzählungen haben auch keine Geschlechtsteile. Ich beschloss, es möglich sein zu lassen.

„Wieso bist du eigentlich zu dieser Strafe verdonnert

worden? Was hast du denn angestellt?"

„Da streiten sich die Überlieferungen. Und ich weiß es nicht mehr genau, es ist zu lange her. Da war Christus noch gar nicht auf der Welt. Ich habe die Götter erzürnt, weil ich den Thanatos in Ketten gelegt habe. Ich habe gestohlen, meine Frau betrogen und Zeus verraten. Und … na ja … was man halt im alten Griechenland so trieb."

„Mit kleinen Jungs?" Ich konnte es mir nicht verkneifen.

„Nein, das nicht. Ich liebte die Frauen zu sehr. Ihr seid doch etwas Wunderbares! Glaubst du mir jetzt, dass ich Sisyphus bin?"

„Ja." *Was machte ich da? Hatte ich das etwa gerade gesagt?* Mein Verstand weigerte sich zwar, aber irgendwie war das alles sehr merkwürdig. Ich wollte nur ein bisschen wandern und klettern, und jetzt redete ich mit einem Mythos aus einer für mich fremden Landschaft, der schöne Augen, keinen Penis und keine Zähne hatte, nicht roch und den ich nicht anfassen konnte. *Schade eigentlich.*

„Na also. Das freut mich. Dass du mir glaubst, meine ich. Aber jetzt muss ich unbedingt los. Vielleicht begleitest du mich ein Stück?"

„Wohin?"

„Na, den Berg hinauf. Der Stein muss schließlich

nach oben. Ich habe mir gerade eine neue Route ausgedacht, das bringt Abwechslung in die Angelegenheit."

Er grinste und stellte sich in Position, atmete tief ein und aus. Ich konnte nicht glauben, dass er dieses Monstrum gleich bewegen würde, das konnte doch nicht möglich sein. Aber tatsächlich – der Felsbrocken rührte sich. Mein virtueller Mythos stemmte sich mit seinem ganzen materielosen Körper dagegen, das Gesicht seitlich an den Fels gepresst. Erstaunt bemerkte ich, welche Muskelpakete sich unter seiner Haut tummelten und aktiv wurden. Einen Meter. Er ächzte und verstärkte seine Anstrengung. Zwei Meter. Das konnte man ja nicht mit ansehen!

„Soll ich helfen?" Ich stellte mich neben ihn.

„Willst du etwa meine Assistentin sein? Untersteh dich! Das ist mein Stein! Such dir deinen eigenen! Wie kannst *du* denn bei so einem Koloss helfen wollen?"

„Ich wollte nur nett sein!" Er machte eine Pause und schnaufte.

„Da weiß ich doch schon, was dein Problem ist! Bietest deine Hilfe für anderer Leute Stein an, und bekommst deinen eigenen nicht hoch! Oder verlierst ihn völlig aus den Augen! Oder bindest dir stattdessen falsche Felsen wie Mühlsteine um den Hals und hast noch dazu einen am Fußgelenk! Kommt das hin?" Ich schluckte. *Da war was dran. Oder nicht? Wie kam der auf so einen Stuss?*

„Was soll ich denn sonst machen? Ist mein Beruf. Ich helfe Menschen, ihren Stein fortzubewegen!"

„Glaub mir. Das kannst du nicht. Jeder hat seinen Stein. Für den ist er ganz allein verantwortlich. So. Und jetzt weiter." Die Schinderei begann von vorn. Er hatte recht – ich konnte ihm nicht helfen.

„Sisyphus?" Wie selbstverständlich mir der Name nun schon von den Lippen kam …

„Hm?"

„Du hast den Tod in Ketten gelegt?"

„Ja."

„Wie hast du das gemacht? Ich meine, wie kann man den Tod in Ketten legen? Wo wohnt der Tod? Wie sieht er aus?"

„Weiß ich nicht mehr. Bevor ich ihn fesselte, musste ich ihn erst ein bisschen besoffen machen. Ganz so einfach ging es nicht. Aber er sieht gut aus. Keine Sense, kein Stundenglas, kein schwarzer Kapuzenmantel. Und – soll ich dir was verraten? Es ist ein Geheimnis, aber das glaubt dir sowieso keiner, wenn du es verrätst!" Er grinste. „Der Tod ist weiblich!"

Ich schnappte nach Luft. „Der Tod ist eine Frau? Du spinnst ja!"

„Ich sagte, der Tod ist weiblich, nicht, dass er eine Frau ist!"

„Frauen sind nun mal weiblich, oder willst du das abstreiten?"

„Nein, das streite ich nicht ab. Frauen sind weiblich, da gebe ich dir ja recht. Aber was du meinst, sind die weiblichen Attribute, die eine Frau ausmachen und die den Männern so gut gefallen. Mit weiblich meine ich hier die Eigenschaften von ihrem Ursprung her, nicht die des Aussehens! Eigenschaften, hörst du? Frauen sind weniger aggressiv, offener, hegen ihre Brut, besitzen mütterliche Instinkte, die sie nicht nur auf ihre Nachkommen anwenden, sind sanft, weich und so weiter. All das hat der Tod auch."

„Wieso heißt er dann 'der Tod' und nicht 'die Tod'?", fragte ich bockig.

„Im Französischen ist der Tisch auch weiblich! Was soll das? Machen wir jetzt einen Wettstreit in Semantik und Übersetzung? Es ist doch nicht abhängig von dem Artikel vor dem Substantiv, ob etwas männlich oder weiblich ist!"

Ich runzelte die Stirn.

„Na ja, das hab ich in der Schule so gelernt!"

„Vergiss das einfach! Vergiss es wirklich. Manchmal

steht einem das Erlernte nur im Weg."

Er holte tief Luft und nahm die Hände vom Felsen. „Also, der Tod ist weiblich, weil er den Menschen nach Hause holt. In ein bereitetes Nest. Und weil er dabei besonnen vorgeht. Das war eine dumme Idee von mir, ihn in Ketten zulegen, schließlich hatte er nichts mehr zu tun, und den Menschen wurde langweilig, weil sie ewig warten mussten. Und dem Kriegsgott gefiel es auch nicht, es starb ja keiner mehr auf dem Schlachtfeld."

„Ach was! Am Schluss des Lebens sind es immer nur ein paar Stunden, auf die man zu lebt."

„Ja, aber nur, wenn du keinen Felsen hast, den du hochstemmen musst. Wer hat denn so etwas gesagt?"

„Weiß ich nicht mehr, irgendein schlauer Schriftsteller, glaube ich ..."

„Das ist Unsinn. Kein Mensch wartet das ganze Leben. Jeder tut etwas. Und überhaupt – die Krankenpflege und die Medizin machen doch nichts anderes. Ihr versucht, den Tod in Ketten zu legen, ihn in ein Séparée zu verbannen. Manchmal gelingt es – für einen gewissen Zeitraum. Dort hocken die Ärzte und der Halbtote dann wie in einem Schmelztiegel zusammen und keiner kann raus. Ihr macht aus Todkranken chronisch Kranke. Oder ihr

entreißt den Menschen dem Tod und entzweit ihn.
Dann leben sie weiter. Im Bett als Krüppel – ohne
Selbstbestimmung. Der Stein ist oben, aber sie selbst
rollen wieder den Berg hinunter. Das ist das
Schlimmste, was einem Menschen passieren kann.
Und darauf seid ihr auch noch stolz!"

„Quatsch! Ich jedenfalls bin nicht stolz drauf." Ich
überlegte. „Sag mal … ist der Stein denn jemals
oben?"

„Natürlich. Wenn der Mensch tot ist, dann ist es
vollbracht. Wenn ihr das im Krankenhaus
verhindert, ist der Stein oben, aber der Mensch fällt
den Berg wieder hinab. Und bleibt liegen. Ohne
seinen Stein, ohne seine Aufgabe. Und er bekommt
ihn nie wieder. Das ist das Traurige. Entschuldige –
es geht weiter."

Er stöhnte und ächzte, es klang fast wie bei einer
Geburt in der Pressphase. In der Ausbildung durfte
ich das mal miterleben. Damals schwor ich mir,
niemals ein Kind zu bekommen. So eine Viecherei,
nein, danke!

Das Anrollen schien für den Mythos besonders
schwierig zu sein.

„Wie lange dauert denn so eine Route? Ich meine,
wenn du wieder von unten anfängst – wann bist du
oben?"

„Ich hab kein Zeitgefühl wie die Menschen. Für einen Mythos gilt nur die Unendlichkeit", presste er hervor.

„Hast du schon mal einen anderen Berg ausprobiert? Ich meine wegen der Abwechslung."

Er stutzte und stoppte. „Wieso einen anderen Berg?"

„Ich denke, es gibt doch noch viel mehr als das Wallis! Viel, viel höhere Berge als diesen Winzling hier. Den Mount Everest zum Beispiel, der höchste Berg der Welt!"

„Aha? Wo ist der?" Na, *sehr gebildet ist er aber nicht!*

„Im Himalaja. Auf dem 'Dach der Welt', fast 9000 Meter ist er hoch und wächst jährlich sogar. Aber nur um Millimeter. Es ist nach dem Glauben der Sherpas ein heiliger Berg, dort oben wohnen die Götter!"

„Im Himalaja? Da glauben die Menschen nicht an einen Mythos wie mich. Und mit den Göttern möchte ich nicht unbedingt wieder in näheren Kontakt treten, verstehst du? Die Menschen dort haben andere Überzeugungen, deshalb kann ich da schon mal nicht hin. Aber die Idee hat was, einen anderen Berg zu nehmen. Welche Berge hast du denn schon bestiegen?"

„Och, ist eigentlich nicht erwähnenswert. Die

Wildspitze, in der Brenta, ein paar in den Hohen Tauern, warum?"

„Ist dir schon mal in den Sinn gekommen, dass es auch eine völlig unsinnige, absurde Tätigkeit ist, auf Berge zu steigen oder an Felsbrocken hochzuklettern? Wer hat denn davon einen Nutzen?"

„Ich natürlich!"

„Ach? Und wieso ist dann eine Ewigkeit währendes Hochstemmen von Felsen eine absurde und schwere Bestrafung?"

Ich schaute den Mythos an. Er schaute mich an. Und während wir so schauten, fragte ich mich, ob ein Mythos überhaupt männlich ist. Oder ob er diese Eigenschaften nur besitzt. Er hatte recht. *Wieso ist für mich auf Berge zu klettern mit schwerem Rucksack und Seil eine nutzbringende Angelegenheit? Warum plagte ich mich einen Felsblock hoch?* Welche Maßstäbe galten hier? Für manche Zeitgenossen kam das einer Bestrafung gleich, schon deshalb, weil es anstrengend war und sie kein Auto mitnehmen konnten. Ich musste lachen. Dieser Punkt ging an ihn. „Das weiß ich nicht. Jeder, wie er kann."

„Ich sagte doch, du wirst viel lernen heute." Er wandte sich wieder seiner Ewigkeitsaufgabe zu. *Was macht er eigentlich, wenn er den Stein kurz vorm Gipfel*

wieder verliert? Pause? Sich irgendwelche Gedanken? Den
weiten Weg zurück, um von vorn zu beginnen?

„Sisyphus?"

„Hm." Er schob weiter mit verzweifelter
Anstrengung. Jetzt kam ein schwieriges Teilstück:
Geröll, wohin das Auge blickte. Ein Weg war nicht
zu erkennen. Ich schätzte, diese Route gab es auf
keiner Karte.

„Darf ich dich zeichnen? Während du schiebst?"

„Wenn du meinst, dass das sinnvoll ist und du mich
erkennen kannst. Warum nicht?"

„Super!" Ich zog meinen Block aus der Jacke. Es
ging relativ einfach – bei diesen definierten Muskeln,
den langen Haaren und dem wilden Blick. Wäre er
mir in der S-Bahn begegnet, hätte ich schreiend die
Flucht ergriffen. Als ich verschiedene Skizzen fertig
hatte, verspürte ich Hunger.

„Machst du denn auch mal Pause? Zum Essen und
Trinken, zum … na, du weißt schon …"

„Nein. Ein Mythos hat keinen Hunger, keinen
Durst, und das andere – muss er auch nicht."

„Aber du hast Gefühle! Du lachst, und eben, als ich
nicht glaubte, dass du Sisyphus bist, warst du
traurig!"

„Ja. Ich habe Gefühle, aber keine Bedürfnisse. Das
ist eine wundervolle Kombination, sie macht dich

unangreifbar und unverletzlich. Du wartest auf nichts mehr, hegst keine überflüssigen, kräftezehrenden Hoffnungen, kennst keine Enttäuschungen. Hoffnungen haben die anderen – Menschen, die an einen Mythos glauben!"

„Also ist Sisyphus glücklich?"

„Ja. Der Kampf gegen Gipfel kann einen Mythos glücklich machen!"

Sisyphus! Mensch Mythos, mach mir Mut und führe mich! Oder ist es eher ein Idythos? Wie Idiot?

„Nur ab und zu musst du husten?"

Er hielt kurz inne mit seiner Lastenbewegung und grinste. „Erwischt! Ja, hin und wieder muss ich husten. Ich atme viel Staub ein auf diesen steilen Wegen! Der muss natürlich wieder heraus! Du bist ganz schön clever!"

„Fehlt nur noch, dass du jetzt sagst: 'Ganz schön clever für eine Frau'!"

„Unsinn! Ihr Frauen habt den Männern viel voraus. Ihr denkt mehr beziehungsorientiert, seid nicht so statusbesessen – von Ausnahmen mal abgesehen – und viel weniger egozentrisch. Wenn Frauen die Welt regierten, gäbe es weniger Kriege, da bin ich mir sicher. Jede Frau, die Mutter ist, kann nur gegen Krieg sein! Schließlich zieht sie ihre Brut nicht hoch, um sie abschießen zu lassen. Männer kreisen mit ihren heimlichen Ängsten immer um die Frage 'Was ist eigentlich ein richtiger Mann? Fehlt mir was? Ist mein bestes Stück auch lang genug?' Das Problem ist nur, ihr wisst nicht, dass ihr so viel könnt. Ein weiteres Problem ist die Tatsache, dass ihr euch nicht einig seid. Da haben euch die Männer wieder mehr voraus. Zu viele Frauen fühlen sich in ihrer Abhängigkeit einfach zu wohl und wollen gar nichts ändern."

„Und was war mit Lysistrata? Waren sich die Frauen da nicht einig? Männer mit Sexentzug zu strafen, um sie vom Kriegführen abzuhalten?", fragte ich.

„Mit Sexentzug straft sich eine Frau nur selbst. Es sei denn, der Sex an sich ist schon eine Strafe für sie – soll es ja geben – weshalb sie leicht darauf verzichten kann. Aber Lysistrata hatte keinen Mann, war nicht verheiratet. Mit der Besetzung der Akropolis hat sie von ihren Geschlechtsgenossinnen aus Sparta und Athen etwas verlangt, was ihr selbst vorenthalten war. Und einig? Pah! Wie viele haben den Streik gebrochen? Hielten es vor Sehnsucht nicht aus, als ihr Gatte nach Monaten endlich gesund oder angekratzt aus dem Feld heimkehrte? Und seine Wunden gepflegt haben wollte? Ach, weißt du, nichts und niemand hält einen Mann davon ab, sich zu prügeln und mit Rivalen zu messen, wenn er es denn unbedingt will! Sexentzug macht ihn nur noch aggressiver. Nein, was Lysistrata verlangte, war zwar irrsinnig, hatte aber Erfolg – zugegeben."

„Ja, ich fand auch, dass das eine beknackte Idee war. Aber es ändert sich doch anscheinend nie was. Es ist fast so, als könnte ich über mein Bett den Spruch schreiben: 'Mal hatt' ich keinen Becher, mal fehlte mir der Wein.' Von wegen, auf jeden Topf passt ein Deckel!" Ich redete mich in Rage.

Er ließ wieder von dem Felsen ab und sah mich prüfend an.

„Wie sieht es mit dem Spruch aus: 'Was ich nicht lebte, werde ich auf immer vermissen?' Passt der nicht besser? Oder bedingt das nicht eigentlich, dass du nie beides hast, Becher und Wein? Was wäre denn schlimmer für dich: etwas oder jemandem ein Leben lang hinterherzujagen oder es oder ihn für kurze Zeit zu besitzen, um es oder ihn dann wieder hergeben zu müssen?"

Verblüfft hielt ich inne. *Was waren das für kryptische Worte? Wie sollte ich mich da entscheiden?*

„Alles zu seiner Zeit. Es gibt nichts, was ewig hält, es sei denn, man ist ein Mythos wie du und bleibt auf ewig ein Felssolist. Außerdem hab ich das alles schon gehabt. Ich habe besessen und erlebt, es war nicht gut auf Dauer, habe es wieder abgegeben und erneut gesucht. Vielleicht weiß ich auch nicht, was oder wem ich hinterherjage."

„Dir selbst. Du jagst dir hinterher und suchst dich nur selbst. Im Anderen. Dazu suchst du dir nur die Falschen aus. Du träumst von einer Legende mit Freude ohne Ende. Damit umgehst du geschickt deine Angst, in der Falle zu sitzen. Doch sitzt du schon lange drin, und du hast dich selbst hinein manövriert. Dabei ist die Tür nicht verschlossen. Es ist nicht so wie bei meinem Kollegen Tantalus: Er kann nicht hinaus, leidet bei der Fülle von Verlockungen vor den Augen und kann nicht zugreifen. Aber das ist nun mal seine Strafe, seine ewige Aufgabe. *Deine* ist das nicht. Also, greif endlich zu, aber richtig. Vergiss die Angst vor dem Käfig, oder – noch schlimmer – die Furcht, etwas Entscheidendes zu versäumen! Das ist der Rat, den ich dir geben kann. Mach was draus. Und sieh das Leben nicht als viele verlockende Kletterstationen, die, wenn du sie bezwungen hast, langweilig werden!"

„Den anderen geht es aber nicht besser. Es ist ja nun nicht so, dass ich die Einzige mit diesem Problem wäre."

„Nein. Das bist du nicht. Ändert das etwas? Ist es

nicht ungleich schlimmer, wenn viele Menschen, Männer wie Frauen, an epidemischem Herzversagen sterben? Und das auch noch ganz alleine?

Was wünschst du dir denn wirklich? Wenn ich ein Flaschengeist wäre – welchen dringlichsten Wunsch wolltest du erfüllt haben? Liebe?"

„Liebe? Was ist Liebe? Weiß das ein Mythos?"

„Liebe hat Gründe, die der Verstand nicht kennt. Liebe hat eine eigene Sprache, ist uneigennützig, kennt keine Berechnung. Ich nenne es mal so: Liebe ist bedingungslose Wertschätzung. Und das Ganze wird gemeinsam zu mehr, als es die Summe seiner tausend Teile sind. Das verstehst du doch, oder?"

Ich sagte nichts mehr. Traurigkeit überfiel mich. Habe ich schon jemals jemanden in diesem Leben bedingungslos wertgeschätzt? Oder wurde mir das zuteil? Ja. Florentine. Kenne ich jemanden, der jemanden kennt, der jemanden bedingungslos wertschätzt? Nein. Wenn sie gestorben oder nur fort sind, und ich mir die Vergangenheit vergolde und alles Traurige, alles Verletzende fortlasse – dann vielleicht? Und wenn das Ganze zerfällt, dann automatisch wieder in die Summe seiner Einzelteile? Oder bleiben Fragmente auf der Strecke?

„Jetzt siehst du traurig aus", sagte der Mythos und machte sich an seinem Fels zu schaffen. *Sisyphus, ich bin wie eine taube Blinde!*

„Liebst du deinen Stein?", fragte ich ratlos. „Hast du je geliebt?"

„Ja, das Leben", grunzte er.

„Deine Frau?"

„Nein. Niemand hat aus Liebe geheiratet. Das war ganz gut so. Die Menschen hatten nicht so viele Illusionen, verklärten nichts in Rosa und pflegten kaum Erwartungen. Das ging besser als heute."

„Wie langweilig." Ich schnaufte. *Will er mir das jetzt schmackhaft machen?* „Nun, da kann man ja abhelfen. Mit Knabenliebe zum Beispiel."

„Ja, es gab viele, die das bevorzugten. Ich nicht."

„Andere Frauen?" Er schmunzelte verlegen. „Das schon eher!"

„Und das soll nun besser sein?" *Spinnt der jetzt?*

„Es geht nicht um besser oder schlechter. Es geht ums Leiden. Wir haben weniger gelitten. Wir waren nicht enttäuscht, weil wir keine Erwartungen hatten. Wer keine Erwartungen hat, wird nicht enttäuscht."

„So schlecht sind Enttäuschungen nicht. Wenn man es mit 'd' statt mit 't' schreiben könnte, hieße es 'Ende einer Täuschung'. Und das ist ja eigentlich nur gut, oder?"

„Ja. Ich frage mich nur …", er blickte nachdenklich zum Himmel, „warum bist du so furchtbar traurig?"

„Weil der Mensch nur an Widerständen wächst und glückliche Menschen keine Geschichte haben! Deshalb!"

„Aha. Und wie viele Geschichten hast du schon geschrieben?"

„Ein Buch voll!" Plötzlich kamen mir die Tränen.

„Meine Liebe! Es gibt Menschen, die bekommen noch nicht einmal eine Seite voll! Sei stolz darauf!"

Ich suchte ein Taschentuch. Das Schnäuzen brachte etwas Erleichterung. Druck ablassen. „Du?"

„Hm?"

„Was machst du eigentlich, so kurz nach dem Abgang deines Felsens? Bist du dann verzweifelt?"

„Nein." Er lachte. „Dann beginnt die gute Zeit für mich. Der Abstieg ist nur für mich, meine private Ewigkeit. Dann brauche ich kein Mythos zu sein und bin nur glücklich. Denke und denke und denke, bis der Schmerz von vorne beginnt."

Ich fröstelte und sah mich um. Das Wetter wurde schlechter. Wolken, grau und schwer, nahmen die Sicht auf den Gipfel. Und ich verspürte Hunger. Irgendwie kamen wir beide nicht so schnell voran, und ich machte mir Sorgen um den Abstieg. Ich wollte nicht im Freien übernachten.

„Also – ich hab noch eine Menge Bedürfnisse! Jetzt

zum Beispiel. Ich hab Hunger und muss mal … du weißt schon!"

„Na, dann geh. Ich aber muss weiter …"

Ich verschwand in der Landschaft. Eigentlich hätte ich doch gleich aufwachen müssen.

So lange träumte ich sonst nie. Und wenn ich nun ein Felsen war, der träumte, ein Mensch zu sein? Vielleicht gab es gar kein Erwachen? Was war, wenn ab jetzt alles anders werden müsste? Nach dieser Erfahrung?

Wieso wusste der Mythos so viel über mich? Dass ich auf einer Intensivpflegestation arbeitete und Probleme mit Männern hatte? Und wenn er das schon wusste – hatte er auch eine Lösungsidee?

„Sisyphus?", rief ich, während ich mir die Hose hochzog. Gott, war das kalt geworden! „Liebst du Musik? Kennst du vielleicht 'Die Moldau' von Smetana?" Keine Antwort. „Sisyphus?" Ein wenig in Panik beeilte ich mich, auf den Weg zurückzukommen. Ich konnte den Mythos nirgends erblicken. „Sisyphus!"

Er war weg. Hatte er sich in Luft aufgelöst? Ohne sich zu verabschieden? Oder war der Spuk vorbei und ich wachte gleich auf, eingeschlafen auf dem Stein in der Sonne? *Hatte er vielleicht sein Tempo gesteigert, nachdem ich ihn mit meinen Fragen nicht mehr aufhielt?* Ich ging schneller. Versuchte, nicht über die Steinbrocken zu stolpern. „Sisyphus? Sisyphus! Wo bist du?"

Nichts zu sehen. Doch! Der Stein. Er hatte seinen eigenen Weg gewählt und lag unten bei dem Latschenkieferwäldchen. Komisch. Das hätte ich doch hören müssen, als der abging! Musste einen Krach wie ein ganzer Bergrutsch verursacht haben.

Der Mythos hatte seinen Felsen verloren! Aha. Das ging ja schnell. Also, auf ein Neues. Aber wo war jetzt der Grieche mit den schönen Augen? Mir fielen plötzlich meine Geschichtskenntnisse aus der Schulzeit wieder ein. Es gab noch andere Gründe für seine Verbannung in den Tartarus. Aber das spielte wahrscheinlich keine Rolle mehr, jetzt und hier. Unschlüssig stand ich auf der Stelle, drehte mich um mich selber und hielt Ausschau. Sinnlos, nach ihm zu rufen. Ich suchte einstweilen nach Brot im Rucksack und trank durstig aus meiner Flasche. *Wo war ich überhaupt?* Ich fühlte mich einsam. Es wurde langsam dunkel und zu essen fand ich nichts. Ich musste zurück, das Wetter spielte nicht mehr mit. Dunkle Wolken über den Bergen.

Vielleicht begegnete ich ihm ja unten wieder? Und wenn er verschwunden war, weil seine Zeit anbrach, die Zeit, in der er kein Mythos war und alle Regeln hinwarf? Er hatte recht. *Das würde mir kein Mensch glauben, besonders, dass der Tod eine Frau ist! Und wir die Patienten den Berg hinunter werfen! Oder so ähnlich …*

Ich nahm meine Stöcke, rannte bergab, hektisch und panisch. Kam endlich zu dem Felsblock, der genauso da lag, wie ich ihn beim Aufstieg vorgefunden hatte. Vom Mythos keine Spur.
Mir fiel ein Lied von ‚Witthüser und Westrupp‘ ein. Der Rückweg ist dunkel aus anderer Landschaft. Ich seufzte.

Plötzlich kam mir der Gedanke an meine Zeichnungen. Genau! Ich hatte ihn doch gemalt. Das war der Beweis! Ich kramte den Block aus der Jackentasche – blätterte – leer! Kein Strich, kein Schatten, überhaupt nichts sah ich auf den Seiten. Aber ich hatte ihn doch gezeichnet! Auf vier Blättern!
Was hatte er gesagt? „Wenn du meinst, dass das sinnvoll ist und du mich erkennen kannst!"
Jetzt war ich der Verzweiflung nahe. „Ich muss weiter." Das waren seine letzten Worte gewesen.

Dann vernahm ich Musik. Ich drehte den Kopf, aber ich konnte nicht feststellen, woher sie kam. Es war Smetana. „Die Moldau" hörte ich. Hier, jetzt, klar und deutlich. Wehmütig dehnte und wand sich die Geige in meinen Ohren.

Ich musste weiter. Die Moldau hält in ihrem Lauf auch nichts auf. Das war die Abschiedsmusik. Kein Zweifel. Er schickte mir „Die Moldau" virtuell ins Gehör. Er war nur eine Möglichkeit. Mehr nicht. Ich hatte meine Taschenlampe nicht eingepackt. Es dämmerte. Unverantwortlich! Der Weg kam mir unendlich lang und beschwerlich vor. War das noch derselbe Weg? Und die „Moldau" hatte zu Ende gespielt. *Ich hatte mich verlaufen. Verdammt! Und das passierte mir!*

Wir Frauen dürfen die Männer nicht kopieren, wir werden sie niemals davon abhalten, so zu sein, wie sie nun mal sind. Wir dürfen in der Medizin Mensch und Stein nicht entzweien, bestrafen mit Sexentzug nur uns selbst, sind uns unter den Frauen nicht einig. Ich sitze in der Falle, die ich mir selber gebaut habe, jedoch bei offener Türe. Und wenn der Stein oben ist, werde ich tot sein. Allein – wie das alles zu ändern wäre, dazu blieb uns keine Zeit mehr. Der Mythos hat sich aus dem Staub gemacht! Ach ja. Ich sollte die eine oder andere Gelegenheit zu bouldern auslassen. *Hm.*

Was noch? Der Kampf gegen Gipfel kann sinnvoll sein, und wir müssen uns Sisyphus als einen Gewinner vorstellen. Das hatte doch schon mal jemand behauptet! Wer war es nur? Irgendein philosophischer Wortakrobat.

Na, egal. Wenn der wüsste, dass ich diesen Mythos höchstpersönlich in virtueller Landschaft gesehen habe, wir könnten zusammen die Welt verändern. Aber *wer will das eigentlich alles wissen? Wer? Herrgott, war das dunkel!* Und Hunger hatte ich, dass ich in Baumrinde hätte beißen können. *Unglaublich! Ob das überhaupt der richtige Weg war?* Kam mir alles sehr verändert vor. Oder war ich jetzt anders? *Vielleicht sah ich jetzt tatsächlich? Nur, weil ich glaubte, dass ich sehen konnte, brauchte ich nichts erkennen. Doch die Realität ... na ja, der Möglichkeit nach vorhanden ... wer bestimmte, was Realität und was Wahrheit war? Wer?*

Ich fand das Kiefernwäldchen. Gott sei Dank. Jetzt wusste ich wenigstens, wo ich war. Ein Ast peitschte mir ins Gesicht, ich hielt die Hände vor die Augen, strauchelte, verlor einen der Wanderstöcke. Wo war er? Ich tastete in der Umgebung herum, drehte mich um mich selbst, trat einen Schritt zurück und stürzte ein paar Meter tief. *Oh Gott, bitte nicht in einen Fluss!* Nein, es war kein Fluss, sondern eine Spalte.

Hier herrschte noch mehr Dunkelheit, sofern das überhaupt möglich war. Ich setzte mich hin und fing an zu weinen. Das war mir noch nie passiert. Was würde Florentine sagen? Ich heulte wie ein Schlosshund und schnäuzte in die Umgebung. Kein Taschentuch. Nach ein paar Minuten beruhigte ich mich wieder. Also, hier konnte ich nicht bleiben! Ich stand auf und rieb mir den Hintern, der tat von heute Morgen noch weh. Oder war es gestern?

Dann versuchte ich, mich an der Böschung mit den Füßen nach oben abzustoßen. Meine Hände griffen in Dornen. Zweimal fiel ich wieder runter, beim dritten Mal klappte es endlich.

Ich stand oben.

GEH WEITER GERADEAUS.
DU HAST DEINEN STEIN VERLOREN.

Was? Wer sprach da? Ich drehte mich nach allen Seiten um.

„Sisyphus?!" Nichts zu sehen. „Hey! Was soll das? Komm raus!" Also weiter. Weit entfernt an meiner linken Seite konnte ich Lichter erkennen. War das Nax? Erleichtert atmete ich aus. Rechts von mir in zehn Metern Höhe sah ich eine Gestalt, die auf einen Felsen kletterte. Sisyphus? *Sisyphus! Er ist zurück!*

„Hey, Sisyphus! Wo warst du denn?", schrie ich der Gestalt zu. Sie antwortete nicht. „Sisyphus? Hey, sag doch was!" Meine Füße rutschten über Geröll mehr rückwärts als vorwärts – in seine Richtung. Ich keuchte vor Anstrengung. *Warum sagte der Idiot nichts?*

Dann sah ich, was es war: die rostige Skulptur am Einstieg des Klettersteigs. Enttäuscht schluchzte ich auf. Der konnte ja nun wirklich nicht antworten. Aber ich wusste wenigstens, wo ich war. *Mein Handy!* Wieso hab ich nicht die Pension angerufen? Die machten sich doch wahrscheinlich schon Sorgen. Das Display flackerte, der Akku war fast leer. *Bitte, bitte, halt durch! Nur einmal, nur kurz, nur jetzt!*

Ich tippte die Ziffern der Pension, der Rufton ertönte – einmal, zweimal, dreimal.

„Luttermill, *bonsoir?*"

„Frau Luttermill, *j'ai moi*, Katharina Küster!" Ich musste husten. „Ich hab mich verlaufen, bin unterhalb der Eisenfigur am Klettersteig …" *Peng!* Handy aus, Display dunkel.

Verzweifelt setzte ich mich unter den Felsen, fing wieder an zu heulen. Ich hatte keine Kraft mehr und wollte nicht mehr weiter laufen. Mein Hintern fühlte sich wie verknotetes Eisen an, die Hände waren blutig und aufgekratzt. *Ich geh keinen Meter mehr, ich*

bleib hier hocken, sollen doch alle zusehen, wie sie klar
kommen.

Florentine machte sich bestimmt schon
Gedanken, weil ich mich nicht meldete. *Selbst schuld.*
Sollten sich doch alle Sorgen machen, aber besser wäre, es
käme jemand, um mir zu helfen.
Ich legte den Kopf zurück an den Felsklotz bei der
Kletterfigur und schloss die Augen. Ich war müde,
mir war eiskalt, ich hatte riesigen Durst und nichts
mehr zu trinken.

BLEIB SITZEN. RÜHR DICH NICHT.
DU HAST DEN STEIN ZURÜCK.
ALLES WIRD GUT.

Wie bitte? Konnte die Skulptur sprechen? Oder
redete ich mit mir selbst? War ich im Delirium? So
wie Vater, wenn er länger keinen Schnaps getrunken
hatte.

Einmal habe ich erlebt, wie er versuchte, riesige
Spinnen zu töten, die immer näher kamen, für alle
anderen aber unsichtbar waren.
„Siehst du sie? Hilf mir, mach sie tot!", schrie er.
„Welche Spinnen, Papa? Da sind keine Spinnen, *du*
spinnst!", versuchte ich, ihn zu beruhigen. Zwecklos.
Ebenso hätte ich einem Klempner erklären können,

wie Scheiße riecht. Wild schlug und trat er um sich. „Ihr kriegt mich nicht, nein, ihr kriegt mich nicht! Ich schlag euch tot!" Florentine rief den Notarzt, der spritzte ihm ein Mittel von der Sorte: *Alles-halb-so-wild-und-gleich-wird-es-wieder-besser* und ließ ihn einweisen.

In der geschlossenen Psychiatrie brachten sie ihn auf den Pfad des sanften Entzugs, und nach vier Wochen entließen sie ihn. Die Spinnen waren verschwunden, weder Mäuse noch Elefanten tobten im Wohnzimmer, dafür hockte er im Sessel und sprach immerzu von Selbstmord. Folge: Einweisung in die Geschlossene. Eine Drehtür quasi. Damit machte ich als seine gesetzlich bestellte Betreuerin Schluss. Jeder Mensch hat das Recht auf Verwahrlosung und auf die Wahl der Art und Güte des persönlichen Untergangs. Lasst ihn einfach leben oder sterben. Wie er will. Wie er kann.

In der Dunkelheit tauchten zwei Scheinwerfer auf. Ein Auto! Ich musste mich bemerkbar machen. Die Lichter bogen nach links ab. Der Wagen fuhr auf den Parkplatz. Ich rappelte mich auf, stolperte über das Geröll in Richtung des Lichtes. Meine Füße so schwer wie Senkblei.

„Hallo! Hallo, hier bin ich! Helfen Sie mir, ich hab mich verlaufen!" Die Scheinwerfer erloschen. Oh nein, bitte lass es wahr sein, bitte!

„Est ce que quelqu'un là-bas?", hörte ich eine Stimme rufen. Es klang wie ‚kwesta labas'. *Ach, das ist Französisch.*

„Je suis ici! Aidez-moi!", schrie ich. „Helfen Sie mir!"

„Madame Küster? Sind Sie das?", erklang es laut und deutlich links von mir. Ich schluchzte auf, dieses Mal vor Erleichterung. Das war wie die Ankunft von dem Mann auf dem weißen Pferd. Der Retter.

„Ja, ich bin hier!"

„Na, da sind Sie ja! *Mon dieu!"*

Der Sohn der Wirtin stand vor mir. „Wir haben uns solche Sorgen gemacht! Sind Sie verletzt?"

„Nein, nur durstig. Haben Sie was zu trinken dabei?"

„Ja, im Auto. Kommen Sie! Sie waren zwei Tage weg, wir haben Sie suchen lassen! Ihre Schwester hat schon dreimal angerufen!"

Er fasste mich am rechten Arm und führte mich hinunter.

Im Wagen saßen noch zwei Personen, die ich nicht kannte.

„Das sind Gäste aus der Pension, Sie saßen vorgestern mit ihnen am Frühstückstisch." Er öffnete einen Rucksack. „Hier, Wasser. Trinken Sie, aber langsam!"

Noch nie hatte ich so hektisch eine Flasche an die

Lippen gesetzt. Ich trank gierig und schluckte, schluckte, schluckte.

„Meine Güte, wie sehen denn Ihre Hände aus?", fragte er entsetzt. Ich sah sie mir an. Blutige Abschürfungen, angeschwollene und verdreckte Finger, eingerissene Nägel. Nun ja, das mussten die Dornen gewesen sein, oder hatte ich Steine geschoben?

„Ich weiß nicht, ich bin in irgendein Loch gefallen."

„Los, steigen Sie ein. Sie müssen ins Bett. Oder sollen wir Sie in ein Spital bringen?"

„Nein!" Bloß nicht ins Krankenhaus. „Ich bin okay, ich muss nur schlafen. Endlich schlafen!" Ich stieg ins Auto und gefühlte Stunden später stand ich bei der Zimmerwirtin in der Tür. Geschafft!

„Bon Dieu, Madame!" Frau Luttermill schaute mich entsetzt an. Ich sah an mir herunter. Meine Jacke war dreckig und durchnässt, der rechte Ärmel hatte einen Riss.

„Ich ging in anderer Landschaft", sagte ich.

„Sie werden es mir nicht glauben. Es war unglaublich aufregend!" Ich redete immer schneller. „Kennen Sie Sisyphus? Ich bin ihm begegnet. Wirklich! Er schob einen riesigen Felsen."

Der andere Gast blickte mich nachdenklich an. „Wenn Sie lange nichts getrunken haben, begegnen

Sie nicht nur Sisyphus, sondern Petrus, dem
Erzengel und Aristoteles, eventuell sogar Hermann
Hesse", sagte er. Er trug Sportkleidung,
Wanderschuhe und eine professionelle Armbanduhr
mit Höhenmesser. Hinter seinen Brillengläsern
wohnten verständnisvolle blaue Augen.
„Tatsächlich? Woher wissen Sie das?"
„Ich bin Arzt. Mein Name ist Bensdorf. Ich kenne
viele Menschen, Mythen, sogar Dichter. Trinken Sie
noch ein paar Schlucke. Und lassen Sie mich Ihre
Hände behandeln. Das sind böse Abschürfungen.
Sind Sie gegen Tetanus geimpft?"
„Ich glaube schon." Er nahm meine Hände und
betrachtete sie. Dann zog er aus seiner Tasche eine
braune Flasche und Verbandsmull und tupfte die
offenen Stellen sorgfältig damit ab. Das brannte
höllisch! Ich wollte endlich meine Ruhe. JETZT!
Doch seufzend ließ ich die Behandlung über mich
ergehen, er meinte es ja gut.

   „So. Sieht jetzt besser aus. Und morgen fahren Sie
kein Motorrad, Ihre Hände brauchen Ruhe."
Er lächelte und packte Flasche und Verbandszeug
zurück in seine Tasche.

   DER HAT SEINEN STEIN GEFUNDEN.
UND PASST GUT AUF IHN AUF.

HÖRST DU?

Nein!!

„Wie bitte?" Irritiert sah der Doktor mich an. „Ach nichts, ich glaube, ich muss was essen."
Wie bestellt, brachte Frau Luttermill heiße Gemüsesuppe, Brot und Käse. Ich schlang alles in mich rein. Gebratene Pappe mit Ketchup hätte ich jetzt auch gegessen.

Ich wollte eine WhatsApp an Florentine schreiben, doch der Akku war leer. Na, dann eben nicht. Ich bedankte mich bei den anderen Gästen, die mich immer noch besorgt anstarrten, schlich die Stufen zu meinem Zimmer hinauf, stöpselte das Handy an die Netzdose, löste die Zöpfe, zog mich aus und stürzte in die Dusche. Danach kroch ich unter die karierte Bettdecke.

SCHLAF GUT!

Hau ab! Du hast mich im Stich gelassen! Idiot.
NEIN. ICH WAR DIE GANZE ZEIT IN DEINER NÄHE!

Aber du hast nichts gesagt!

WAS GLAUBST DU, WIE DU SONST
DEN WEG ZURÜCK GEFUNDEN HÄTTEST?
ICH HABE DICH DURCH DIE
LANDSCHAFT GEFÜHRT.

Hau ab! Ich will endlich meine Ruhe!
Verschwinde — Arschloch.

SCHON GUT. DU BIST MÜDE.
SCHLAF JETZT.

Ja. Mach ich. Geh! Bis morgen?

***

Am nächsten Morgen ging es mir deutlich besser.
Der Sohn der Wirtin - wie hieß der eigentlich? -
hatte die Wanderkarte auf dem Frühstückstisch
ausgebreitet.
„Wissen Sie, wo Sie vom Wanderweg abgekommen
sind?", fragte er.
  Ich schaute ratlos auf die Höhenlinien.
„Ehrlich gesagt — nein. Vielleicht hier." Ich deutete
auf eine Stelle neben der Skulptur. „Da hab ich den

Klettersteig verlassen. Ich kletterte auf den Felsen und hab die Gegend gezeichnet. Und dann bin einfach weiter gegangen … glaube ich. Ich kann mich nicht mehr erinnern."

„Wollen Sie noch mal dorthin?", fragte er. „Ich komme gern mit. Natürlich nur, wenn Sie nichts dagegen haben. Ich heiße übrigens Marcel."

Wollte ich noch mal hin? Und wenn dieser Mythos wieder Steine schob und uns beide bequatschte? Unsinn! Also warum nicht? Wahrscheinlich hatte der Arzt gestern Abend recht. Zu wenig getrunken und Übernachtung im Gebirge ließen einen die seltsamsten Dinge erleben oder denken.

LASS ES SEIN! DIE EREIGNISSE SIND GESCHEHEN!

„Wozu soll es gut sein? Ich vermisse ja nichts und es war dunkel." Ich dachte kurz nach und schüttelte dann den Kopf. „Nein, das bringt nichts."

„Schade. Es hätte *mich* interessiert." Er blickte enttäuscht drein.

„Übrigens … rufen Sie doch Ihre Schwester an. Sie hat gestern mehrmals nach Ihnen gefragt."

„Oh, ja." Mit meinen malträtierten Wurstfingern

griff ich in die Hosentasche nach dem Handy und tippte.

„Liebe Flo, mach dir keine Sorgen, ich hatte mich im Dunkeln verlaufen. War in anderer Landschaft." Senden. Pling. Weg.

Ich ging zu meiner Maschine und überlegte kurz, heute doch noch zu fahren. Nein, mit diesen kaputten Händen hatte das keinen Sinn. Auf dem Tank lag ein Stein, groß wie eine Apfelsine, kantig und mit Erdspuren.

DER IST FÜR DICH. VON MIR.
ICH HOFFE, ER GEFÄLLT DIR. LEG IHN
IN DEINE HÄNDE.

Du bist schon wieder da! Du sprichst mit mir.

Ich fühlte, wie mir warm wurde. Vorsichtig nahm ich den Stein vom Tank und legte ihn in die linke Hand. Er passte genau hinein. Und das sollte jetzt helfen? Ich lächelte. Er ließ mich nicht allein. Nein, er schenkte mir sogar einen Stein.
Mein Handy klingelte. Ich sah aufs Display.
Florentine!

„Hi Flo. Sorry, dass du dir Sorgen machen musstest. Es ist nichts passiert, ich war halt …"

„Kathy! Mein Gott, bin ich froh, deine Stimme zu hören. Wieso hast du dich verlaufen? Du warst doch schon so oft dort …"

„Ich weiß auch nicht so genau. Der Klettersteig war mir zu voll, da bin ich runter auf den Wanderweg. Irgendwie hab ich die Zeit vergessen, weil ich … nun ja … ich traf einen Mann, als ich auf einen Felsen gebouldert bin. Der hat sich so toll mit mir unterhalten und ich …"

„Was, du hast einen Mann getroffen? Bist du mit ihm mitgegangen?"

„Ja, aber nur ein kleines Stück. Er konnte so interessant daher reden und sagte, er sei Sisyphus."

„Sisy… wer?"

„Der Mythos. Du weißt doch, der mit dem Felsen. Er besaß wirklich riesen Kräfte."

„Du willst mir jetzt erzählen, du hast einen Mythos getroffen? Am Klettersteig?" Ich hörte Florentine schnaufen. „Und der schob einen Felsen?"

„Ja, den, auf dem ich saß. Nicht auf dem Klettersteig, auf dem Wanderweg. Er meinte, er gehöre ihm." Florentine schwieg. Dann sagte sie sehr ruhig: „Kathy, alles okay mit dir?"

Ich kannte diese Ruhe an ihr – es wurde

ungemütlich.

„Ja doch!" Ich spürte meine Ungeduld. „Nur meine Hände sind etwas lädiert vom Klettern und von den Dornen."

„Wann kommst du nach Hause?"

„Ich dachte eigentlich morgen, wenn die Hände wieder okay sind. Warum?"

„Wir müssen über Vater reden. Mutter hat schon zweimal angerufen. Er macht wieder Ärger."

„Was ist denn jetzt wieder los?" Ich erlebte das tollste Abenteuer und genau jetzt machte der Alte wieder Probleme.

„Er sorgt für öffentliches Ärgernis. Nichts Wildes wahrscheinlich. Wie er halt so ist. Aber du willst ja nicht, dass er in die Psychiatrie kommt. Also komm her."

Meine Hand umschloss den Stein fester. *Grundgütiger.* „Okay, melde mich."

Ich legte auf und überlegte, den Stein quer durch den Holzunterstand zu schleudern. *Nein! Er ist von ihm.* Meine Hände schmerzten nicht mehr, ich packte meine Sachen.

Ohne Handlung keine Tragödie

„**K**athy! Ruf mich sofort an! Dein Vater macht wieder Probleme, er hat sich nackt auf seinen Balkon gestellt. Nackt, hörst du? Und damit nicht genug, hat er auch noch runter gepinkelt! Außerdem stinkt seine Bude zum Steinerweichen. Die Nachbarn haben die Polizei gerufen, und dich konnte wie üblich keiner erreichen! Du musst hinfahren, hörst du?"

Die schrille Stimme von Mutter auf dem Anrufbeantworter. Genau das, was mir heute noch fehlte! Sechs Stunden Autobahn. Geschwollene Hände wegen der Handschuhe und dem ständigen Gasgeben. Ich sehnte mich nach meiner Couch und leiser Musik von Smetana. Ein zweiter Anruf von meinem Stationsleiter kündete von Personalmangel auf der Intensivstation, verbunden mit der Bitte, morgen zum Dienst zu erscheinen. *Na, wer hätte es gedacht? Kommen die nicht mal ein paar Tage ohne mich aus? Die können jetzt warten!*

Pflichtbewusst wählte ich Mutters Nummer. „Ich bin's, Kathy. Was hat er nun wieder angestellt?" „Kathy! Gott sei Dank! Warum bist du nie zu erreichen, wenn man dich braucht?"

„Mama, ich war in der Schweiz! Florentine hat mir heute Morgen so was schon angedeutet. Und jetzt bin ich ja da, also mach keinen Terz. Was heißt überhaupt, ich bin nie erreichbar? Gegen einen nackten Vater auf dem Balkon hätte ich auch nichts tun können!"

Ich stoppte und holte Luft. „Wo ist er denn jetzt?" Ich merkte, dass ich genervt meine Augen verdrehte.

„Na, in seiner Bude. Die Polizei hat versucht, dich zu erreichen, ruf das Revier an. Bitte! Sag mal, kann man ihn nicht einweisen? Ich meine, in so eine Art geschlossene Anstalt? Der ist doch voll von der Rolle! Die Nachbarn haben recht und werden sich das nicht ewig bieten lassen."

„Und wo, bitteschön, soll er deiner Meinung nach hin?"

„Na, in die Klapse, wo sie ihm mit seiner Müllsortierung unter die Arme greifen – oder besser in den Kopf. Gibt es denn nichts, was ihm hilft?"

„Die *Klapse*, wie du es nennst, hat in der Vergangenheit auch nichts verbessert! Jeder Mensch hat das Recht auf Verwahrlosung, so ist das nun mal. Auch wenn das keinem gefällt. Das Haus hab ich doch auf Florentines Kosten entrümpeln lassen. Er ist halt sehr einsam in seinem Müll." Resigniert starrte ich auf meine geschwollenen Hände. „Okay, ich kümmere mich darum. Also, tschüss Mama!"

„Tschüss Kathy, ja, du machst das schon!"

Natürlich. Ich machte das schon. Mann, den Satz konnte ich nicht mehr hören. Ich war 29 Jahre und durfte immer noch nicht machen, was ich wollte. *Die konnten mich alle mal am Arsch lecken!*

Ich schmiss mich wieder in die Motorradkluft, schnappte den Helm und lief in die Tiefgarage zu meiner Maschine. Mein Vater wohnte fünfunddreißig Kilometer von Marburg entfernt in Mücke. Beim Starten der Cagiva leuchtete die Reservelampe aufs Visier.

Ups, besser noch zur Tanke fahren, die Reserve hatte mich schon öfter getäuscht und ich musste zur nächsten Tankstelle laufen, um mittels benzingefüllter Cola-Flasche den Tank händisch zu füllen. Zum Glück hatte mich ein Autofahrer mit zurückgenommen. Seitdem tankte ich sofort, wenn die Lampe glühte. Na ja … fast immer.

An der Tanke herrschte viel Betrieb. Als ich endlich an der Reihe war, legte ich zeitgleich mit einem Motorradfahrer gegenüber meinen Helm auf die Zapfsäule. Sekundenlang schauten wir uns an. Ein Ducati-Monster-Dark-Fahrer. Seine Lederkombi war eine extravagante von *Alne* in Knallrot, aus echtem durchgesprungenen Känguruleder mit diversen Applikationen italienischer Motorradmarken.

Er nickte mir zu. Motorradfahrer grüßen sich. Sein Helm war auch nicht billig, das konnte ich sofort sehen. Ich nickte gönnerhaft zurück und schüttelte meine langen Haare für ihn. In der Eile hatte ich vergessen, Zöpfe zu flechten. Das rächte sich jetzt – nur Filz und Knoten in der braunen Mähne.

Beim Spriteinfüllen lief mir der Tank über. Peinlich! Sollte besser nicht in der Gegend auf Ducatis und deren oberen Hälften schauen. An der Kasse das gleiche Gedränge. Dann wurde es noch peinlicher.

„Nummer Fünf", sagte ich und fingerte nach dem Portemonnaie in der Seitentasche meiner Jacke. Nicht da. *Nicht da?!*

„Oh nein! Ich habe meine Geldbörse vergessen."

„Haben Sie Ihren Personalausweis dabei?" Der Mann an der Kasse wirkte nicht amüsiert. Ungerührt starrte er mich an.

„Nein. Wenn ich den hätte, wäre auch meine Geldbörse da. Was machen wir denn jetzt? Soll ich den Sprit wieder absaugen lassen?"

„Immer langsam. Ich nehm erst mal Ihre

Personalien auf und Sie unterschreiben eine Zahlungsverpflichtung. Kommen Sie dieser nicht nach, gibt es eine Anzeige wegen Tankbetrugs."

„Entschuldigung ..."

Von hinten tönte eine ungeduldige Stimme.

„Okay, mach ich. Es tut mir so leid, das ist mir noch nie passiert, ehrlich!" Ich hätte in Tränen ausbrechen können. Der Kassierer zückte ein umfangreiches Formular.

„Name?"

„Katharina Küster. Ich wohne in Marburg, in der Bruhnestraße 31. Das ist nicht weit von hier."

„Weiß ich, ist aber egal."

„Äh – hallo. Entschuldigung? Darf ich der Dame aushelfen?" Wieder die Stimme hinter mir.

Verblüfft drehte ich mich um. Da stand der groß gewachsene Ducati-Fahrer und lächelte mich an.

„Wie viel macht es denn?", fragte er.

„28,63 Euro für Zapfstelle fünf."

„Okay. Nehmen Sie die sechs gleich dazu. Mit Karte bitte."

„Du bezahlst für mich?" Ich war fassungslos.

„Ja, die Schlange ist doch schon lang genug, oder? Gibst du mir irgendwann zurück."

„Na sehen Sie! Geht doch!" Der Kassierer grinste, kein Papierkrieg mehr, und die Kasse stimmte. Mir stand der Mund offen. Der Darkfahrer zahlte.

„Darf es sonst noch etwas sein?", lächelte er. „Vielleicht ein Schokoladenriegel oder ein Kaugummi? Sind im Angebot." Ich schüttelte den Kopf – noch immer fassungslos.

Zusammen gingen wir hinaus.

„Danke, echt, vielen, vielen Dank! Am besten, ich gebe dir das Geld gleich wieder. Ich wohne nicht weit von hier. Was meinst du?"

„Ich weiß. Brunnenstraße 31." Ich musste lachen.

„Nein, Bruhnestraße. Wieso …?"

„Du hast es eben für alle laut und deutlich gesagt!"

Ach ja. Stimmt.

„Aber du hast es nicht richtig behalten, sonst hättest du nicht Brunnenstraße gesagt. Und wo wohnst du?", fragte ich. Er lachte ebenfalls, wurde aber gleich wieder ernst.

„Ich muss jetzt nach Frankfurt. Wir verschieben es einfach. Ich bekomme mein Geld schon."

Er fuhr mit der Hand durch seine schwarze Igelfrisur. Dann fasste er sich verlegen an die Nase.

„Vielleicht am Samstag?", sagte er. „Bei schönem Wetter könnten wir eine kleine Runde drehen. Eventuell zur Wasserkuppe? Aber nur, wenn du vorfährst." Dann sah er auf meine Hände.

„Oh Mann. Was ist denn mit deinen Händen

passiert? Unfall?"

Ich fühlte mich überrumpelt. War das jetzt eine charmante verdeckte Anmache am Tatort Tankstelle? Irgendwie konnte ich nicht anders, ich musste trotzdem lachen.

„Ist beim Wandern in den Alpen passiert. Der Versuch mit der Tour war gut, echt! Fast hätte ich nichts bemerkt."

„Was denn, was meinst du mit ‚bemerkt'? Hältst du mich für einen Aufreißer?"

„Nein, nein. Natürlich nicht." Ich seufzte. „Okay, ist ja schließlich dein Geld. Hier hast du meine Nummer, falls du es dir anders überlegst. Kannst mir ja dein Konto mitteilen."

Ein energisches Hupen hinter uns ließ uns herumfahren.

„Hey! Wie lange dauert das denn noch mit euch beiden? Macht die Zapfstellen frei – aber flott!" Der Darkfahrer ging zu dem Wagen, beugte sich runter und fragte freundlich: „Gehört Ihnen diese Tanke oder sogar die Stadt Marburg?"

„Was ist das denn für eine bekloppte Frage? Mach endlich den Tankplatz frei!" Wieder griff sich der Darkfahrer an die Nase.

„Ähm, das dauert hier noch länger. An der Kasse können sie nicht kassieren, weil es einen Fall von

Tankbetrug gibt. Die warten auf die Polizei. Also –
am besten – Sie fahren zu der nächsten Tanke!"

„Wie? Was? Tankbetrug? So ein Scheiß, ich hab's
eilig. Na gut, vielen Dank für die Auskunft!"

Der Autofahrer setzte zurück. Ich versuchte, mein
Lachen zu unterdrücken, es gelang nur halbwegs.

„Mann, du fackelst aber nicht lange! Was hat dich
denn so wütend gemacht? Er hatte doch recht! Wir
hätten Platz machen müssen."

„Dieser Erklärbär hat gehupt. Ich kann Huper nicht
leiden. Die bekommen sofort einen Verweis. *Mich*
hupt man nicht an!"

„Da hast du echt Glück. Meine Hupe funktioniert
im Moment gar nicht. Und wenn, finde ich sie nicht
so schnell, wie ich sie gerade brauche."

„Motorradfahrer brauchen nicht zu hupen, die
verschaffen sich anderweitig Respekt. Am Hahn
ziehen und weg – sssst." Seine Rechte vollführte
einen Schwenk nach oben. Na klar. Am Hahn
ziehen.

Mir fiel plötzlich wieder ein, dass ich zu meinem
Vater musste. Ich sollte jetzt auch am Hahn ziehen
und griff nach meinem Helm. „Wie heißt du
eigentlich?"

„Christoph. Christoph Thormann. Wie der mit dem
Hammer. Und du bist Katharina."

„Woher weißt du …?"

„Auch das hast du an der Kasse laut und deutlich gesagt."

Wir schauten uns an. Natürlich. Meine Identität für alle in der Tanke laut und verständlich mitgeteilt. Nur weil ich nicht zahlen konnte. Seine Augen waren so grün wie der Frosch in dem Märchen der Gebrüder Grimm.

Zumindest stellte ich ihn mir so vor, den Frosch mit der kleinen Krone. Der „Froschkönig" setzte seinen Helm auf und zog den Kinnriemen fest. Er lächelte. Ich sah es an den winzigen Fältchen am äußeren Augenrand. Seinen Mund konnte ich nicht mehr sehen wegen des Helms. *Machte er sich etwa über mich lustig?*

„Alles klar, dann gute Fahrt. Und – danke noch mal. Das war super nett von dir."

Er hob seine rechte Hand, stieg auf und mit einem *Pottpottbra-UUUMM* startete er die Ducati.

„Bis bald", sagte er. Verwundert schaute ich ihm hinterher. Eigentlich müsste ich die Brieftasche holen, aber was sollte jetzt noch passieren? Der Tank war voll. Ich setzte mich auf die Maschine und startete in Richtung Mücke.

Als ich in die Straße einbog, in der mein Vater wohnte, erblickte ich vor dem Haus eine kleine

Menschenansammlung. Wahrscheinlich sämtliche Nachbarn. Einen Polizeiwagen sah ich auch. Das konnte nichts Gutes bedeuten. Ich stieg von der Raptor ab und zerrte an meinem Kinnriemen.

„Da ist sie! Seine Tochter!"

Eine füllige Mittfünfzigerin in grauer Kittelschürze und mit grauen, abstehenden Locken schrie mir die Worte entgegen. Sie wirkte wie eine blecherne Mülltonne mit der Aufschrift: Keine heiße Asche einfüllen. Ihre Frisur sah aus, als hätte sie jemand rückwärts durch die Hecke gezogen. Struppige Dauerwelle, die Haare vom Kopf wie Draht nach allen Seiten in grauen Farbschattierungen abstehend. Ihre wütend geballte Faust zeigte auf mich.

„Können Sie uns nicht endlich von diesem Mann befreien?"

Perplex schaute ich auf die Menschenmenge und spürte Wut hochsteigen. *Drehten jetzt alle durch?*

„Nee, kann ich nicht! Menschen wie Sie sind flüssiger als Wasser, nämlich überflüssig!" Die hatten mir gerade noch gefehlt, die blöden Nachbarn, die nichts anderes von mir erwarteten, als dass ich meinen Vater endlich in die Klapsmühle brachte.

„Was sind wir? Überflüssig? Wir sind ehrbare Bürger von Mücke. Junge Frau, etwas mehr Respekt bitte!

Und … muss der denn vom Balkon pinkeln?
Normale Menschen benutzen dazu die Toilette!"
„Haben Ihre Kinder noch nie in die Natur
gepinkelt? Lassen Sie mich in Ruhe!" Ich kochte.

BLEIB RUHIG, KATHARINA.

Wie jetzt? Der Mythos ist auch da? Virtuell oder in echt?

Ich lief durch den verwahrlosten Vorgarten zur
Haustür. Blickte kurz auf die Schätze, die er wieder
gesammelt hatte: ein Autoreifen, die verrostete Felge
daneben, blaue und weiße Mülltüten, angedötschte
Plastikwasserflaschen und Aludosen. Altöl in
Marmeladengläsern.

Die Tür stand offen. Im Flur traf ich auf eine
Polizistin, die mich kritisch musterte.
„Sie sind die Tochter? Seine rechtlich bestellte
Betreuerin?"
„Ja, bin ich. Wo ist er?"
„Auf der Toilette. Können Sie sich ausweisen?"
„Ja, klar." *Ups.* „Äh – nein, kann ich leider nicht. Ich
habe meine Brieftasche vergessen." Die Beamtin
seufzte. „Okay. Ihr Vater wird Sie wohl erkennen.
Kommen Sie ins Wohnzimmer, wir müssen mal

reden." Es stank fürchterlich. Nach Saurem, nach Müll und Fäkalien. Die offene Terrassentür half nur wenig …

Der Flur war fast nicht begehbar: Kartons, Plastiktüten, Konservendosen. Alles lag in der Gegend herum. Aus einer Einkaufstüte starrte mir ein Fahrradschlauch entgegen, bedeckt mit einer braunen, undefinierbaren Masse.

Mein Vater, ehemals erfolgreicher Wirtschaftsjurist – jetzt nicht mehr vorstellbar. Irgendwann ging alles schief.
Er besaß mal eine Kanzlei, hatte Angestellte, war bekannt. Er brachte mir das Schnitzen einer Pfeife aus Haselnussholz, das Schwimmen und das Fahrradfahren bei. Er liebte meine Mutter und seine Töchter. Nichts blieb übrig von all dem. Dann liebte er nur noch den Alkohol.

Der degenerierte ihn zu einem Wrack. Wegen seiner Sehnsucht nach Maßlosigkeit und dem Sprengen aller Grenzen des Alltäglichen mit Überschuldung kam es zu heftigen Streitereien zwischen meinen Eltern, mit körperlichem Einsatz und Materialschäden an Möbeln, Geschirr und Glas. Das hinterließ einen bleibenden Eindruck auf mich und führte im Ergebnis zu meinem heutigen Zölibat. Na ja – fast Zölibat. Ab und zu blieb ich gerne in sozialer Übung. Die letzte Beziehung war ein Jahr her. Von unserer Mutter verlassen, dem Alkohol verfallen, hockte Vater nun in diesem gemütlichen Elend. Er besaß keine Würde mehr. Denn Würde wird jemandem nur durch andere zuteil. Und andere gab es kaum noch.

Ich musste Florentine anrufen!

„Sie sind die Tochter? Katharina Küster? Mein Name ist Dr. Monika Volkers, ich bin die diensthabende Psychiaterin des sozialpsychiatrischen Dienstes. Sie haben die Betreuung für Ihren Vater, Richard Küster?"

Sie war eine rundliche Mittvierzigerin mit Kurzhaarschnitt, geduldiger Ausstrahlung, aufrechter Körperhaltung und aufmerksamen blauen Augen, die sie auf mich richtete.

„Ja."

„Wie lange schon?"

Ich holte tief Luft. „Ein Jahr. Als es mit ihm immer schlimmer wurde. Kein Realitätsgefühl mehr, Kontrollverlust, er fühlte sich verfolgt, schloss sich ein, vergaß das Essen, nur das Saufen nicht. Alkohol war immer irgendwie vorhanden. An vielen möglichen und unmöglichen Stellen. Im Toilettenspülkasten zum Beispiel."

„Wussten Sie von dem Zustand des Hauses?"

„Ja. Vor vier Wochen erst habe ich das Haus
entrümpeln lassen und versucht, ihn zum Arzt zu
schleppen. Aber er wollte nicht."

„Was machen Sie beruflich?"

„Ich bin Krankenschwester." *Sag jetzt bloß nicht, wie
kann einer Krankenschwester das passieren?*

Sie sagte nichts. Stattdessen fragte sie: „Dann
kennen Sie ja die Wernicke Enzephalopathie oder
das Korsakow Syndrom?"

„Ja, kenne ich. Ein vom Alkohol zerstörtes Hirn. Mit
Wahnvorstellungen, Gedächtnisstörungen und
Verwirrtheit."

„Ihr Vater kann nicht mehr alleine leben, er kommt
mit dem Alltag nicht zurecht."

„Nur weil er vom Balkon gepinkelt hat?" Ich spürte
wieder Wut in mir aufsteigen.

„Nein." Sie blieb ruhig. „Weil er hier verhungert und
sich damit selbst gefährdet. Weil er nicht mehr ohne
Aufsicht sein kann und sein Wahn ihn selbst
furchtbar stresst." Sie strich sich eine Haarsträhne
aus der Stirn.

„Das heißt jetzt was? Unterbringung? Wegsperren?"

„Zunächst in die Psychiatrie und Behandlung mit
Vitamin B1. Einstellung mit Medikamenten, die
unter Aufsicht genommen werden. Ausreichende
Körperpflege, genügend Essen und Trinken, keinen

Alkohol.“

Wusste ich's doch! Die wollten meine Einwilligung zur geschlossenen Unterbringung!

„Ich muss mit meiner Schwester telefonieren, die ist Staats- anwältin und Ersatzbetreuerin!“

„Natürlich. Wollen Sie jetzt gleich? Wir brauchen eine schnelle Entscheidung.“

Ich suchte nach meinem Handy. *Mist. Auch vergessen. Alles ging heute schief.*

„Haben Sie ein Telefon? Entschuldigung, ich habe mein Handy Zuhause liegen lassen.“ Sie nickte und reichte mir ihr Smartphone. Hektisch tippte ich Florentines Nummer.

„Flo? Ich bin's, Kathy. Es gibt ein ziemliches Problem mit Vater. Er hat nackt vom Balkon gepinkelt, die Polizei und der sozialpsychiatrische Dienst sind im Haus. Sie wollen ihn unterbringen – hörst du? UNTERBRINGUNG!“ Ich keuchte ins Telefon. „Was soll ich nur tun?“ Stille. Ich dachte schon, die Verbindung sei unterbrochen. „Flo?“

„Kathy!“ Florentine seufzte. „Ich muss gleich in eine Verhandlung. Wie geht es ihm denn?“

„Ich konnte ihn noch nicht sprechen, er sitzt auf dem Scheißhaus und hat sich eingeschlossen!“

„Kathy, du weißt doch … es gibt keine anderen Möglichkeiten mehr. Was soll denn noch passieren?

Er bringt sich um, weil er nichts mehr auf die Kette bekommt! Also raus aus dieser Schweinebutze, bevor es zu spät ist. Ich ruf dich heute Abend wieder an, okay? Ich hab jetzt echt keine Zeit mehr. Bussi, bis später!" Aufgelegt. Ich gab der Ärztin das Telefon zurück.

„Wenn Ihre Schwester Juristin ist, warum hat *sie* dann nicht die Betreuung übernommen?"
„Ihre Beziehung zu unserem Vater ist sehr schlecht."
„Und Sie haben eine gute Beziehung zu ihm?"
„Er ist mein Vater!" *Und ich habe ihm verziehen. Blöde Kuh!*

Ich starrte kurz auf meine Stiefel, stand dann abrupt auf. „Okay. Ich möchte ihn sehen. Jetzt!"
„Warten Sie!" Die Ärztin stand ebenfalls auf. Ich wartete nicht. Die Toilette war am Ende des Flurs. Ich sah kurz ins Schlafzimmer. Die Tür stand auf, und ich erblickte ein vollgeschissenes Bett. *Na, toll!* Ich klopfte mit Nachdruck an die Tür.
„Papa? Ich bin's, Kathy. Mach auf, bitte!"
„Nein!", schrie er. „Ich muss scheißen. Was wollt ihr alle hier? Ich will meine Ruhe, und ich muss mich auf die Verhandlung vorbereiten. Ich habe jetzt keine Zeit, die warten nicht auf mich!"

Ich konnte seine Verzweiflung durch die Tür mit beiden Armen greifen. Am liebsten hätte ich sie in einen Karton gelegt und bei DHL ohne Absender aufgegeben.

„Papa, du musst zu keiner Verhandlung mehr. Bitte mach jetzt die Tür auf!"

„Das ist mein Haus, da kann ich machen, was ich will!"

Mir war klar, er würde die Tür nicht öffnen. Eine Motorradjacke mit Protektoren schützt nicht nur bei Stürzen, sondern unterstützt körperlichen Einsatz in ungewöhnlichen Situationen. Mit aller Kraft stemmte ich mich seitlich mit der rechten Schulter gegen die Tür, haute den Ellenbogen gegen das Türblatt. Nichts. Noch mal. Wieder nichts.

„Hören Sie auf!" Die Psychiaterin stand hinter mir und legte ihre Hand auf meinen Arm.

„Nein! Ich höre nicht auf. ER. SOLL. DA. RAUS. KOMMEN! Jetzt!"

Ganzer Körpereinsatz. Die Tür gab nach und knallte an die Wand. Mit nacktem Oberkörper und runtergelassenen Hosen saß Papa auf der Schüssel, klapperdürr, mit aufgeblähtem Bauch und vorstehenden Rippen. Sein Gesicht gelblich verfärbt, der ausgemergelte Körper über und über mit blutiger Scheiße verschmiert.

„Papa! Oh Gott! Du bist krank, ernsthaft krank!"

„Der Meier hat mir in den Arsch geschossen! Es war

der Meier! Ich bring ihn um – jetzt!"

Er rappelte sich von der Schüssel hoch und versuchte, in den Flur zu rennen. Die runtergelassenen Hosen brachten ihn aber nach zwei Schritten zu Fall, er stolperte, schlug lang hin und riss zwei Mülltüten mit sich. Auch sein Hintern war blutverschmiert. Er schrie wie am Spieß immer wieder: „Der Meier hat mir in den Arsch geschossen!"

„Halten Sie ihn fest!"

Die Psychiaterin hielt eine Spritze in der Hand.

„Festhalten, sage ich!"

Ich fasste Papa an den verschmierten Händen und umklammerte sie, so fest ich konnte.

Mein rechtes Knie drückte ich auf seine Schulter. Seelenruhig, nein, eher kaltblütig, jagte ihm die Ärztin die Spritze in den Oberschenkel, drückte den Kolben nieder und zog sie wieder raus.

„Was spritzen Sie ihm da?" *Hätte sie mich nicht erst fragen müssen?*

„Diazepam, zwanzig Milligramm. Er hat eine Panikattacke." Papa schrie noch lauter. „Lasst mich in Ruhe, ihr verdammten Schweine, ich zeige euch an, ich rufe die Polizei, der Meier hat mir in den …"

„Die Polizei ist schon da, Papa. Alles wird gut, glaub mir. Bitte lass dir jetzt helfen! Du bist vollkommen

schmutzig, ich wasch dich jetzt. Komm steh auf!"
„Lassen Sie ihn! Die Spritze wird gleich wirken.
Haben Sie ein Laken irgendwo zur Hand? Wir
wickeln ihn damit ein. Das Waschen hat noch Zeit."
„Aber es ist alles voller Blut! Oh Gott. Wo kommt
das her?"

„Vermutlich hat er es erbrochen, vielleicht hat er
auch blutende Venenknoten in der Speiseröhre." Sie
schrie mich jetzt an. „Ich kann es Ihnen nicht sagen!
Jedenfalls muss er ins Krankenhaus. SOFORT!"

Ich suchte im Schlafzimmerschrank nach einem
Laken, dort gab es reichlich schmutzige Wäsche. Ich
zog eins heraus, es war dreckig. *Egal.*
Die Psychiaterin telefonierte bereits mit dem
Amtsgericht.
Ich hörte die Worte „Beschluss" und „Unterbringung".
„Die Betreuerin ist einverstanden, es ist die Tochter,
sie steht neben mir … ich rufe jetzt den Notarzt, der
Patient hat eine Spritze bekommen und wird
langsam ruhiger. Er muss erst in die Notaufnahme,
bevor er auf der geschlossenen psychiatrischen
Station aufgenommen werden kann. Er hat Blut
erbrochen und mit dem Stuhl auch ausgeschieden …
ja … natürlich … vielen Dank!"

Papa schrie nicht mehr, er stöhnte nur noch. Ich

zog ihm die verschmutzten Hosen aus, legte das Laken auf seinen Körper und schob meine Jacke unter seinen Kopf. Mir stiegen Tränen in die Augen. *Warum ich? Warum nicht Florentine? Was soll jetzt aus uns werden?* Ich unterdrückte nur mühsam meine Tränen.

Der Notarztwagen kam mit Martinshorn. Das Tatütata stoppte vor dem Hauseingang. Zwei Rettungsassistenten polterten den Flur lang, zogen sich Mundschutz und Handschuhe an, stellten eine Trage neben Papa, hoben ihn samt Laken hoch, schnallten ihn fest. Erst die Oberarme, dann die Beine. Das Ganze ging geräuschlos vonstatten.

„Na, hier muss aber mal aufgeräumt werden. Hallo Doc!"

Ein Assistent grüßte in die Richtung der Psychiaterin und musterte mich unverhohlen und mit Geringschätzung.

„Hallo Martin", sagte ich. Wir kannten uns von der Intensivstation. Er grübelte und zog die Augenbrauen hoch.

„Katharina, von der Intensivstation am Uniklinikum", sagte ich. „Heute brauche ich euch in eigener Sache, das ist mein Vater." Er wurde rot.

„Katharina? Na so was! Ohne Kittel siehst du ganz anders aus! Ich wusste gar nicht, dass du Motorrad fährst? Donnerwetter!" *Als wenn das von Bedeutung wäre, du Idiot!*

Beide Assistenten hoben die Trage hoch, Papa schlief. Der Notarzt klemmte den Sauerstoff- und Pulsmesser an seinen kleinen Finger, leuchtete mit einer Taschenlampe in seine Augen.

„Dann ist das Ihre Maschine auf dem Bürgersteig?", fragte er mich.

„Ja. Die Raptor gehört mir."

„Schönes Ding! Aber sie ist umgekippt, Sie sollten mal nachschauen. Wir fahren jetzt in die Notaufnahme zur Uniklinik. Sie kennen sich dort ja aus …"

„Meine Maschine ist umgekippt?!"

„Ja, vielleicht schief abgestellt. Kann passieren. Kommen Sie nach? Ins Krankenhaus, meine ich. Wir brauchen eventuell ein paar Unterschriften von Ihnen, für Untersuchungen, Therapien und so weiter."

„Ja. Natürlich. Ich fahre sofort hinterher." *Das darf doch wohl nicht wahr sein! Die Maschine umgefallen?*

Ich rannte hinter dem Rettungsassistenten die Treppe runter. Sie schoben Vater in den Krankenwagen. Tatsächlich. Die Raptor lag mit noch ausgeklapptem Ständer auf der rechten Seite, mein Helm im Rinnstein. *Das ist niemals von allein passiert!*

Auf der gegenüberliegenden Seite stand wie eine zu Stein gewordene menschliche Landschaft die Nachbarschaft. *Die haben meine Karre umgeschmissen! Haben die noch alle Latten am Zaun?* Okay. Erst mal tief Luft holen.

Ich stellte mich auf die rechte Seite meiner Raptor. Ein liegendes Motorrad ist ein trauriger Anblick. Das tut weh. Karre hochheben mit nach links eingeschlagenem Lenker, in die Knie gehen, linke Hüfte seitlich an den Tank, mit dem Hintern drücken, drücken, drücken und langsam aufrichten. Helm einsammeln. Meine Wut machte es mir leicht, und die Raptor wog nur 206 Kilogramm. Plötzlich stand die Psychiaterin neben mir.

„Meine Güte, wie ist das denn passiert?"

„Die ist umgefallen. Oder wurde umgeworfen." Von der Nachbarschaft sagte ich besser nichts.

„Alles in Ordnung? Sie sollten noch abschließen, sonst kann jeder ins Haus."

„Na, da gibt es ja nicht viel zu holen." Ich grinste gequält. „Aber Sie haben natürlich recht, ich schließe gleich ab."

„Alles Gute für Sie! Glauben Sie mir, so ist es das Beste." Sie lächelte und legte mir flüchtig die Hand auf die Schulter.

„Vermutlich … mir fällt momentan auch nichts

Besseres ein. Vielen Dank noch mal für alles – und für Ihr Verständnis."

Ich ging ins Haus und holte meine Jacke. Der Gestank im Haus war infernalisch. Wieder draußen, starrte die menschliche Felslandschaft immer noch zu mir rüber.

ZEIG IHNEN IHRE STEINE. MACH SCHON!

Ja. Genau. Mach ich.

Da kam der Entschluss – denen werde ich es zeigen! Ich schob die Raptor ein paar Meter rückwärts, stieg auf und startete den Motor. Dann setzte ich betont langsam den Helm auf, schaute zur Gruppe rüber und zog den Kinnriemen fest.

Den Blick weiter auf die Nachbarn gerichtet, wendete ich, zog kräftig am Gashahn und fuhr direkt auf die Ansammlung zu.

Alle standen schreckensstarr und rührten sich nicht von der Stelle. Kurz vor ihnen stoppte ich, das Hinterrad ging leicht in die Höhe – super. *Endlich ein gelungener Stoppi. Yeah!*

„Hoppala – das wäre ja beinahe schief gegangen", rief ich in die entsetzten Gesichter hinein. „Der Gasgriff hat geklemmt, na so was!"

„Sie können ja noch nicht mal Motorrad fahren, Sie blöde Kuh!", schimpfte meine Lieblingsfeindin.

Ich lachte. „Wenn ich *nicht* fahren könnte, wären Sie jetzt tot!" Ich zog die Kupplung, drehte noch mal den Gasgriff bis fast zum Anschlag. Es dröhnte beeindruckend. Von der Lautstärke war selbst ich überrascht.

Dieses Mal kam Leben in alle, sie stoben in sämtliche Richtungen über den Bürgersteig. Ich schlug den Lenker nach rechts und wendete. „Arschlöcher!" Im Losfahren zeigte ich ihnen mit erhobenem Arm den linken Mittelfinger. *Soll mich Florentine doch wieder raushauen. Wozu habe ich eine Staatsanwältin zur Schwester?* Im Rückspiegel sah ich, wie die Nachbarschaft immer noch aufgeregt hin- und her rannte.

Für die knapp vierzig Kilometer über Land zwang ich mich zu einer moderaten Fahrweise und hielt die Geschwindigkeitsbeschränkungen ein.
Ein Blitzer von hinten mit Laserpistole aufs Nummernschild fehlte mir jetzt noch.

Vater fand ich in der Notaufnahme. Er schlief noch immer auf der Trage und stank nach Scheiße. Ich schämte mich, und ich schämte mich, *weil* ich mich schämte.

„Er kommt auf die Intensivpflegestation." Die Ärztin sah mich mitfühlend an. „Sie arbeiten hier?", fragte sie. Ich konnte bloß nicken.

„Okay, dann machen Sie bitte die Angaben an der Aufnahme. Wir brauchen Ihren Betreuerausweis, haben Sie den dabei?" Ich schüttelte den Kopf.

„Nein, noch nicht mal meinen eigenen Ausweis, geschweige meine Brieftasche. Liegt alles Zuhause. Bringe ich aber morgen vorbei, ehrlich!"

„Dann fahren Sie nach den Aufnahmeformalitäten nach Hause, im Moment können Sie doch nichts mehr tun. Sie sehen müde aus!" *Ja, heimwärts.*

Das ist eine gute Idee.

Ich fasste Papa vorsichtig an der Schulter. „Papa?" Er reagierte nicht. „Ich komme dich morgen besuchen, ja? Mach's gut, Papa." Meine Stimme blieb mir plötzlich weg und ein Schluchzen schüttelte mich. Ich konnte die Tränen nicht mehr zurückhalten. Aus lauter Sorge, dass mich die Kollegen so sahen, stürzte ich in eine Toilette und klatschte mir kaltes Wasser ins Gesicht. *Er wird* sterben!

An der Anmeldung erledigte ich die Aufnahmeformalitäten, lief danach zu meiner

Maschine und fuhr los. Am liebsten hätte ich gekotzt.

In meiner Wohnung angekommen, nahm ich den Stein von IHM in die Hand, legte die CD mit Smetanas Moldau ein und fiel in meinen Sessel auf dem Balkon. Ich steckte mir eine Zigarette an, schloss die Augen und überlegte. Wann hatte ich zuletzt eine warme Mahlzeit? Ich wünschte mich weit weg – auf die Spitze eines Berges, ganz allein. Oder mit dem Mythos. Er konnte so gut reden.

Quatsch. Ich muss zu Papa. Aber ich kann doch sowieso nichts für ihn tun. Wegfahren, flüchten. *Wohin? Zu IHM?* Die Tonmalereien der „Moldau" zeigten ihre Wirkung. Ich ließ mich dahin treiben.

Telefon. Ich gähnte und rappelte mich hoch. „Hi Kathy. Hier ist Flo. Wie geht's Papa?" *Fragte eigentlich mal einer, wie es mir ging?*

Ich seufzte. „Ach, Flo. Sie haben ihn auf die Station gebracht. Da müssen sie ihn grundreinigen. Du glaubst ja nicht, wie er gestunken hat." Ich schluchzte auf. „Flo ... er wird sterben ... ich weiß es!" Mein Handy piepste irgendwo in der Wohnung.

„Kathy, das wissen wir alle. Aber ist es nicht besser, wenn er dann nicht allein in seiner verdreckten Butze liegt? Die werden schon alles tun, was möglich ist. Er kann nicht mehr nach Hause, das ist vorbei! Schluss, aus und Sense."

Ich wusste ja, dass sie recht hatte. Es tat aber weh – grauenhaft weh. Nein, ich wollte bockig sein.
„Okay, Kathy. Ich komme morgen nach Marburg und dann sehen wir uns, einverstanden?"
„Ja, ist gut. Sagst du es Mutter? Ich will jetzt nicht mit ihr sprechen."
„Na klar, mach ich. Hast du schon was gegessen heute?"
„Seit heute Morgen nicht mehr, aber ich mach mir gleich was. Das hat mir schon ziemlich den Appetit verschlagen …"
„Du, Kathy …" Florentine hatte noch was auf dem Herzen.
„Hm?"
„Geht es dir denn besser? Was machen deine Hände?"

Ich blickte nach unten. Verkrustete Finger, erinnerten aber nicht mehr an Bratwürstchen.
„Ich weiß nicht genau, gut, glaube ich."
„Bitte iss jetzt etwas und trink auch genügend."
„Ja, Mama. Weißt du, dass ich neunundzwanzig Jahre alt bin?"

Florentine lächelte, ich konnte es fühlen.
„Ja, weiß ich. Ich meine ja nur. Reden wir morgen

drüber, okay? Schlaf gut." Sie legte auf.

Mein Handy piepste immer noch. Ich fand es auf dem Sofa. Der Akku war leer, klar, was sonst? Ich schloss es an Stromkabel und Steckdose an und sah eine WhatsApp:

„Was hältst du von dem Tausch: Benzingeld gegen Essensmarken beim Italiener? Hast du Lust? Ruf mich an! Christoph."

Ich musste lächeln. Eine angenehme Wärme zog von der Magengegend zum Hals. Irgendwie süß, der Typ. Ich war zu müde zum Antworten und wollte erst nachdenken. Ein Essen mit dem Darkfahrer? *Und dann?*

Ich bemerkte, dass ich mein Handy mit der rechten Hand fest umschlossen vor meiner Brust hielt. Eine leise Ahnung der Schwierigkeiten, die bald kommen würden, beschlich mich.
Sie beunruhigte mich aber nicht – wahrscheinlich war ich zu müde. Und ertappte mich dabei, dass ich immer noch lächelte.

DER IST OKAY. HAT SEINEN STEIN FEST IM GRIFF, UND DEN FÜR ANDERE AUCH.

Ach, da war er wieder. Schön, seine Stimme zu hören. Ich war nicht mehr allein.

Das Ganze ist immer mehr als die Summe aller Teile

Er musste über sich selbst lachen. Was war das denn gerade?! Er bezahlte einer völlig unbekannten Person die Tankrechnung. Weil sie ihre Brieftasche vergessen hatte. Und das ohne die Aussicht, das Geld wieder zu bekommen. Christoph schüttelte innerlich den Kopf. Eine faszinierende Frau. Es lag an ihrem selbstbewussten, fast herausfordernden Blick, an ihren langen Haaren, ungebändigt aus dem Helm quellend, und der 1000er Raptor, die sie fuhr. Diese Eindrücke, die ständig in seinem Kopfkino rotierten.

Er verspürte keine Lust, auf der Autobahn zu fahren, und nahm den Weg über die Bundesstraßen nach Frankfurt. Sein Ziel war Sachsenhausen. Der Anlass war ein dringender Besuch, den er seit längerer Zeit aufschob. Er fühlte sich beklommen, als er mit der *Dark* in die Straße einbog, in der das verhasste Gebäude – schon von Weitem sichtbar – in sein Blickfeld geriet. Er stoppte vor dem Eingang, zog Helm und Handschuhe aus, seufzte und ließ den Blick in Richtung drittes Stockwerk wandern.

Hier lebte Marlies, seine Ehefrau.

Seit drei Jahren schon. Obwohl „leben" nicht der richtige Begriff war.

Sie wurde hier gepflegt, mit Nahrung und Atemluft versorgt, regelmäßig gedreht und gewendet. Sie wusste nicht mehr, dass sie lebte.

Er griff in die linke Innentasche seines Kombis und fühlte das Papier, das alles ändern sollte. Nein, musste. So konnte es nicht bleiben. Ein Beschluss des Amtsgerichtes. Die Maßnahmen dürfen beendet werden. Sofort. Heute, wenn möglich.
Der Startschuss für den Einlauf in die Zielgerade ihres Lebens. Er hoffte, dass er standhaft blieb. Er hoffte es für Marlies. Und für sich. Er wollte endlich ein anderes Leben, um endlich abschließen zu können.

Okay. Das Unvermeidliche mit Würde tragen. Er trat durch den Eingang ins Foyer, hörte das Zwitschern der Sittiche in der Voliere neben dem Empfang und das Plärren des Hessischen Rundfunks im Radio. Einige Bewohner saßen auf der Terrasse, bei Kaffee und Kuchen, allein oder mit ihren Besuchern.

Marlies saß nie im Garten. Sie konnte nicht sitzen, nur Liegen im Bett war möglich. Im dritten Stockwerk wohnten die Bewohner im Wachkoma der Phase F. Das „F" stand für ihn für das englische

Wort „finish", zu Ende.

Tatsächlich bedeutete es „Aktivierende Rehabilitation" für schwerst Schädel-Hirn-Verletzte. Diese Menschen befanden sich in einem Zustand von Hilflosigkeit und hoher Verletzlichkeit. Und die verzweifelte Hoffnung auf Besserung schmerzte vor allem die Angehörigen.

Er seufzte, als er an Marlies' Eltern dachte. Sie wollten ihre Tochter lange Zeit nicht loslassen und klammerten sich an jeden Wimpernschlag und ihre Mimik, an Christoph und die Hoffnung, dass alles gut werden musste und Marlies wieder aufwachte. Allein der Begriff „Aufwachen", so als läge sie in einem 100-jährigen Dornröschenschlaf, klang einfach lächerlich! Diese Menschen schliefen nicht, sie vegetierten mit den Funktionen eines Reptilienhirns nur dahin. Der entwicklungs-geschichtlich älteste Teil des menschlichen Gehirns, der nur die basalen Funktionen wie Herzschlag und Atmung steuerte. Die Zeit füllte sich auch für die Pflegekräfte mit Warten auf Besserung.

Für die Angehörigen mit der Angst vor traurigen Nachrichten wegen Verschlechterung des Zustandes. Diese Furcht war ständig präsent, sie zermürbte, machte hilflos, manchmal aggressiv gegenüber den Pflegern und Therapeuten. Allem voran das Gefühl der Machtlosigkeit, gefolgt von Schuldgefühlen. Am Bett sitzen zu müssen und Marlies nicht erreichen zu können, bedeutete für Christoph und seine Schwiegereltern, einen Trauerdauerschmerz ertragen zu müssen. Denn Marlies gab nie zu erkennen, ob sie jemanden erkannte.

Nie ein Lächeln, Zucken oder eine Regung im Gesicht, kein Blickkontakt. Zuweilen schmatzte oder gähnte sie und bekam fürchterliche Hustenanfälle. Dabei verkrampfte sich ihr Körper noch mehr, einem Klappmesser gleich, mit nach innen verdrehten Handgelenken und gebeugten Beinen. Ihre Augen stierten entweder zur Zimmerdecke oder blieben geschlossen. Aus ihrem Mund floss Speichel auf das Kopfkissen und in der Seitenlage in ihr Ohr. Schweißausbrüche ließen sie minutenschnell klatschnass im Laken liegen. Ihre früher so schönen Haare lagen ohne jeden Glanz verfilzt und stumpf wie von einer dunkelblonden Strohpuppe neben ihrem Kopf.

Ihre Eltern gaben Christoph nie die Schuld an dem Unfall. Dafür liebte er sie. Und dafür schämte er sich. Trotzdem fühlte er sich schuldig, schon allein deshalb, weil er selbst nur leicht verletzt überlebte und nach vier Monaten vollständig genesen war. Marlies wurde vom Sozius geschleudert, als ihnen ein Transporter von der Sorte *Sprinter* beim Einbiegen in die Hauptstraße die Vorfahrt nahm.

Marlies flog vom Sitz und prallte mit der ganzen Wucht der achtzig Stundenkilometer auf den Transporter, als Christoph versuchte, dem Wagen nach links auszuweichen. Er schlidderte über die andere Straßenseite unter einen entgegenkommenden LKW.

Das Erste, was ihm bewusst wurde: wie kompliziert so eine Auspuffanlage von unten aussah. Wie durch ein Wunder kam er mit einem Schlüsselbein- und Beckenbruch und einer Gehirnerschütterung davon. Marlies wurde von hilfsbereiten Fußgängern auf den Rücken gedreht, man nahm ihr den Helm ab und stellte Bewusstlosigkeit fest. Sie war nicht nur bewusstlos, sie atmete nicht mehr.

Wie oft Christoph hatte gedacht, dass sie damals das Leben bereits hinter sich gelassen hätte, wenn die Helfer sie nicht mit einer gut gemeinten, aber unzureichenden Mund-zu-Mund-Beatmung und einer Herzmassage reanimiert hätten. Hätte, könnte, wäre. Ach Scheiße! Es war nun mal so, wie es war. Zeit zu handeln; nun mach schon, schalt er sich.

„Hallo Herr Thormann!" Die Leiterin der
Abteilung, die Altenpflegerin Christine Mangfeld,
eine rundliche Mittvierzigerin mit angegrautem
Pferdeschwanz, stand vor ihm.
Auf ihrer Nase glänzten winzige Schweißtröpfchen.
In der einen Hand hielt sie ein Tablett mit roten
Medikamententöpfchen mit bunten Pillen, mit der
anderen schob sie einen Wagen mit schmutzigem
Geschirr. Dabei raschelte ihr dunkelblauer Kittel.
Aus der Kitteltasche lugten ein Paar Latexhand-
schuhe, und in ihrem Ausschnitt steckte ein Kugel-
schreiber. Um den Hals trug sie einen Schlüsselbund
an einem roten Band.
„Wie geht es Ihnen?", fragte sie gut gelaunt.
„Danke, Frau Mangfeld, mir geht es gut! Bei Ihnen
auch alles klar?" Er lächelte sie an. „Was macht
Marlies?"
Die Altenpflegerin wurde ernst und schaute kurz auf
ihre Füße.
„Sie hat gestern Abend Fieber bekommen, der Arzt
kommt heute um fünf Uhr. Dann können Sie mit
ihm sprechen, wenn Sie wollen. Einen Moment
noch, ich bin gleich ganz bei Ihnen!"
Sie schob mit dem Wagen davon. Er ging zu
Marlies' Zimmer am Ende des Flures. Vor der Tür
stoppte er, hielt kurz inne und holte Luft. Wie würde

er sie jetzt vorfinden? Nass geschwitzt und mit aufgerissenen Augen, die zur Decke starrten?

Er trat ein und nahm wie üblich den stets gleichen Geruch wahr: irgendwie nach altem Plastik, gemischt mit Schweiß, Sandelholz und Urin.

Der Aroma-Streamer neben dem Bett auf dem Nachttisch kam dagegen nicht an. Marlies liebte den Duft von Sandelholz. Das Bett stand in der Mitte des Raumes, die Tür zum Bad war wie gewohnt offen und gab den Blick auf Pflege-Utensilien frei. Waschschüssel, Handtücher, Duschgel, Körperlotion, Windelvorräte, Zinkpaste und voller Mülleimer. Wie oft hatte er das Pflegepersonal schon gebeten, die schmutzigen Windeln gleich zu entfernen? Sie stanken ekelhaft. Das Zimmer lag zum Süden, hell und freundlich gestaltet. An der Decke hatte er ein Poster von ihrem letzten Urlaub auf Korsika vor vier Jahren anbringen lassen.

Damit sie mehr als nur die weiße Raufasertapete sah. Sofern sie überhaupt etwas sehen konnte. Sehen im Sinne von Erkennen. Das Foto zeigte Christoph, wie er auf die Küste von Bonifacio blickte, die Stadt, die wie ein Schwalbennest hoch oben am Felsen klebte.

„Hallo Marlies. Ich bin's, Christoph."

Keine Reaktion, wie immer. Sie lag auf dem

Rücken, die Augen geschlossen und atmete schnell. Schweißtropfen perlten auf ihrem Gesicht. Sondenkost in einem Beutel hing an einem Infusionsständer, der Schlauch führte über eine Pumpe unter die Bettdecke. Nahrung, die über die Sonde langsam in sie hinein floss.

Die Sonde, die unbedingt entfernt werden musste, die Inhalt des gerichtlichen Beschlusses war. Die im Medizinerjargon PEG genannt wurde. PEG wie perkutane endoskopische Gastrostomie. Schreckliches Wort.

Der CD-Player spielte leise Instrumentalmusik, die er nicht kannte. Er nahm ihre rechte Hand, die wie üblich nach innen verkrampft auf der Bettdecke lag. Das lag an der durch die Hirnschädigung verursachten Spastik. In die Handinnenfläche hatten die Pflegekräfte einen gerollten Waschlappen gelegt. Damit sie sich mit ihren Fingernägeln nicht verletzte. Ihre gesamten Frontzähne waren vor zwei Jahren gezogen worden, weil sie sich auf die Zunge und in die Lippen gebissen hatte.

„Marlies, ich muss dir was sagen. Es war nicht leicht, aber ich habe was gemacht. Ich glaube, du wärst damit einverstanden." Er fühlte, wie ihm die Tränen kamen. „Marlies, ich habe beim Amtsgericht einen Beschluss erwirkt. Wie soll ich es sagen ... es ist so schwer … ich weiß, du willst es auch … glaube ich. Du liegst hier seit drei Jahren und es wird nicht besser. Ich weiß, du willst hier nicht so liegen. Ich weiß es einfach, du wolltest gerne weiter leben, mit mir, mit deinem Beruf, irgendwann hätten wir ein Kind gehabt …" Jetzt schluchzte er auf.

„Aber das wird nichts mehr, mit dem Unfall war alles zu Ende! Deine Eltern sind auch einverstanden, ich habe mit ihnen gesprochen …" Er suchte nach einem Taschentuch, fand keins, nahm eines der Pflegetücher auf dem Nachtschrank und schnäuzte sich kraftvoll.

„Marlies … wir wollen alles abstellen. Versteh mich richtig, sonst wird es Jahre dauern, du leidest, ich leide, wir alle leiden, deine Eltern sowieso. Ich … habe erwirkt, dass die Ernährung und die Flüssigkeit eingestellt und keine Medikamente mehr gegeben werden. Außer den Schmerzmitteln."

Christoph starrte an die Decke, auf das Foto von Korsika. Nun kam das Schlimmste, was er je ausgesprochen hatte. „Und ich muss dir noch was sagen, Marlies …" Er stockte kurz. „Ich habe heute eine Frau an einer Tankstelle getroffen, sie fuhr Motorrad und … sie hatte kein Geld dabei. Ich habe … na ja, ich habe ihr die Tankrechnung bezahlt.

Weiß auch nicht, warum. Sie hat mir gefallen. Sei mir nicht böse, aber wir beide ... wir ... sind kein Paar mehr, seit drei Jahren nicht. Ich wünschte, es wäre anders. Verzeih mir ... ich weiß einfach nicht mehr weiter. Ich werde unsere gemeinsame Zeit nie vergessen – ich werde dich nie vergessen, ich kann aber nicht mehr. Hörst du, ich kann nicht mehr!"

Es klopfte.

Frau Mangfeld stand mit Doktor Macheldis in der Tür. Sie schüttelten sich die Hände. Falls der Arzt seine Tränen wahrnahm, ließ er es sich nicht anmerken.

„Herr Thormann, lange nicht gesehen. Wie geht es Ihrer Frau?"

„Ich glaube, nicht gut. Wahrscheinlich wieder eine Lungenentzündung."

„Na, schau'n wir mal."

Er nahm das Stethoskop aus der Tasche. „Wie hoch ist das Fieber?"

„38,8 Grad, gestern Abend fast 40. Sie hustet noch mehr als sonst und klingt sehr verschleimt", sagte Frau Mangfeld. „Sie hat die Sondenkost wieder erbrochen. Wir mussten sie absaugen."

Der Arzt setzte das Stethoskop auf Marlies' Brust, lauschte kurz und seufzte. „Drehen Sie sie doch mal auf die Seite, ich muss den Brustkorb von hinten abhören."

Frau Mangfeld nahm die Bettdecke zurück, fasste Marlies an der Schulter und Becken und zog sie auf die rechte Seite. Doktor Macheldis ließ sich Zeit und horchte an verschiedenen Stellen Marlies' Brustkorb ab.

„Ja. Es klingt nach einer Pneumonie. Wie sieht das abgesaugte Sekret aus?"

„Grün-gelblich."

„Okay, dann verordne ich ein Antibiotikum", sagte er.

„Nein!" Christophs Stimme war laut und schneidend. „Ich habe einen Beschluss des Amtsgerichts erwirkt. Keine Therapien mehr!" Er reichte das Dokument dem Arzt.

„Sie haben es also geschafft. Glückwunsch, das war sicher nicht leicht, Herr Thormann. Sie wissen ja, Sie haben meine volle Unterstützung."

„Ja, Sie haben mich gut beraten. Das Gericht hat Ihre Stellungnahme jedoch erst nach dem Fremdgutachten eines Sachverständigen akzeptiert. Und da es keine Patientenverfügung gibt, hat sich der Richter mit der Entscheidung reichlich Zeit gelassen, ein ganzes Jahr fast."

„Was heißt das denn jetzt, Herr Thormann?" Frau Mangfeld schaute ihn irritiert an. „Wir lassen Ihre

Frau ab sofort verhungern und verdursten?"

„Eher verdursten, Frau Mangfeld", sagte Dr. Mecheldis. „Ein Mensch kommt lange ohne Essen aus, ohne Flüssigkeit aber nur ein paar Tage. Er stirbt wegen Nierenversagens und Herzstillstand bei hohen Werten von Natrium und Kalium. Ich kann Herrn Thormann gut verstehen, Sie nicht?"

„Nein, wir sind nicht dazu da, Menschen beim Sterben zu helfen! Wir sind da, um sie zu pflegen!"

„Und wenn Hilfe oder Heilung nicht mehr möglich sind? Muss der Mensch dann wegen Ihrer Auffassung leiden? Denken Sie, meine Frau hat diesen Zustand gewünscht oder hat noch einen Funken an Lebensqualität?"

Christoph ereiferte sich immer mehr. „Denken Sie, Marlies ist hier, damit sie von Ihnen gepflegt werden kann?"

„Sie wollen Ihre Frau loswerden, ja?" Sie funkelte Christoph wütend an.

„Frau Mangfeld!" Doktor Mecheldis hob seine Stimme. „Jetzt lassen Sie es gut sein! Herr Thormann hat sich gemeinsam mit den Eltern diese Entscheidung abgerungen! Ja, abgerungen! Und das Amtsgericht hat endlich zugestimmt, dass diese Entscheidung von ihm als Betreuer getroffen werden darf."

„Sie müssen das mit dem Pflegedienstleiter und der Heimleitung besprechen! Ich glaube nicht, dass es in unserer Einrichtung möglich ist, einen Menschen verdursten zu lassen."

Die Altenpflegerin drehte sich um, verließ das Zimmer und schloss geräuschvoll die Tür. Christoph stöhnte auf.

„Bitte geben Sie kein Antibiotikum! Wie viele Lungen- entzündungen hatte sie in den letzten zwei Jahren? Drei oder vier?"

„Einige. Sprechen Sie mit der Heimleitung und zeigen Sie den Beschluss vor. Ich brauche auch eine Kopie von dem Schreiben des Vormundschaftsgerichtes."

Der Arzt unterdrückte mühsam ein Gähnen. „Also gut. Ich verordne nichts. Wir haben jetzt genug gekämpft."

„Nein. Gekämpft hat sie alleine", sagte Christoph resigniert. „Verloren haben wir alle." Er stand auf und verließ das Zimmer. Er musste mit dem Heimleiter sprechen. JETZT!

***

„Das funktioniert so nicht, Herr Thormann!"
Der Heimleiter, ein Endfünfziger in dunklem Anzug
und weißem Hemd, saß ihm an einem übervollen
Schreibtisch gegenüber und blickte streng durch
seine schwarze Hornbrille. Klaus Rüdiger Nieltisch
leitete die Einrichtung seit zwölf Jahren, an seinem
linken Revers steckte ein winziges silbernes Kreuz.

„Wieso denn nicht? Wo ist das Problem?"
„Das Beenden von Ernährung und Flüssigkeitsgabe
passt nicht zu unserer Grundphilosophie. Wir haben
nicht das Recht, über das Ende des Lebens zu
entscheiden, das macht ein anderer, der Herrgott,
und nicht ein Vormundschaftsgericht. Wollen Sie,
dass Ihre Frau verdurstet? Wollen Sie das? Das ist
ein schrecklicher Tod! Das ist auch den Mitarbeitern
nicht zuzumuten. Die wollen helfen und nicht …"
„Hören Sie auf mit dem Stuss! Sie sind doch keine
konfessionelle Einrichtung! Das ist Ihre persönliche
Meinung, die Sie mit dem Kreuzanstecker noch
unterstreichen. Ich habe einen Beschluss! Wenn
meine Frau wegen Ihrer Einstellung oder der
Trägerphilosophie – die mir wirklich scheißegal ist –
länger dieses unwürdige Leben zwischen zwei
Bettgittern fortführen muss, suche ich mir ein
anderes Heim!"

Herr Nieltisch rückte seine Brille in der Mitte gerade, legte die Fingerspitzen aufeinander, seufzte, sah kurz zur Decke, dann auf den Bildschirm auf seinem Schreibtisch und wieder Christoph an.

„Wie lange ist Ihre Frau bei uns, Herr Thormann? Drei Jahre? Wurde nicht immer gut für sie gesorgt? Haben wir nicht stets Ihre Wünsche und die der Eltern erfüllt? Und jetzt stellen wir alles ein, versagen ihr die notwendigen Medikamente, Nahrung und Flüssigkeit?"

„Was hat das damit zu tun? Die Minderung der Aufnahme von Nahrung und Flüssigkeit ist ein Teil des natürlichen Sterbeprozesses.
Glauben Sie mir, ich habe mich sehr gut informiert! Ja, Sie haben recht: Meine Frau ist immer gut versorgt worden, die Pflegerinnen haben alles Mögliche getan, um ihr das Leben angenehm zu gestalten. Nur – meine Frau kriegt das gar nicht mit! Sie schwitzt, hustet und krampft, röchelt in ihrem Schleim, hat ständig Lungenentzündungen. Das ist kein Leben! Und bei der guten Pflege hat sie keine Chance auf einen normalen Tod."

„Herr Thormann! Machen Sie mal einen Punkt! Sie stimmen mir zu, dass Ihre Frau gut versorgt wird und jetzt kreiden Sie uns das an? Wenn ich ganz schlecht denke – ich sage, wenn – dann gibt es sicher eine Menge zu erben, die Lebensversicherung oder einen Immobilienanteil. Haben Sie das schon mal überlegt? Wie gesagt, wenn ich ganz schlecht denke – das tue ich aber nicht!"

Christoph seufzte. Ja, das Haus wäre sein Erbteil. Auch die Lebensversicherung von Marlies. Aber auf diese Idee war er nicht im Traum gekommen. Die Pflege in diesem Haus kostete jeden Monat 3.500 Euro. Auch das könnte ihm unterstellt werden, sich von diesen immensen Kosten befreien zu wollen. Aber das Gericht hatte alles geprüft, außerdem waren der Hausarzt und Marlies' Eltern auf seiner Seite.

„Und abgesehen davon – denken Sie, ich riskiere meinen Job als Heimleiter wegen strafrechtlicher Risiken, weil ich Sterbehilfe im Haus zulasse?"

„Wenn Sie gegen den Beschluss weiter Nahrung und Flüssigkeit verabreichen, entspricht das dem Tatbestand einer vorsätzlichen Körperverletzung, sie führen das gegen den Willen meiner Frau durch. Dazu haben Sie kein Recht!"

„Ihre Frau hat keinen Willen mehr."

„*Ich* bin der Wille meiner Frau, und mein verlängerter Arm ist das Amtsgericht!"

Christoph stand auf, schüttelte seinen Ekel ab. Nein, das Gespräch führte zu nichts.

„Haben Sie schon mal überlegt, wie viel Ihre Einrichtung an meiner Frau jeden Monat verdient? Mit der Pflegestufe drei? Hier haben Sie die Kopie des Beschlusses. Sie hören von mir, ich muss jetzt gehen. Danke für Ihre Zeit!"

„Herr Thormann ...", setzte der Heimleiter wieder an.

„Guten Tag!"

Beim Rausgehen ließ Christoph die Tür mit Nachdruck ins Schloss fallen. Schwer atmend rannte er die Treppen runter. Er musste Marlies' Eltern anrufen. Aber erst später. Jetzt nicht.

In Marlies' Zimmer war niemand. Er trat an ihr Bett.

„Marlies. Es wird alles nicht so einfach. Aber ich finde eine Lösung, ganz bestimmt, ich werde ..."

Sein Blick wanderte zur Sondenkostpumpe und dem darüber hängenden Beutel. Eine cremefarbene Flüssigkeit schwamm darin, die Fördermenge stand auf 150 Milliliter pro Stunde. Wenn er die Pumpe einfach ausstellte? Nun, dann würden sie sie wieder anstellen. Das brachte also nichts. Sein Blick glitt weiter den Schlauch entlang, der unter die Bettdecke führte.

Er schlug die Bettdecke zurück, streifte das Flügelhemd hoch. Der Schlauch war an die Sonde eingestöpselt, die Eintrittsstelle der PEG in die

Bauchdecke durch einen Verband bedeckt. Er starrte minutenlang darauf, dann wusste er, was zu tun war. Auf dem Nachtschrank stand ein Tablett mit Verbandsmaterialien. In einer Nierenschale lag eine Schere. Christoph entfernte den Verband, die Haut darunter war stark gerötet.

Kein Wunder, drei Jahre lang Verbände an derselben Stelle. Er drückte den Ausschalter der Pumpe, drehte den Schlauch von der Sonde ab. Es quoll viel cremefarbene Flüssigkeit heraus und roch säuerlich. Mist. Er knipste die an der Sonde befestigte Ritsch-Ratsch-Klemme zu. Der Fluss stoppte. Auf der Bauchdecke war die Halteplatte der PEG mit Pflaster fixiert, die musste weg. Christoph ging sehr behutsam vor. Marlies hatte die Augen geschlossen, sie atmete ruhig.

Dann nahm er die Schere und schnitt den Kunststoffschlauch an der Bauchdecke einfach ab. Ging ganz leicht. Er wickelte die Sonde in ein Pflegetuch und steckte sie in seine Hosentasche. Was tun mit dem Rest? Mit der Zeit hatte er sich durch Lesen reichlich medizinisches Wissen angeeignet. Die Sonde war an der Magenwand nur lose mit einer Halteplatte befestigt, um ein Hinausrutschen zu verhindern. Ein kleiner Teil steckte noch im Kanal der Einstrittsstelle. Wie den beseitigen? Einfach reinschieben in den Magen? Ob er Marlies damit weh tat? Wie sollte er das wissen?

Er atmete tief ein, kämpfte mit einem Ekelgefühl, schnappte sich einen Handschuh vom Nachtschrank und zog ihn über seine rechte Hand. Die Kuppe seines kleinen Fingers steckte er in die Öffnung. Marlies atmete ruhig weiter. Okay, also los – mit sanftem Druck wollte er den Sondenrest durch den Kanal in den Magen schieben. Es gelang nicht, sein Finger war zu dick und drang nicht tief genug ein. Ihm wurde ein klein wenig übel. Was tat er da?

Sein Blick schweifte über den Nachttisch – da, ein Holzstäbchen, am Ende mit Watte umwickelt. Ja, das musste funktionieren. Ihm brach der Schweiß aus. Hoffentlich kam jetzt keine Pflegekraft herein. Egal. Weiter. Vorsichtig drückte er den Watteträger in die Eintrittsstelle in der Bauchdecke.

Das gelang problemlos. Er drückte kräftiger, dann spürte er, wie der Widerstand geringer wurde. Geschafft. Der kurze Rest der Sonde war im Magen und würde sich bald in der Windel präsentieren.

Aus der Öffnung in der Bauchdecke quoll wieder Flüssigkeit. Christoph nahm vom Verbandmaterial ein paar Kompressen, legte sie auf die Öffnung und fixierte sie mit Pflasterstreifen. Es sah gar nicht schlecht aus. Er fühlte starkes Herzklopfen und war stolz auf sich. So viel Mut hatte er sich nicht zugetraut. Er wischte sich mit dem Ärmel den Schweiß von der Stirn, zog das Flügelhemd zurück und deckte Marlies zu. Den Schlauch von der Sondenkostpumpe legte er wieder unter die Bettdecke. Es sah alles aus wie vorher, nur die Pumpe lief nicht mehr.

War das jetzt ein Akt aktiver Sterbehilfe? Könnte es Ärger geben?

„Engelchen, das wäre geschafft. Alles Weitere sehen wir dann. Schlaf weiter, ich komme bald wieder. Wir kriegen das hin!"

Er tupfte ihr mit dem Pflegetuch den Schweiß vom Gesicht, cremte ihre trockenen Lippen ein und küsste sie auf die Stirn. Dann verließ er rasch das Zimmer. Jetzt würde er den Pflegekräften die PEG auf den Tisch legen. Im Pflegestützpunkt war niemand.

Es brannte auch über den Zimmern nirgendwo eine Lampe der Rufanlage. Hatten alle Pause? Kurz erwog er zu warten, dann schüttelte er den Kopf. Sie würden den fehlenden Schlauch irgendwann bemerken, und er war gespannt, wie lange es dauern würde, bis sein Telefon klingelte.

Er verließ das Haus und schwang sich auf sein Motorrad. Sein Ziel jetzt? Wohin? Zum Palmengarten im Frankfurter Westend. Plätschernde Springbrunnen, Fischteiche und exotische Pflanzen zum Anschauen brauchte er jetzt. Was für ein bigotter Mensch, dieser Heimleiter! Eure Scheinheiligkeit. War das zu fassen? Aber für den Palmengarten war es schon zu spät. 19:00 Uhr. Er fuhr nach Hause.

In Petterweil angekommen, setzte er sich auf der Terrasse in den Liegestuhl und zückte sein Handy. Jetzt die Schwiegereltern anrufen. Nein. Er steckte das Handy wieder weg. Was sollte er ihnen sagen? *Ich habe ihr den Schlauch abgeschnitten? Ich werde den Heimvertrag kündigen und Marlies in eine andere Einrichtung zum Sterben verlegen?* Welche sollte das überhaupt sein? Er wusste, dass er diese Worte nicht über seine Lippen bekäme. Nicht jetzt. Nicht morgen.

Er nahm das Handy erneut. Es gab eine andere Nummer, die er anrufen wollte.

Oder besser eine WhatsApp schicken? Bestimmt hatte er seine Stimme nicht in der Gewalt, und Katharina wäre irritiert. Ob sie überhaupt Interesse hatte, sich mit ihm zu treffen?

Und was sollte dann werden? *Entschuldige, eigentlich ich bin verheiratet, aber nicht mehr so richtig. Also nicht so, wie man üblicherweise verheiratet ist. Eigentlich möchte ich, dass meine Frau stirbt, sie ist im Wachkoma. Aber man lässt sie nicht sterben, hast du da eine Idee?*

Na, das wäre der Super-GAU für den Anfang einer Beziehung, Freundschaft oder was auch immer. War seine Bedürftigkeit schon so weit fortgeschritten? Nein. Oder doch? Ja. Er wollte wieder ein normales Leben. Er nahm sein Handy erneut in die Hand.

Tu es nicht! Du wirst es bereuen!

Die knallharte innere Stimme. Sie lähmte ihn. Okay. Dann nicht. Unschlüssig schaute er aufs Display.

Der Zeigefinger übernahm das Kommando. Er tippte. Und die innere Stimme schwieg.

Zwei Bedürftige

Der Wecker riss mich um fünf Uhr aus dem Schlaf. Ich stöhnte. Natürlich ließ ich die Kollegen nicht hängen. So was machte man in der Pflege nicht.

Aufstehen, duschen, Kaffee trinken und mit der Raptor zur Frühschicht fahren. Ich dachte an Vater, sah ihn vor mir, mit seinem Spitzbauch und den gelben Augäpfeln.

Sein bisher gemütliches Elend war nun zur Katastrophe geworden. Der Tag würde wieder heiß werden, es waren jetzt schon zwanzig Grad. In der Umkleide stand Sabine in Unterwäsche und wühlte im Schrank nach einem passenden Kittel. „Moin", sagte ich, und legte den Helm auf meinen Spind. „Hi Kathy, alles klar? Du siehst nicht gut aus, schlecht geschlafen?" Durch die geschlossene Tür drang ein Monitoralarm.

„Nein. Meinem Vater geht es schlecht, er liegt auf der internistischen Intensivstation. Ich glaube, er wird bald sterben." Ich flocht meine Haare zu Zöpfen, steckte Schere, Kuli und Notizbuch ein und klippte mein Namensschild an die Kitteltasche. Sabine sah mich entsetzt an.

„Das tut mir leid, echt. Kann ich was für dich tun?",

fragte sie.

„Wenn du das Wochenende mit mir tauschen könntest? Ich muss mich um so viele Dinge kümmern; sie wollen meinen Vater unterbringen. Aber wahrscheinlich braucht es das nicht mehr." Mühsam hielt ich die Tränen zurück. *Hätte ich doch bloß nichts gesagt! Reiß dich zusammen!*

„Dieses Wochenende? Wenn du das Nächste für mich übernimmst … warum nicht?" Sie lächelte. Sabine war eine tolle Kollegin.

„Oh super. Klar, ich übernehme dein Wochenende. Vielleicht kann ich ja noch drei Tage Urlaub oder Überstunden nehmen. Ich frag gleich mal Gerd."

„Ich glaube, der ist nicht da, Jochen ist heute Schichtleitung. Aber wenn wir uns einig sind … was soll er dagegen haben? Schließlich geht es um deinen Vater!"

Gemeinsam betraten wir den Flur der Intensivstation und gingen zügigen Schrittes in die Küche, aus der Kaffee-Aroma strömte. Die drei Nachtdienstkollegen saßen am Tisch und gähnten. Es war ruhig. Kein Alarm, kein Schreien, keine sonstigen aufregenden Geräusche.

„Mann, Kathy, was ist denn mit deinen Händen passiert? Kannst du damit überhaupt arbeiten?", fragte Christine. Ich mochte sie nicht. Wenn Gott angeblich alles weiß, sie wusste es garantiert besser und himmelte die Doktores an.

„War zum Klettern in der Schweiz und bin abgerutscht …"

„Oh Mann, habt ihr den Operationsplan für heute gesehen?", fragte Martina vom Nachtdienst. „Der Reziproke schlägt wieder voll zu, die operieren heute bis in die Nacht."

Der *Reziproke* war Dr. Bernhardt. Man sagte ihm nach, dass seine Körpergröße umgekehrt proportional zu seiner Geisteshaltung stand. Er war Rheinländer, etwas distanzlos und immer gut gelaunt, wenn wir über seine Witze lachten. Ob er wusste, welchen Spitznamen wir ihm gegeben hatten? Der war sicher alles andere als ein Kompliment.

„Oh Mann", stöhnte Andreas vom Nachtdienst. „Das bedeutet, die Butze ist heute Abend mit vierzehn Betten voll, und wir sind nur zu dritt! Wie soll das denn gehen?"

Jochen, unsere Schichtleitung, schüttelte missbilligend den Kopf.

„Operateure operieren nun mal, bringt schließlich Geld in die Kasse. Und wir sind auch zum Arbeiten hier. Deshalb ist nur ein voller OP-Plan ein guter Plan. Und ihr geht gleich mal schön ins Bett und ruht euch aus, dann schafft ihr das schon. War was Besonderes letzte Nacht?"

„Alarm wegen Stromausfalls, dauerte aber nur zwanzig Minuten …, dann war der Strom wieder da." Jörg vom Nachtdienst streckte sich und gähnte herzhaft.

„Ja – und dann haben wir: einen Neuzugang in der Dunkelkammer, Autounfall mit reichlichen Verletzungen. Schädel-Hirn-Trauma, Beckenbruch und Rippenserienfrakturen. Wurde intubiert angeliefert und wird kontrolliert beatmet, Sedierung läuft. Ist jetzt vital stabil. Hat nur wenig Urin ausgeschieden. Soll nachher in den OP. Wir mussten ihn am Bettgitter anpflocken, sonst hätte er sich die Zugänge und den Tubus gezogen. In Nummer Drei ist das rechte Bein nicht mehr durchblutet, wird heute wahrscheinlich amputiert. Harnstoff-Helmut hat gestern im Spätdienst vorsorglich einen Zugang für die Dialyse gelegt, die Ausscheidung ist mäßig bis saumäßig, geht gegen null."

Wir fünf von der Frühschicht nickten und grinsten. *Harnstoff-Helmut* war der Nephrologe, der Chefarzt, der sich nur für die Nierenfunktionen interessierte. Aber das konnte er wirklich gut. Tatsächlich hieß er Helmut Kinger.

„Die Zehen sind auch schon seit einer Woche

schwarz", fuhr Martina fort. „Er wurde gestern Abend noch intubiert und an die Maschine angeschlossen. Jetzt ist er vom Kreislauf her stabil, ausreichend sediert und bekommt genügend Schmerzmittel über Perfusor. Muss häufig abgesaugt werden. Sonst war nur das Übliche. Ach, wir brauchen noch Betäubungsmittel; vom Morphium sind nur noch zehn Ampullen da. Bestellt heute welche, bitte!"

„Was ist eine Dialyse?", fragte Melanie, unsere Azubine, mit piepsiger Stimme. Sie sah blass aus.

„Wenn die Nieren ausfallen, riecht es nach Harnstoff, also nach Pisse. Harnstoff ist eine Substanz, die im Körper verbleibt, wenn die Nieren nicht mehr oder zu wenig arbeiten. Eine besondere Maschine – nämlich die Dialyse – wäscht das Blut und besagte Substanzen heraus. Sonst würde der Organismus sich selbst vergiften", erklärte Jochen.

Er war der Praxisanleiter für die Auszubildenden, und das konnte er richtig gut – das Erklären. Ich nippte an meinem Kaffee. Er war mir zu stark. Aber egal. Jochen nickte aufmunternd in die Runde der Frühschicht.

„Okay! Wer geht wohin?"

„Ich mach die Drei", sagte ich und schielte in Richtung Dienstplan an der Wand. Der Patient war beatmet und konnte nicht reden. Genau das Richtige für mich heute. „Und ich übernehme die Eins, die Zwei und die Vier, also insgesamt vier Patienten. Okay?" Die anderen nickten. Unsere Frühschicht-gruppe stand auf und verteilte sich auf die Zimmer.

Die *Dunkelkammer* war das Intensivzimmer ohne Tageslicht. Dort lagen *die* Notfälle, denen der dunkle Hauch der Hoffnungslosigkeit anhaftete. Wenn Sabine mit mir tauschte, sah es gar nicht schlecht aus für meinen Überstundenausgleich. Jetzt musste ich nur noch einen günstigen Moment abwarten, um Jochen zu fragen. Am besten erst, wenn er die erste Zigarette geraucht hatte. Davor war er meistens schlecht gelaunt.

Als Erstes ging ich in die Nummer Drei. Der Patient, Franz Haberkorn, ein 82-jähriger Mann, lag seitlich gelagert mit verpflasterten Schläuchen im Gesicht. Das Beatmungsgerät brummte gleichtönig vor sich hin. Er bewegte sich nicht, seine Hände waren mit Handgurten fixiert. Der Monitor zeigte einen zu schnellen Herzschlag mit knapp 130 pro Minute, aber das war noch in Ordnung. Der Urinbeutel war mit 200 Milliliter nur gering gefüllt, also lief mit den Nieren nichts – okay. Es roch unangenehm, faulig, nach verwesendem Fleisch. *Aasgeruch!*

Ich desinfizierte meine Hände. Das Mittel brannte in den offenen Stellen. Alarmiert hob ich die Bettdecke hoch. Der Verband um den Unterschenkel war dunkel verfärbt. Ich bereitete die Materialien für den Verbandwechsel vor.
Der Reziproke wollte sich das bestimmt noch mal ansehen.

Absterbende Glieder bedeuteten den kleinen Tod im Lebenden; schwarze, harte Stellen auf normaler Haut. Nekrose. Wo man die sah, lebte nichts mehr. Die Gefäßchirurgie ist ein undankbares Fach. Es gibt keine Heilung. Blutgefäß verstopft, Bypass-Operation, nächstes Blutgefäß verstopft und so weiter. Irgendwann gibt es nur noch die Amputation, und die stand heute an.

Ich seufzte, trug die Daten in das Kurvenblatt ein und holte eine Waschschüssel, Waschlappen und ein Handtuch. Ich wusch das Gesicht vorsichtig, rasierte die Bartstoppeln und cremte die Lippen ein. Beim Umlagern benötigte ich Hilfe. Kollege Rainer kam, und gemeinsam drehten wir den Patienten auf den Rücken. Ärzte möchten Patienten am liebsten auf dem Rücken liegend bei der Visite sehen.

Um acht Uhr kam der Reziproke mit seinem Stab zur Visite. Ein Student hielt sich ganz hinten auf, sein Kittel war schief geknöpft. Er wirkte bleich und schaute zur Decke. Jochen, als Schichtleitung, begleitete den Trupp.

„Mein Gott, was stinkt das hier! Bringt mir mal eine sterile Schere, ich will mir das Bein anschauen!"
Ich reichte ihm zügig das Gewünschte, viel Geduld besaß dieser Oberarzt nicht.

Das Bein war bis zum halben Unterschenkel schwarz verfärbt, der Großzeh abgefallen, er kullerte mir quasi entgegen, die restlichen Zehen schwarz verfärbt und schmierig belegt. Oh Gott! Der Verwesungsgeruch war schier unerträglich.

Leise würgend nahm ich mir einen Mundschutz, atmete nur durch den offenen Mund und rieb mir Mentholsalbe unter die Nase. Das hatte ich mal im Fernsehen gesehen, ich glaube, es war ein Krimi, in dem die Mordkommission bei einer Obduktion einer Wasserleiche zusah. Echt guter Tipp, das Riechorgan mit Menthol zu betäuben. Verhindert das Würgen.

„Okay, verbinden und gleich in den OP. Kinners, Kinners! Hört ma'! Haben wir die Blutgruppe bestimmt und Konserven bestellt? Wenn nicht, dann aber zack, zack. Und schmeißt den Zeh nicht weg, der kommt in die Pathologie. Alles klar?"
„Ja, es ist alles vorbereitet", sagte Jochen, der die Visite als Schichtleitung begleitete. „Blutgruppe ist bestimmt und sechs Blutkonserven sind bestellt. Die

Angehörigen rufe ich gleich nochmals an, die wissen aber eigentlich Bescheid. Sie waren gestern Nachmittag hier."

„Dann mal los! Hotte hüh und zackig." Dann wehte er hinaus, der Reziproke. Wahrscheinlich, um seine zarten Chirurgenhände zu waschen. Sein Stab folgte ihm ...

So stellte ich mir Ferdinand Sauerbruch in der Charité vor, fehlte nur noch die Oberschwester. Wir schoben den Patienten nach fünfzehn Minuten vor die OP-Schleuse. Die Kollegen warteten schon. Das Förderband setzte sich in Bewegung und transferierte den schlafenden Mann in die Operationsabteilung.

„Für den Gestank können wir nichts, ist hart für die Nasen, bindet den Mundschutz fester", sagte ich. *Puh, geschafft!* Wir gingen zur Intensivstation zurück. Ich nutzte die Gelegenheit, um mein Anliegen mit Jochen zu besprechen.

„Meinem Vater geht es schlecht, er liegt auf der Internistischen. Kann ich Überstunden nehmen? Ich bin ja heute auch eingesprungen. Sabine tauscht mit mir das Wochenende."

„So schlimm?" Jochen runzelte die Stirn. „Lass uns auf den Dienstplan schauen. Wenn Monika am

Wochenende wieder gesund ist, müsste es eigentlich gehen. Was hat dein Vater denn?"

„Hat sich totgesoffen. Gestern musste ich der Unterbringung zustimmen. Aber vielleicht ist das ja gar nicht mehr nötig." Ich stockte. „Er wird bald sterben, glaube ich. Das wäre wirklich das Beste, für ihn und für uns alle."

Jochen schaute mich mitleidig an.

„Komm, gehen wir eine rauchen!"

Wir standen im inoffiziellen Raucherunterstand beim Notausgang. Mit Dach.

„Kann ich was für dich tun?"

„Ich brauche nur ein paar Tage frei", sagte ich, „falls möglich." Jochen lehnte sich an die Hauswand, inhalierte tief und schaute zum Himmel. Strahlendblau, keine Wolken, es war jetzt schon sehr warm. „Wir schau'n gleich mal. Tut mir echt leid, Kathy", sagte er leise.

Zurück in der Küche schnappte er sich den Dienstplan an der Wand, zückte seinen Kuli und trug die Änderungen ein.

„Okay, machen wir so. Ich trag dich mit überstundenfrei ein, du hast doch genug davon."

„Danke", sagte ich. „Ich geh gleich mal zu ihm rüber, okay?"

„Mach das, kannst ja jetzt in die Pause gehen."

In der Umkleide zog ich mich für die Pause in der Cafeteria um, dafür gab es extra weiße Kittel. In den blauen Kasacks durften wir die Station nicht verlassen. Ich suchte mein Handy und die Geldbörse. Zum Glück hatte ich sie dieses Mal nicht vergessen. Der Notausgang im Treppenhaus führte mich wieder in die inoffizielle Raucherecke. Ich zückte mein Handy und tippte eine WhatsApp an Christoph:

„Gute Idee, so kann ich mich revanchieren. Morgen Abend in Marburg City bei Da Mauro? Essensmarken bringe ich mit!"

Danach holte ich erst mal tief Luft. Okay. *So what! Konnte losgehen.* Ich musste zur Internistischen. Kleiner Fußmarsch von fünf Minuten, dann klingelte ich an der Eingangstür. Ohne Gesichtskontrolle kommt niemand auf eine Intensivstation. Kollege Markus versorgte mich mit einem Besucherkittel.

„Wie geht's?" Aus seinen Worten klang Besorgnis.

Ich seufzte und schloss kurz die Augen. Wir kannten uns schon Jahre, eine Zeit lang dachte ich sogar, es könnte mit uns etwas werden. Bis er mir gestand, dass er schwul war. Er wollte es heteromäßig auch nicht probieren. Nun ja. „Schwul ist eben schwul", sagte Florentine auch immer. „Ich bin ziemlich traurig ... wie geht's ihm denn?"

„Die Blutung ist gestoppt, er hat eine Bluttransfusion bekommen. Die Infusionen haben den Kreislauf stabilisiert. Aber er ist ziemlich durch den Wind, ich weiß nicht, ob er dich erkennt. Er bekommt Beruhigungsmittel – um den Entzug zu stoppen."

„Klar. Was auch sonst. Aber dass er nicht mehr blutet, ist doch schon gut, oder?"

„Natürlich. Wir müssen jetzt abwarten."

Er nahm meinen Arm. „Du, Kathy?" Ich sah ihn an. „Hm?"

„Wenn ich etwas für dich tun kann ... irgendwas ... dann sagst du es mir, ja?"

Ich nickte, mir kamen wieder die Tränen. „Du kannst nichts für mich tun, aber trotzdem, vielen Dank. Du bist ein echter Freund!" Er nickte und legte mir die Hand auf die Schulter.

„Der Arzt kommt gleich und will mit dir sprechen." Markus schob die große Schiebetür auf. Diskretes Monitorpiepen und das leise Brummen der Spritzenpumpen erreichten meine Ohren.

Auf einer Intensivstation liegen die Patienten alle hinter Glas und meistens nackt unter ihren Bettdecken. Immer in Sichtweite, ohne jegliche Intimsphäre.

Vater lag auf dem Rücken, hatte die Augen geschlossen und war sauber gepflegt und gewaschen. Er stank nicht mehr, sein Gesicht war noch gelber geworden. Gegenüber stand ein zweites Bett, ein bunt karierter Vorhang sorgte für Sichtschutz.

Der Monitor zeigte seinen Herzschlag: 78 pro Minute, Sauerstoffsättigung 93 Prozent. Das war beruhigend.

Ich berührte seinen linken Arm, streichelte mit dem Handrücken sein Gesicht. Er schlug die Augen auf. Die Augäpfel waren gelb. Starrer und glasiger Blick auf die Zimmerdecke.

„Hi Papa. Ich bin's, Kathy. Kannst du mich hören?"

Er reagierte nicht. Schaute weiter zur Decke, dann fielen seine Augen wieder zu.

„Er hat zu viele Beruhigungsmittel und nimmt dich nicht wahr. Lass ihn schlafen", sagte Markus.

„Du hast sicher recht. Lass mich nur kurz allein mit ihm, ja?"

„Klar! Wenn was ist, ruf mich." Markus verließ das Zimmer. Ich schaute wieder auf den Monitor. Irgendwohin musste ich ja schauen. Die Herzschläge waren jetzt unregelmäßig und zu schnell. Er hatte mich bemerkt! An einer Halsseite klebte ein weißer Verband über dem zentralvenösen Venenkatheter, in den die Infusionen tropften.

Von der Zimmerdecke reichte eine Stange bis einen Meter über dem Kopfende des Bettes. An ihr waren drei Perfusoren geklemmt, mit Fünfzig-Milliliterspritzen treppenstufengleich aufeinander gestapelt. Auf der untersten Perfusorspritze stand *Haloperidol*, auf der darüber *Clonidin*. Die Beruhigungsmittel. In der dritten Spritze *Kaliumchlorid 20 Prozent*. Das Übliche also.

Ich schlug die hellblau karierte Bettdecke zurück. Er trug ein Flügelhemd, so wie man sie aus dem Fernsehen kennt. Überall gleich, in Europa wie in den USA. Grün und leise kariert, mit Band im Nacken. Sein Bauch wirkte nicht mehr so riesig, und sein Atem ging gleichmäßig.

Unter den Knien lag eine zusammengerollte Decke, im Penis steckte ein Katheter. Der Urin sah dunkelbraun aus, kein gutes Zeichen. Leberversagen. Ich wusste das doch alles und dennoch …

Als ich wieder über seine Wange streichelte, öffnete er die Augen, atmete unruhig, zuckte mit den Händen.

„Ruhig, Papa, alles wird gut. Ich bin da, deine Kathy. Ich lasse nicht zu, dass sie dich unterbringen. Heute Abend kommt Flo, ich werde es mit ihr besprechen. Sie will dich auch besuchen, hörst du? Ihr solltet euch dann aber vertragen! Ist doch alles schon so lange her!"

Er röchelte, versuchte zu sprechen. Ich kam mit meinem Ohr ganz nah an seinen Mund.

„Wasser. Bitte!" Er hatte Durst, er sprach mit mir! Ich freute mich. Zitternd griff ich nach dem rosa Plastikschnabelbecher auf dem Nachttisch. Hoffentlich musste ich niemals aus so einem Ding trinken.

„Hier! Ganz langsam …" Er trank ein paar Schlucke, fing an zu husten.

„Genug. Is … genug."

Ich setzte die Schnabeltasse wieder ab. „Der Meier … hat mir …" Erneutes Husten. „… in den Arsch … gesch …" *Oje, die Nummer von gestern.*

„Ja Papa, ich weiß. Das heilt wieder. Irgendwann erwischt es jeden mal. Hörst du? Alles wird gut." Er schloss die Augen wieder, atmete ruhiger.

Der Stationsarzt stand in der Tür. Ich drückte Vaters Hand und stand auf. „Bis gleich, Papa."

„Hallo Frau Küster! Torsten Merkoff, ich bin der diensthabende Stationsarzt. Sie arbeiten auch hier?"

„Ja, auf der operativen Intensivstation."

Er nahm mich mit ins Arztzimmer.

„Bitte nehmen Sie Platz." Ich setzte mich auf die Stuhlkante und schaute den Arzt schweigend an. Er war noch jung.

„Was eine Leberzirrhose ist, wissen Sie ja, oder?"

„Natürlich. Ein Untergang der Leberzellen, die durch Bindegewebe ersetzt werden. Das Bindegewebe kann die Funktionen der Leber nicht übernehmen und die Stoffwechselleistungen der Leber werden zunehmend schlechter, bis es im Leberversagen endet."

„Richtig. Bei Ihrem Vater ist es sehr weit fortgeschritten. Er trinkt vermutlich viel?"

Ich nickte. „Wie viel, weiß ich nicht. Ein Verzicht würde aber sicher auch nicht mehr helfen, oder?"

Doktor Merkoff schlug die Augen kurz nieder. „Sie sind die Betreuerin?", fragte er nach einer Weile. Wieder nickte ich. *Was kam denn jetzt?*

„Sein Zustand ist wieder stabilisiert, er blutet nicht mehr aus dem Darm und Magen, ist aber noch auf Entzug. Was war Ihr Vater denn von Beruf?"

„Fachanwalt für Wirtschaftsrecht. Aber das ist lange her. Er glaubt aber immer noch, es zu sein, und will seine Klienten bedienen." Ich seufzte tief. „Nun ja. Vielleicht besser, als gar nichts zu haben."

Der Arzt holte tief Luft. „Nun, Frau Küster, Sie sollten überlegen, ihn in einem Hospiz oder Pflegeheim unterzubringen. Eine Rückkehr nach Hause halte ich für ausgeschlossen."

„Hospiz? Pflegeheim?" Ich schüttelte den Kopf.
„Kommt nicht in Frage. Außerdem hat er kein Geld.
Pflegeheim ist teuer!"

„Das Sozialamt springt in solchen Fällen ein, es
käme auf einen Versuch an."

„Wie lange kann er noch hierbleiben?"

„Eine Woche, vielleicht zwei. Das kommt auf die
weitere Entwicklung an. Es wäre gut, wenn Sie auf
seine Ernährung achten, er ist in einem bedenklichen
Mangelzustand. Und bloß keine übermäßige
Eiweißzufuhr, das kann die Leber nicht mehr
verarbeiten! Und viel Flüssigkeit, alles außer
Alkohol, verstehen Sie?"

„Okay. Ich werde darüber nachdenken und danke
Ihnen für Ihre Mühe. Aber eine solche Entscheidung muss ich mit meiner Schwester absprechen, sie
ist die Ersatzbetreuerin und Anwältin, Staatsanwältin
am Frankfurter Amtsgericht. Ich sage Ihnen dann
Bescheid." Das Wort „Staatsanwältin" ließ ihn
zusammen zucken.

Er nickte. „Alles klar. Bis dann." Ich raffte meinen
Kittel und stand auf.

*Von wegen, Hospiz! Warum konnte er nicht in seinem
urgemütlichen Elend Zuhause sterben? Weil alle anderen das
unpassend fanden!*

Ich kehrte zu Vater zurück. Die Kollegen saßen im Pausenraum beim Frühstück. Ich hörte sie lachen. Mein Blick fiel hinter den Vorhang auf das zweite Bett. Ein Junge, höchstens sechzehn Jahre alt, saß aufrecht und keuchend in der Mitte. Mit beiden Händen stützte er sich mit unglaublich dünnen Ärmchen auf der Matratze ab, sein Bauch war so groß, als hätte er einen Fußball verschluckt. Wie der von Vater. *Der Junge hatte unglaubliche Luftnot! Warum?* Seine Sauerstoffmaske baumelte lose am Bettgitter.

Die Infusionsschläuche waren durch die Sitzhaltung ziemlich unter Zug, und der Pflasterverband am Hals löste sich bereits. Die Bettdecke lag auf dem Boden. Der Junge machte Anstalten, das Bett zu verlassen. Es gelang ihm nicht, ihm fehlte die Kraft.

Ich sollte den Kollegen Bescheid sagen!

HILF IHM!

„Hallo!", sagte ich freundlich zu ihm. „Kann ich dir irgendwie helfen?" Ich hob die Bettdecke vom Boden auf. Der Junge schaute hoch und verzog das Gesicht.

„Mir kann niemand mehr helfen. Ich krieg auf

einmal … ganz schlecht Luft", presste er mühsam durch die bläulich verfärbten Lippen. Ich warf einen Blick auf den Monitor, dann auf die Dokumentation am Fußende des Bettes. *Fortgeschrittenes primäres Leberzellkarzinom mit Knochenmetastasen, Aszites, Pleuraerguss*, stand da geschrieben.

Oh Gott, der Arme! Leberkrebs, Wasser im Bauch zwischen Rippen und Lungenfell – und das in diesem Alter!
„Du heißt Michael, ich bin Kathy." Er nickte stumm, versuchte, wieder aufzustehen, sein linkes Bein hing bereits über dem Bettgitter.
„Ich habe solche Schmerzen!" Speichel tropfte auf sein Kinn. „Die … geben … mir nicht … genug Morphium! Hilf mir!"

„Lass die Maske auf, dann ist es mit der Luft nicht so schlimm!"
„Quatsch!" Stöhnen. „Das hilft mir nicht … mehr. Ich bin … bald durch … ich brauche MORPHIUM. Viel, hörst du!"

SCHAU AUF DEN PERFUSOR!

Morphinhydroclorid, 1000 Milligramm, las ich. Eingestellte Geschwindigkeit: fünf Milliliter pro Stunde. Das waren 100 Milligramm pro Stunde. Nicht gerade wenig!

MEHR DAVON!

Was??!

NUN MACH SCHON!

Ich drückte auf die Stopptaste, dann auf *Bolus,*
sprich Vollgas, dann wieder auf die Starttaste. Der
Spritzenkolben schob sich sofort zügiger vor, und
der Motor der Pumpe begann in höheren Tönen zu
singen. Ich klebte das Pflaster an seinem Hals fest,
griff nach der Sauerstoffmaske und legte sie ihm an.
Der Junge wehrte mich ab.
„Lass das!" Er schnaufte, jede kleinste Anstrengung
brachte seinen Herzschlag auf 140.
„Wird gleich besser." Ich hielt seine Hand und ließ
den Perfusor nicht aus den Augen.
„Das sagen sie alle." Es klang verächtlich. „Die geben mir … nie genug … Morphium. Macht süchtig,
sagen sie." Ich wusste, was er meinte und nickte. Die
Weißkittel drücken sich gerne, wenn es ans Sterben
geht. Als wenn die Suchtgefahr in seinem Zustand
noch eine Rolle spielte! *Bloß nicht so viel Schmerzmittel*
geben, dass einem eine aktive Handlung unterstellt werden
könnte. Idioten!

Sein Atem ging plötzlich ruhiger. Er hechelte nicht mehr. „Es wird besser, ja? Merkst du es?"
Er nickte. Ich nahm sein Bein und legte es ins Bett zurück, stellte das Kopfteil des Bettes mit Knopfdruck hoch, deckte ihn zu und wedelte mit der Sauerstoffmaske vor seinem Gesicht. Er schüttelte den Kopf. Mein Finger schwebte über der Stopptaste des Perfusors.

LASS ES LAUFEN! ES GEHT IHM GUT!
GLEICH SCHLÄFT ER.
WIE DEIN VATER.

Ich soll was??!

DU HAST MICH VERSTANDEN. MACH
SCHON, ASSISTENTIN!

„Ich komm morgen wieder", sagte ich zu Michael. Er lächelte mit dunklen, violett-blau verfärbten Lippen, seine Augen schauten mit einem Mal milde, fast glücklich.
„Danke!", sagte er, holte tief Luft, legte beim Ausatmen seinen Kopf auf die Seite und schloss langsam die Augen.

Fast so, als ob sich der Vorhang nach einer Vorstellung senkt. Sein Herzschlag verlangsamte sich auf 76, seine Sauerstoffsättigung betrug nur noch 86 Prozent. Ich stellte den Alarm am Monitor aus. Die Perfusorspritze war fast leer.

Ich drückte auf *Stopp*, bediente die Zahlentasten bis zur vorherigen Einstellung auf fünf Milliliter pro Stunde, drückte auf *Start*. Alles klar.

GUT GEMACHT! ER SCHLÄFT.

Meinst du?

JA! SCHAU NACH VATER UND
DANN GEH!

Vater schlief auch. Ich ging hinaus und schloss leise die Schiebetür. Der Alarm des Monitors würde gleich wieder scharf sein. Er ließ sich nur für wenige Minuten unterdrücken. Ich seufzte. Michaels Stein war oben, und ich hatte ihm geholfen. Das machte mich fast glücklich.
Noch vier Stunden, dann war meine Schicht vorbei. Ich wollte endlich nach Hause.

„Wie geht es deinem Vater?", fragte Jochen, als ich wieder zurück auf der Station war.

„Ich denke, etwas besser. Aber er redet nur Stuss."

„Das legt sich sicher wieder, wenn er den Entzug durch hat."

„Für wie lange?" Ich rieb mir die Augen, sie drohten wieder überzulaufen.

„Der Patient ist aus dem OP zurück, jetzt hat er nur noch anderthalb Beine. Was meinst du, wirst du klar kommen?"

„Ich denke schon." Was sehnte ich den Feierabend herbei!

Irgendwann, gefühlte zehn Stunden später, stand ich endlich bei meiner Maschine und konnte heimfahren. Als ich in die Bruhnestraße einbog, sah ich schon von Weitem ein Polizeiauto vor dem Haus. Zwei Beamte standen auf dem Bürgersteig. *Was machten die denn hier?*

„Frau Küster? Katharina Küster?", fragte einer der beiden.

„Ja. Wollen Sie etwa zu mir?" Ich runzelte die Stirn und spürte einen Angstkloß in der Körpermitte.

„Ja. Wir wollen zu Ihnen. Es liegt eine Anzeige gegen Sie vor, in Mücke soll durch Sie ein vorsätzlicher Angriff in voller Fahrt mit diesem Motorrad auf Passanten, die auf dem Bürgersteig standen, stattgefunden haben. Es liegen Augenzeugenaussagen vor. Die behaupten, Sie seien absichtlich auf sie zugefahren. Stimmt das?"

„Natürlich nicht. Das sind die netten Nachbarn meines Vaters. Die sind sauer, wegen der Unordnung vor dem Haus und weil er vom Balkon gepinkelt hat. Die wollen mir was anhängen, nichts weiter. Tätlicher Angriff ... was für ein Blödsinn. Also ehrlich!"

GIB ZU, DASS DU VOM GAS GERUTSCHT BIST!

Ups, du schon wieder! Weißt du eigentlich alles besser?

JA.

„Nun, vier der Nachbarn sehen das aber anders. Die sagen, Sie hätten das Gas voll aufgedreht und seien gezielt auf sie zu gefahren. Und danach hätten Sie behauptet, dass Ihr Gasgriff klemmt. Stimmt das auch nicht?"

„Ich bin vom Gasgriff gerutscht ... kann doch mal passieren, oder? Auch wenn vier Leute dasselbe behaupten, muss es ja noch lange nicht so gewesen sein." Ich versuchte, cool zu bleiben.

„Das spricht aber leider doch dafür, dass es so pas-

siert ist. Dürfen wir Ihren Führerschein sehen?"
Der andere Bulle sah mich unentwegt an. Ab und zu
zuckte er mit den Mundwinkeln.

„Den habe ich in der Wohnung. Wollen Sie mit rauf
kommen?" Ich war nun voll auf Kooperation.

„Ja, gern. Sie müssten sonst mit uns zum Revier
kommen. Fahren Sie übrigens immer, ohne den
Führerschein dabei zu haben?"

„Nein, nur heute. Hatte es eilig." Ich öffnete die
Haustüre und ging vor den beiden Beamten die
Treppen hoch.

„Hier sind wir, kommen Sie rein." Ich suchte in
meinem Geldbeutel nach dem Führerschein.

Verdammt, wo war er? „Sekunde, er muss hier
irgendwo sein." Nervös schaute ich mich um. *Mist,
wo hatte ich ihn schon wieder?*

SCHAU IN DEINER MOTORRADJACKE
NACH!

Tatsächlich. Er steckte in der Seitentasche. Bei der
Rückkehr gestern hatte ich vergessen, ihn
rauszunehmen. Ich fingerte am Reißverschluss rum,
fand noch was Hartes. *Den Stein.*

Und schließlich den Führerschein. Ich reichte ihn dem sprechenden Polizisten. Der Schweigende sah mich weiter an. „Sie hatten ihn ja doch dabei", sagte er.

Oh, er konnte sprechen!

„Danke." Der andere studierte aufmerksam den Führerschein. „Sie fahren seit mehr als zehn Jahren Motorrad und dann passiert Ihnen so was?"

„Ich war halt aufgeregt. Mein Vater liegt im Krankenhaus – es geht ihm nicht gut. Der Notarzt und der psychiatrische Dienst waren auch im Haus, sie mussten ihm gewaltsam eine Spritze verpassen, da können einem doch mal die Finger entgleisen." Er schaute auf meine Hände. Sie waren noch nicht ganz verheilt.

„So wie die aussehen, glaube ich das gern. Sind Sie mit einer Verwarnung von 35 Euro einverstanden?"

„Wegen was denn?" *Na, das wäre ja echt glimpflich.*

„Wegen Nichtbeherrschens des Fahrzeugs und Fahrens auf dem Bürgersteig."

„Ist die Angelegenheit damit erledigt?" *Cool bleiben, Kathy!*

„Ja. Ausnahmsweise. Aber passen Sie zukünftig besser auf Ihre Finger auf." Er füllte das Knöllchen aus, ich reichte ihm das Geld. „Alles klar. Machen Sie's gut!" Beide tippten sich an ihre Mützen und gingen. *Puh!*

SIEHST DU? GEHT DOCH!

Ich nahm den Stein aus der Jacke und legte ihn auf das Strafmandat.

Was machst du mit mir? Wo bist du? Warum zeigst du Dich nicht?

SISYPHUS IST IN DIR UND PASST AUF DEINE STEINE AUF. ALLES IST GUT!

Ich war müde, ich war hungrig. Ich nahm den Stein und legte ihn in den Kühlschrank. Er machte sich gut auf dem mittleren Rost. Es war noch Milch da. Die schüttete ich über ein Früchtemüsli; was anderes hatte ich nicht. Dann legte ich eine CD von Pachelbel ein und streckte ich mich auf dem Sofa aus. Ich dachte an den Darkfahrer, an unsere Blicke über die Zapfsäule hinweg, an seinen souveränen Auftritt gegenüber dem Autofahrer, und ein bisschen Sonne schien auf den Gletscher.

Von der Türschelle wurde ich wieder geweckt. Ich musste eingeschlafen sein.

„Hi Kleines, wie schaut's?"

Florentine stand mit Miriam in der Tür. „Haste gepennt?"

„Es geht schon. Kommt rein." Küsschen auf beide Wangen, auch von Miriam. Sie trugen beide Motorradklamotten, hielten die Helme in den Händen. Florentine strubbelte sich mit fünf Fingern durch ihre Kurzhaarfrisur.

Miriam blickte sich nach Kommissarinnen-Manier und mit Bullenblick im Wohnzimmer um.

„Du hast ja was Neues gemalt! Was soll das sein?", fragte sie und stand mit in die Hüften gestemmten Armen vor der Staffelei. Ich hatte versucht, eine Kletterin in der Wand zu malen, in meinen geliebten Farben Ultramarin-Blau mit einem Schuss Indigo und Kadmium-Orange, überlagert von Indisch-Gelb.

Von rechts oben drohte eine Schlechtwetterfront mit tiefschwarzem Gewölk herabzustürzen. Den Felsen hatte ich in würfelförmigen Einzelteilen in verschiedenen Orange- und Gelbtönen dargestellt. Mir gefiel das Bild.

„Das sieht man doch. Eine Felslandschaft mit einem Kletterer. Es ist eben ein Gemälde und kein Fahndungsfoto!" Florentine klang ungeduldig.

„Super Bild! Die Malerei ist gut für dich, Kathy, nicht wahr?"

„Ja, ist sie! Hab aber lange nichts mehr gemalt, und dieses Bild steht auch schon wieder seit drei Wochen rum." Ich gähnte. „Na ja, ich krieg es bestimmt noch hin. Ich war heute bei Vater, er hat zu trinken verlangt, aber meistens geschlafen. Und er glaubt immer noch, dass der Meier ihn in den Arsch geschossen hat. Tja. Wollt ihr was trinken?"

„Ich hol was, danke", sagte Miriam und verschwand in der Küche. „Ich mach Kaffee, okay?"

„Ja, mach mal", sagte Florentine in Richtung Küche. „Wir bleiben nicht lange. Ich habe morgen einen anstrengenden Tag und Miriam hat gleich Bereitschaft im Kriminaldauerdienst." Florentine setzte sich an den Esstisch.

„Hör zu, Kathy." Sie fackelte nicht lange. „Es gibt nicht viele Möglichkeiten. Wenn Vater sich erholt hat, muss er in ein Pflegeheim – je nachdem, wie mobil er noch sein wird, auch in eine beschützende Einrichtung. Um den Beschluss würde ich mich kümmern, das musst du nicht tun. Aber eine andere Lösung sehe ich einfach nicht."

Ich nickte. Florentine war die Pragmatischere von uns beiden. Sie nahm sich einen Kaugummi, steckte ihn in den Mund und zog dann die Lederjacke aus.

Ihre blauen Augen fixierten mich, sie sah traurig aus. Ich mochte es nicht, wenn sie traurig war.

„Kathy, ich weiß, wie dir zumute ist." Sie kaute genüsslich. Miriam kam aus der Küche mit Tablett und Geschirr. Ihre Haare trug sie noch kürzer als beim letzten Mal.

In der Mitte des Kopfes waren sie länger und wasserstoffblond gefärbt. Sie erinnerte mich an einen Irokesen. *Eine Mohawk sah auf Nscho-Tschi.* Nscho-Tschi, die Schwester von Winnetou. Die trug Zöpfe, wie es sich für richtige Indianerinnen gehörte. So wie ich.

Florentine trug auch einen Raspelschnitt, aber der war nicht so extravagant wie der ihrer Freundin. Die beiden passten wirklich gut zusammen. Ihr beziehungsmäßiger Ballwechsel befand sich offensichtlich im Gleichgewicht. Irgendwie beneidete ich sie.

„Flo hat recht, eine andere Möglichkeit gibt es nicht", sagte sie und verteilte die Kaffeetassen. „Und wir sind ja auch noch da. Wir haben alle harte Jobs, du auch! Du kannst dich nicht ständig um deinen Vater kümmern, außerdem nützt das auch gar nichts. Er hat es so gewollt. Jeder Mensch hat die Chance, was zu ändern. Aber euer Vater hat sie nicht genutzt. Gelebt, geliebt, gesoffen, und am Ende auf den

Doktor hoffen. Jetzt ist es zu spät!"

Ich schwieg. Was sollte ich auch sagen? Ich fühlte, beide hatten recht. Aber es gefiel mir nicht. Es gefiel mir überhaupt nicht.

Herrgott – fragt mal eine von ihnen, ob es richtig ist für mich oder für Vater? "Was ist das denn da?" Miriam deutete auf das Strafmandat auf dem Tisch.

"Ich habe ne Knolle gekriegt. Also eigentlich – eine Anzeige." Ich schürzte die Lippen und sah zur Decke.

"Wieso das denn?", fragte Florentine. "Was hast du angestellt?"

"Nichts. Oder fast nichts. Ich bin vom Gasgriff gerutscht und habe Fußgänger … nun … angeblich tätlich mit dem Motorrad angegriffen. Ist aber alles Quatsch. Ich wollte sie bloß ein bisschen erschrecken."

"*Wen* wolltest du erschrecken?" Florentine hörte auf zu kauen.

"Die blöde Nachbarschaft von Vater. Die haben meine Karre umgeschmissen!"

"Woher weißt du das denn? Ich meine, dass sie deine Karre umgeschmissen haben", fragte Miriam mit hochgezogenen Brauen. Klar, ganz die Kriminaloberkommissarin. *Leckt mich doch alle am Arsch!*

„Von allein ist die nicht umgefallen!"

„Aber du bist doch schon öfter mit der Maschine umgekippt, oder etwa nicht? …" Miriam hörte nicht auf.

„Ja. Herrgott! JA. JA. JA! Da saß ich aber oben drauf und habe das Rangieren nicht hinbekommen. Ist dir das noch nie passiert? Keine Karre kippt einfach *so* um! Es wehte ja kein Orkan. Es geht aber nicht um mich …"

„Rehlein, reg dich nicht auf! Miriam, Schatz, lass gut sein", sagte Florentine zu ihrer Freundin und legte mir dann ihre Hand auf den Arm. „Was ist denn mit deinen Händen passiert?"

„Beim Klettern abgerutscht und in Dornen gegriffen." Trotzig verschränkte ich meine Arme vor der Brust und versteckte die Hände unter den Achseln. Eine Weile sagte keiner mehr was. Miriam holte den Kaffee.

„Ich finde, wir sollten erst mal versuchen, dass Vater nach Hause geht nach der Entlassung. Einen Pflegeplatz finden wir immer noch. Weißt du überhaupt, was das kostet? Mindestens zweieinhalbtausend jeden Monat! Vater hat kein Geld, Mutter auch nicht. Selbst wenn das Sozialamt die Kosten übernimmt, wirst du auch latzen müssen, Flo! Staatsanwälte verdienen gut."

So, nun war es raus.

„Das lass mal meine Sorge sein. Daran soll es nicht scheitern. Außerdem wird es wahrscheinlich nicht lange dauern. Wir müssen aber einen Pflegeplatz finden! Ich wäre dafür, hier in Marburg – Mücke ist zu weit weg."

„Was meinst du damit: ‚Es wird nicht lange dauern'. Noch lebt er! Und es scheint ihm besser zu gehen, nachdem sie ihm Flüssigkeit und Nahrung geben."

„Kathy, er wird bald sterben! Und das ist auch das Beste für ihn!"

„Für ihn oder für dich?" Ich konnte mich nicht zurückhalten.

„Für alle Beteiligten!"

Miriam brachte den Kaffee und stellte Milch und Zucker hin. „Sag mal – was macht eigentlich der Stein im Kühlschrank? Hast du Angst, dass der schlecht wird?", fragte sie betont ruhig. Ich bemerkte Florentines fragenden Blick und wurde rot. „Nichts macht der. Er liegt einfach da. Ich habe ihn geschenkt bekommen."

„Aha." Florentine spuckte den Kaugummi ins Papier und trank einen Schluck Kaffee. „Sag mal, gehst du noch zu deiner Therapeutin?", fragte sie dann.

Ach ja. Jetzt kommt sie aus DER Ecke.

„Nein, warum? Mir geht es gut."

„Ich dachte ja nur, du könntest mal mit ihr reden. Mach dir keine Sorgen, ich zahl das auch."

„Es gibt nichts zu reden … und du brauchst nichts zu bezahlen."

„Und – hat sich dieser Sisyphus sich noch mal bei dir gemeldet? Vielleicht besprichst du das mit ihr?"

„Es gibt mit der Therapeutin nichts zu besprechen. Ja, er redet mit mir, manchmal. Das ist aber auch alles."

„Du hörst wieder Stimmen?", fragte Florentine.

Miriam rührte noch immer in ihrem Kaffee herum. Es war gut, dass sie jetzt nichts sagte.

„Ich höre keine Stimmen, sondern Sisyphus."

„Ist das der mit dem Felsbrocken?", fragte Miriam.

„Den er immer wieder hochschieben muss, weil er kurz vorm Ziel runter rollt?"

„Genau der ist das! Mann, du bist ja richtig gebildet." Ich benahm mich daneben.

Ich wusste es, und es machte mir Spaß. Und morgen würde es mir leidtun. So war das immer. Ich seufzte. Es tat mir jetzt schon leid.

„Sorry."

„Schon gut."

Beide schauten mich an. Ihre Blicke ließen darauf schließen, dass sie nicht überzeugt waren, und für

Miriam war ich schlicht und einfach zu speziell. Oder bekloppt.

Das Telefon klingelte. Ich schaute nach der Nummer. Unterdrückt. Na, dann nicht. Menschen, die ihre Nummer beim Anrufen unterdrückten, konnte ich nicht leiden.

„Willst du nicht ran gehen?", fragte Florentine.

„Nein. Will ich nicht." Kleine Pause. „Okay, ihr Süßen. Ich habe verstanden. Gehst du Vater besuchen … er soll nicht leiden, hörst du? Er soll nicht …" Ich schluchzte auf. „Er darf nicht leiden!" Florentine stand auf, legte beide Hände auf meine Schultern und drückte mich an sich.

„Rehlein! Er wird nicht leiden, das verspreche ich dir! Das will ich doch auch nicht. Ehrlich! Natürlich besuche ich ihn, und dann reden wir noch mal miteinander, okay? Wir müssen jetzt los."

Sie standen auf, schnappten sich ihre Helme und gingen.

Ich saß am Tisch und starrte vor mich hin. Okay. Es sollte eben so sein. Das Telefon klingelte wieder. „Hallo?"

„Hier ist Christoph. Ich wollte dir nur sagen, dass wir uns morgen bei dem Italiener treffen können!" Ich wusste nicht, was ich sagen sollte. Er bemerkte es sofort. „Alles okay bei dir?"

„Ja, ich meine … nein, also eigentlich doch …"

„Du klingst aber nicht so …"

„Entschuldige, mein Vater ist schwer krank, er wird wohl bald sterben. Er hat sich totgesoffen. Das nimmt mich ziemlich mit." Kurze Pause. Ich hörte Christophs Atem.

„Sollen wir uns morgen also nicht treffen?"

„Doch. Ja. Warum nicht? Ich freue mich, dann bin ich endlich meine Schulden los!"

„Du hast keine Schulden bei mir! Das war doch nur ein Witz!"

„Na ja. Du bezahlst meine Benzinrechnung einfach so. Das möchte ich schon wiedergutmachen!"

„Okay, dann machen wir es beide wieder gut." Pause. „Ich möchte dich einfach gern wiedersehen."

Das kam sehr leise. Mir wurde wieder warm. Die Strömung der Moldau setzte ein. Nichts stellte sich ihr in den Weg. *Ich will dich auch wiedersehen!*

„Ich auch. Ich will dich auch wiedersehen." Er lachte. Ich lachte. Sisyphus schwieg. Ein Glück.

„Na, dann ist doch alles okay! Bis morgen?"

„Bis morgen. Ich freue mich. Echt, ich freue mich. Und ich zahle, ja?"

„Ja, du zahlst, alles klar. Ich wehr mich nicht."

„Äh …?"

„Ja?"

„Hast du eben schon mal angerufen?"

„Nein, wieso?"

„Ach, nichts. Ich bin nicht dran gegangen, weil die Nummer unterdrückt war und ich hatte noch Besuch."

Das war bestimmt Mutter gewesen! Nee, auf die hatte ich jetzt keine Lust.

Ich legte auf und hielt das Telefon in der Hand, starrte darauf wie auf das Orakel von Delphi und fühlte – Aufregung. Der Darkfahrer.

Morgen sehe ich ihn wieder.

***

„Ich hätte gerne einen Rotwein, trocken. Was nimmst du?"

Christoph blickte von der Speisekarte hoch. Ich fiel in seine grünen Augen. Oberhalb der Pupillen kräuselten sich braun-goldene Sprenkel. Menschen mit grünen Augen sind selten. Und so einem seltenen Menschen saß ich jetzt gegenüber.

„Eine Apfelschorle. Ich trinke keinen Alkohol."

Er sah gut aus. Heute nicht in Lederkombi, sondern in Jeans mit weißem Hemd und schwarzer Lederweste. Ich hatte mich in mein geblümtes Sommerkleid geschmissen, seit drei Jahren nicht getragen, aber es passte noch. Und es brachte meine Zweizylinder zur Geltung. Die Haare trug ich offen, Zöpfe waren nur für die Arbeit reserviert. Wir waren gleichzeitig eingetroffen. Und wussten beide nicht, was wir sagen sollten. Ich lächelte ihn an und stammelte: „Schön, dich zu sehen." Konnte auch sein, dass ich nur Geräusche machte. Er nahm meine Hand und deutete einen Kuss an.

„Ich freue mich auch." Jetzt starrten wir in die Speisekarten und rangen locker verkrampft um Fassung.

„Was nimmst du? Pizza? Nudeln?", fragte er.

„Carpaccio, ich habe keinen großen Hunger." *Was redeten wir nur, nachdem wir die Speisekarten beiseite gelegt hatten?*

„Wie geht es deinem Vater?"

„Nicht so gut. Er soll morgen von der Intensivstation verlegt werden. Ich bin seine Betreuerin und muss eine folgenschwere Entscheidung treffen."

„Was für eine Entscheidung meinst du?" Christoph schaute mich mitfühlend an.

„Geschlossene Unterbringung. Nachdem wir uns vorgestern an der Tanke trafen, bin ich zu ihm nach Mücke gefahren. Die Polizei war dort und der sozialpsychiatrische Dienst. Die Nachbarn haben sich beim Ordnungsamt beschwert, wegen des Mülls und weil er vom Balkon gepinkelt hat. So, nun weißt du es. Nette Familie, nicht wahr?"

„Familie sucht man sich nicht aus. Aber ohne sie gäbe es dich nicht, und wir säßen nicht hier. Und? Wie wirst du entscheiden?"

„Für die Geschlossene natürlich. Er kann nicht mehr allein leben, so von der Rolle, wie der ist. Meine Schwester ist Staatsanwältin in Frankfurt, die meint dasselbe." Ich seufzte. „Nun ja. Vielleicht erlebt er es ja nicht mehr."

„Das tut mir sehr leid für dich. Deshalb hattest du auch dein Portemonnaie vergessen?" Ich las Verständnis in diesen grünen Augen.

„Ach, Dinge vergessen kann ich auch ohne Probleme mit meinem Vater ganz gut."

Er lachte. Interessante Grübchen bildeten sich rechts und links der Mundwinkel.

„Und deshalb trinkst du auch keinen Alkohol, oder?" Seine Hand wanderte über den Tisch und legte sich sanft auf meine. *Ups!* Mein Herz tat einen Hopser.

„Genau, ich habe die Wirkung von Alkohol anschaulich erlebt."

„Kann ich was für dich tun?", fragte er leise, drückte meine Hand kurz und zog seine wieder zurück.

Mann, war der süß.

„Nein. Äh – doch.“

„Ja?“

„Leg deine Hand wieder auf meine.“ Er strahlte, ein warmer Farbton blinkte in seinen Augen, und schon lag seine Hand wieder auf meiner. Auf den Fingeroberseiten wuchsen winzige schwarze Härchen. Die Fingernägel waren kurz und sehr gepflegt. Aus einem Daumennagel lugte ein winziger weißer Fleck. Wir sprachen nicht mehr, wir schauten uns nur an. Mein Mund wurde trocken.

Der Kellner kam mit den Getränken. Wir lösten unsere Hände, gaben die Bestellung auf und prosteten uns zu.

„Ich weiß gar nichts von dir“, stellte ich fest.

„Außer, dass du eine Ducati fährst.“

„Stimmt. Von dir weiß ich schon eine Menge mehr. Ich kenne deine Adresse und weiß, dass dein Vater schwer krank ist. Nun – ich arbeite als Betriebswirt und Gebietsleiter in Frankfurt bei einem Chemiekonzern, bin oft im Ausland unterwegs oder sonst in Deutschland auf Dienstreise.“

„Und wo wohnst du?“

„Seit fünf Jahren in Petterweil – kleines Kaff im Wetteraukreis. Dort haben wir … ich … ein nettes Häuschen gekauft, mit kleinem Grundstück und altem Baumbestand. Nichts Besonderes. Aber es lebt sich gut dort – wenn ich mal Zuhause bin."

Der Kellner stellte eine Pizza mit Thunfisch und einen Salat auf den Tisch. Ich griff nach dem Besteck.

„Du hattest doch Carpaccio bestellt?"

„Äh, ja. Stimmt. Hatte ich vergessen."

„Wenn du das lieber magst … nimm ruhig!"

„Nein, nein. Ich habe ja nicht so viel Hunger."

„Wir können uns den Salat auch teilen." Christoph stellte den Teller in die Mitte des Tisches und träufelte Olivenöl auf die Tomaten und die Endivienblätter. Die Pizza schnitt er in kleine Dreiecke. „Hier, nimm!"

„Aber *ich* hab dich doch eingeladen! Da kommt auch das Carpaccio, das sieht ja gut aus …"

Ich träufelte Balsamico-Essig und Öl auf die hauchdünnen Fleischscheiben und die Parmesankäseraspel.

Der Kellner kam mit einer übergroßen Pfeffermühle zurück und schaute mich fragend an. Ich nickte.

Wir aßen schweigend und hantierten mit dem Besteck. Das Carpaccio schmeckte köstlich. Ich trank einen Schluck und beugte mich etwas über den Tisch.

„Irgendwas umgibt dich", sagte ich. „Du bist traurig, oder?"

Ich habe mich getraut! Ich habe eine Gralsfrage gestellt. Viele Dinge kommen überhaupt nicht in Gang, weil sich keiner traut, die Gralsfrage zu stellen. Und man sich hinterher sagt … hätte ich doch … wieso habe ich nicht … so wie Parzival, nachdem der Ritter ihn enttäuscht gehen ließ.

Er wurde ernst und legte Messer und Gabel zur Seite.

„Wir haben etwas gemeinsam, ja. Wie hast du es bemerkt?", fragte er.

„Deine Augen. Sie lächeln nur für Sekunden, dann versinken sie hinter einer Art Gardine."

„Du kannst gut Menschen beobachten!"

„Kein Wunder, ich arbeite als Krankenschwester. Das mach ich den ganzen Tag lang … Menschen beobachten."

Er nippte an seinem Rotwein. Zog den Teller mit den Pizzadreiecken wieder zu sich hin, tupfte mit der Serviette seine Lippen ab.

„Es ist schwierig, ich weiß nicht, wie ich anfangen soll." Er seufzte.

„Am besten am Anfang und in einfachen Sätzen. So wie ich gestern am Telefon." Ich sah ihn aufmerksam an, dann nahm ich *seine* Hand.

„Okay. Also – ich bin – also … eigentlich verheiratet."

*Aha. Dachte ich es mir doch, irgend so was musste ja
kommen.*

Ich zog meine Hand so schnell weg, als hätte ich
einen elektrisch geladenen Weidezaun angepackt.
„Es ist nicht so, wie du denkst." Seine Stimme
bekam einen flehenden Ton.
„Was denke ich denn?" Meine Stimme blieb mir fast
weg. Mein Hals brannte.
„Na ja, kaputte Ehe, eigentlich sollten wir schon
längst getrennt sein. Meine Frau versteht mich nicht
… und so weiter. Aber so einfach ist es nicht. Es ist
… Herrgott!"
„Was anderes?"
„Ja. Marlies liegt seit drei Jahren im Wachkoma.
Nach einem Motorradunfall … sie fuhr als Sozia mit
und musste wiederbelebt werden. Das … hat …
nicht so gut geklappt." Mir verschlug es die Sprache.
Nein, das hatte ich so gar nicht *Mit-eigentlich-
verheiratet-Sein* in Verbindung gebracht.
„Verstehe. Meine Güte. Da hast du die letzten Jahre
ganz schön was mitgemacht, oder?"
„Nicht nur ich. Meine Schwiegereltern auch. Das
Schlimmste ist immer die Hoffnung – es wird besser,
sie wacht auf, sie bewegt sich irgendwann, sie kann
wieder nach Hause … und so weiter. Die Hoffnung
saugt alle Kraft auf."

„Und? Wird es noch mal besser?" Ich schob den Teller zur Seite. Mir war der Appetit vergangen.

„Nein, es wird so bleiben, bis sie stirbt. Phase F. Deshalb habe ich … einen Beschluss beim Vormundschaftsgericht erwirkt und nach zwölf Monaten erhielt ich die Genehmigung, die lebensverlängernden Maßnahmen in Absprache mit dem Hausarzt einzustellen." Er seufzte und fuhr sich mit der Hand über die Augen.

Ich nickte. Meine Augen wurden feucht. *Vom Balkon zu pinkeln ist nichts dagegen!*

„Es tut mir so leid." Was Besseres fiel mir nicht ein. Deshalb sagte ich es gleich noch mal. „Es tut mir wahnsinnig leid!"

„Marlies' Eltern sind auch einverstanden. Das Problem ist der Heimleiter."

„Wieso? Was hat der Heimleiter damit zu tun?"

„Die Philosophie des Hauses lässt nicht zu, dass Ernährung, Medikation und Flüssigkeitsgabe eingestellt werden."

„Oh Gott. Was ist das denn für eine Philosophie? Also alles umsonst?"

„Nein, ich schnitt ihr gestern die Sonde ab und muss jetzt ein anderes Heim finden, wo ihr Sterben möglich ist. Das wird nicht einfach. Ich kann schlecht dorthin gehen und fragen, ob meine Frau

gütigst bei ihnen sterben darf." Ich starrte ihn an.
„Du hast *was*?"

„Ich hab die Magensonde abgeschnitten und mit nach Hause genommen."

„Abgeschnitten? Ups. Na, du traust dich was! Und was haben sie dazu gesagt?"

Er trank einen Schluck Wein. „Stell dir vor, sie haben es erst heute Morgen beim Waschen bemerkt. Der Heimleiter rief mich an und tobte. Er sagte, sie lassen jetzt eine neue Sonde legen."

Ich fuhr mir mit beiden Händen durch das Gesicht. Vermutlich war nun der Lidstrich verwischt, und ich sah aus wie Alice Cooper.

SIEHST DU! SO ENTZWEIT MAN MENSCHEN VON IHREM STEIN!

Ach, du schon wieder. Ist ja gut, ich habe verstanden.

„Und ich habe ihm gesagt, dass ich den Ärzten keine Einwilligung zu dem Eingriff gebe und ihnen den Beschluss unter die Nase gehalten habe.
Sie geben ihr Infusionen, bis alles geklärt ist.
Außerdem will dieser fromme Heimleiter den Heim-vertrag fristlos kündigen und sie so schnell wie möglich entlassen. Die Heimaufsicht hat er auch

schon informiert. Tja, alles nicht so einfach."

„Das kann er nicht machen."

„Ich fürchte, doch. Und ich soll mich auf eine Strafanzeige einstellen, wegen Durchführung verbotener, aktiver Handlungen. Egal, ich zieh das jetzt durch. Nur Marlies' Eltern sind völlig fertig mit den Nerven."

„Meine Schwester Florentine ist Staatsanwältin, die kann ich fragen." *Na, Florentine wird sich bedanken!*

„Ich verstehe das alles nicht … die müssen doch den Gerichtsbeschluss beachten!"

„Ich weiß auch nicht … jedenfalls ist sie jetzt in der Klinik in Frankfurt und wird bald entlassen. Sie legen keine neue PEG, haben aber das Amtsgericht informiert."

Ich überlegte fieberhaft.

„Aber es gibt doch Heime, die Palliativpflege anbieten."

Er stutzte. „Was ist das – Palliativpflege?"

„Palliativ bedeutet so viel wie ‚Mantel' oder ‚Umhüllen'. Das steht für die besondere Pflege und Betreuung von unheilbar Kranken oder Sterbenden und bezieht die Angehörigen intensiv mit ein. Wir haben in unserer Klinik auch eine Palliativabteilung."

„Okay …", sagte er gedehnt. „Weißt du, eigentlich

hatte ich mir unser gemeinsames Essen anders vorgestellt … nicht so schwerlastige Themen über Tod
und Sterben." Er seufzte und nippte an seinem
Wein.

„Die Dinge sind nun mal so, wie sie sind. Es hat
bestimmt einen Grund, warum wir beide uns gerade
jetzt über den Weg gelaufen sind. Und das nur, weil
ich beim Tanken kein Geld hatte." Ich grinste.

„Du meinst, der wirkliche Grund sind zwei Bedürftige, die ohne Bedingungen und Erwartungen
aufeinanderprallen?", fragte er und klang resigniert.

„Und wenn schon. Ja. Meine Schwester würde dir
jetzt einen glasklaren Rechtsbegriff von *Bedürftigkeit*
hinlegen. Wir sind wahrscheinlich bedürftig. Aber
wer ist das nicht?"

„Das meine ich nicht. Es ist … nun ja … schwierig.
Ich glaube, bei Bedürftigkeit geht es mehr um *das*
als um *den* oder *die*. Hauptsache, es ist jemand da,
könnte jeder sein, theoretisch."

„Aber dazu muss man sich doch erst kennen, oder?
Ich denke nicht, dass wir beide *jeder* sind. Oder
bezahlst du *jeder* ihre Spritrechnung?"

Jetzt lachte er wieder.

„Eins zu Null. Der geht an dich! Sollen wir zahlen?"
Ich schüttelte den Kopf und grinste.

„Wir? *Ich* zahle. Hast du das vergessen? So bedürftig bin ich auch wieder nicht."

Als wir das Lokal verließen, legte er seinen Arm um meine Schultern. „Ich bringe dich nach Hause." Er zeigte auf einen schwarzen SUV an der anderen Straßenseite.

„Da steht mein Wagen." *Na, schlecht verdienen tut der nicht.* Als hätte er meine Gedanken erraten, fügte er hinzu: „Das ist nur ein Dienstwagen, bezahlt alles der Arbeitgeber." Ich nickte.

„Adresse kennst du ja", sagte ich und stieg ein. Er streichelte mit zwei Fingern sanft mein linkes Knie. Es kitzelte ein kleines Bisschen.

„Hast du auch ein Auto?", fragte er und legte die Hände aufs Lenkrad. Mein Knie streckte sich beleidigt.

„Auto *und* Motorrad funktionieren nicht bei einem Krankenschwesterngehalt. Außerdem fahre ich lieber Motorrad als Auto. Und sonst gibt es ja die Bahn oder das Fahrrad."

Wir standen vorm Haus. „Kommst du noch mit rein?", fragte ich.

„Würde ich gerne …" Irgendwie kam das sehr zögerlich.

„Aber?"

„Hältst du das für gut? Ich meine, wir sind ja nicht wirklich bedürftig, oder doch? Und wir kennen uns erst seit …"

„Seit vorgestern", ergänzte ich. „Das ist natürlich zu schnell, wir können uns frühestens nächste Woche besuchen." Er blickte mich verblüfft an.

„Wer sagt denn so was?"

„Na, *ich*. Hast du doch gerade gehört. Es gibt bestimmt ein Gesetz, ab wann man Wohnungen von Fremden betreten darf." Ich grinste ein bisschen.

„Oder bist du noch ziemlich verheiratet?"

Er schluckte, sein Adamsapfel bewegte sich ruckartig rauf und wieder runter.

LASST EUCH ZEIT! EURE STEINE PASSEN!

„Du hast recht. *Das* ist wahrscheinlich der Grund." Er überlegte. „Wie wäre es am Wochenende mit einer kleinen Tour?"

„Das geht leider nicht. Ich muss einige Dinge im Haus meines Vaters regeln – und dort aufräumen. So, wie es momentan aussieht, kann er auf keinen Fall zurück. Vermutlich werden sie ihn in ein Pflegeheim stecken. Ich habe also keine Zeit, um zum Spaß durch die Gegend zu fahren."

„Dann schauen wir eben zusammen im Haus deines

Vaters vorbei. Wo wohnt er denn?"

Ich riss die Augen auf. „Wirklich? Das würdest du tun? Er wohnt in Mücke."

„Klar würde ich das tun! Mücke – meine Güte, das ist ja am Arsch der Welt. Und du könntest mit mir zu Marlies fahren – ich meine, wenn du dir das überhaupt vorstellen kannst."

„Okay. Überlege ich mir und ruf dich morgen an. Ist das okay?"

Ich lächelte und beugte mich zu ihm rüber, fuhr mit dem Zeigefinger vorsichtig über seine Lippen, über seine Wange und stoppte vor dem schwarzen Igel über der Stirn. Er nahm meine Hand und küsste erst die Innenfläche, dann das Handgelenk und danach die Ellenbeuge. Dann küsste er mich auf den Mund. Ganz vorsichtig. Zu vorsichtig.

Ich schlang die Arme um seinen Hals und tastete mit der Zungenspitze nach seinen Lippen. Er stöhnte kurz auf, und seine Zunge drang mit fast verzweifelter Sehnsucht in meinen Mund. Schweratmend lösten wir uns wieder voneinander. Mein Herz klopfte bis zum Hals, so, als wollte es heraus springen.

Ich löste mich von ihm, schweren Herzens. Meine Lippen erschienen mir plötzlich doppelt so groß. Vom Küssen geschwollen.

„Okay. Dann bis morgen, wir telefonieren."
Fluchtartig verließ ich den Wagen und stürmte zur
Haustür, drehte mich noch mal um. Er sah aus dem
Fenster, hob die Hand, führte sie zum Mund und
hauchte einen Kuss herüber. *Wenn Florentine das
wüsste …*

In der Wohnung angekommen, lehnte ich mich
mit dem Rücken an die Tür und stöhnte. Mein Herz
raste. Ich nahm den Stein aus dem Kühlschrank,
malte mit dem Pinsel in Indigoblau „Sisyphus"
darauf, und legte ihn vorsichtig auf den Nachttisch
neben meinem Bett.

*Der Platz im Kühlschrank war ihm nicht angemessen.
Miriam hatte recht.*

Der Stein war wirklich schön, ich freute mich
sehr. An einer Stelle klebte noch etwas Erde von
Sion. Ich zog mich aus und schlüpfte unter die Bettdecke. Mein Herz sprang immer noch Trampolin.
Mein rechter Arm wurde länger, so lang, als könnte
ich die Tür vom Bett aus öffnen. Fasziniert beobachtete ich das Schauspiel, gleichzeitig erschreckte
es mich.

Wie früher, als ich noch ein Kind war. Vielleicht
sollte ich doch noch mal zu meiner Therapeutin
gehen, seit einem Jahr besuchte ich sie nicht mehr.
Ich vermisste die Besuche auch nicht, oder war ich

durch das intensive Leben nur abgelenkt – ohne
Medikamente fühlte ich mich so lebendig und aktiv
…

GUTEN ABEND KATHY! ICH SEHE, ES
GEHT DIR GUT! IST ES NICHT SCHÖN,
ALLE STEINE BEIEINANDER ZU HABEN?

Wo bist du?

NA HIER! SCHAU HER.

Sisyphus hockte auf einem kleineren Felsmodell
direkt vor meinem Schrank. *Er ist wieder da!*
Ich wusste es, er ließ mich nicht im Stich. Der
Mythos lächelte gütig zu mir herüber, seine Zottel-
frisur bedeckte seinen nackten und athletischen
Oberkörper. Er wirkte richtig sauber im Vergleich zu
vor ein paar Tagen.

*Na? Freut mich, dich zu sehen. Hast du Pause vom
Felsenschieben? Gerade runter gerollt?*

ICH KONNTE DICH NICHT VERGESSEN.
WIR HABEN SO INTENSIV UND LANGE

MITEINANDER GESPROCHEN. UND NUN –
WIR MÜSSEN NÄMLICH REDEN.
WENN DU MEINE ASSISTENTIN BLEIBEN
WILLST, GIBT ES VIEL ZU BESPRECHEN.

Ach. Du willst mich wirklich zu deiner Assistentin machen?
Was gibt es für mich zu tun? Steine sammeln?

ERINNERST DU DICH? IHR MACHT AUS
TODKRANKEN CHRONISCH KRANKE.
ODER IHR ENTREISST DEN MENSCHEN
DEM TOD UND ENTZWEIT IHN. DER STEIN
IST OBEN, ABER SIE SELBST ROLLEN
WIEDER DEN BERG HINUNTER. DAS DARF
SO NICHT WEITER GEHEN! WILLST DU MIR
HELFEN, DEN MENSCHEN IHREN STEIN
WIEDER ZU GEBEN?

Wie soll das gehen?

MACHEN WIR BEI MARLIES WEITER. SIE
LEIDET AN DER HANDLUNGS-
UNFÄHIGKEIT DER ANDEREN.

Sie ist schon lange von ihrem Stein getrennt. Können wir denn
erreichen, dass sie wieder mit ihrem Stein vereint wird?

JA! DAS IST JETZT DEINE AUFGABE.
DER TOD GEHÖRT ALLEN! MAN DARF IHN
NICHT IN KETTEN LEGEN. DANN
KOMMEN STEIN UND MENSCH NICHT
GEMEINSAM AUF DIE SPITZE DES BERGES.

Was muss ich tun?

Ich versuchte, ihn mit meinem überlangen und
verknoteten Arm zu berühren. Es funktionierte
nicht. Die Zimmerwände bewegten sich nun auf
mich zu.

DAS WIRST DU RECHTZEITIG
ERFAHREN. BIST DU BEREIT?
WILLST DU MEINE ASSISTENTIN SEIN?

Ja! Ja!
Ich will deine Assistentin sein. Es ist mir eine Ehre!
Ich bin so froh, dass wir uns begegnet sind — so froh. Darf ich
doch noch versuchen, dich zu zeichnen?

NEIN! ICH BIN NUR EINE MÖGLICHKEIT IN DIR. NUR VIRTUELL. DU KANNST MICH NICHT ZEICHNEN. UND DAS BRAUCHST DU AUCH NICHT! ICH BIN BEI DIR. ICH BEGLEITE DICH.

Okay. Ich danke dir.

SCHLAF JETZT. WIR SPRECHEN MORGEN. GUTE NACHT!

Er verschwand, *zupp*, einfach so. Ich rieb mir die Augen, schüttelte den Kopf. Was war das gerade? Ein verrückter Traum? Nein, er war da gewesen, vor meinem Schlafzimmerschrank und hatte einen kleineren Findling dabei. Kam er damit angeflogen, von der Schweiz? Unmöglich. Oder nicht? Warum zweifelte ich so an dem Offensichtlichen?

Ich hatte viel erlebt in den letzten Tagen, das Leben fühlte sich gut an, wenn er mit mir sprach. Ich streckte mich wieder aus, legte die Hände ineinander. Morgen würde ich ihn zeichnen. Irgendwie. Beide Arme waren wieder gleich lang und knotenlos, die Wände an Ort und Stelle und mein Herz schlug ruhig – ich schlief ein.

Die Interessen der Handelnden

Beim Rapport des Nachtdienstes hörte ich nur halb zu. Der Patient mit der Beinamputation hatte die Operation gut überstanden, blutete nun aber unstillbar aus sämtlichen Körperöffnungen. Die Blutgerinnung funktionierte nicht mehr, der Urin im Beutel war dunkelrot. Multiorganversagen war der Diagnoseeintrag in der Patientenakte. Dafür stank es nicht mehr. Er besaß jetzt nur noch anderthalb Beine.

„Habt ihr gehört, was gestern auf der Internistischen los war?", fragte Christine, unsere Frau Oberschlau. Sie beantwortete Fragen, die noch gar nicht gestellt waren. Sie wusste, auf dem Klo brannte noch Licht. Sie machte es aus und informierte ihre Umgebung wortreich über das wichtige Ereignis, ohne Rücksicht darauf, ob es für andere von Interesse war. Und hoffte, irgendwann würde sie einen Arzt heiraten.

„Nein, was denn? Ist jemand gestorben?"

Michael kicherte über seinen blöden Witz. Die anderen nicht.

„Ja, der Fünfzehnjährige mit dem Leberkrebs."

„Na, ist doch gut, wenn er es geschafft hat. Armer Kerl." Jochen gähnte.

„Er soll wegen einer Opiatüberdosierung erstickt sein. Stellt euch das mal vor! Sie haben versucht, ihn zu reanimieren, aber ohne Erfolg. Der Perfusor war komplett leer, obwohl er erst eine Stunde lief."

„Meine Güte! Wer hatte den denn eingestellt?"

„Wahrscheinlich die Azubine. Die Ratzeburger ist total ausgeflippt."

Die Ratzeburger war die Chefärztin, laut, ordinär und diuretikaverliebt. Alle Patienten wurden von ihr ausgeschwemmt, weil das Herz entlastet werden musste. Mit Diuretika. Medikamente zum Pinkeln. Viel und oft. Nur ein trockener Patient war ein guter Patient.

„Kathy, liegt dein Vater nicht im selben Zimmer?", fragte Frau Oberschlau.

„Ich glaube ja. Warum?"

„Ist dir nichts aufgefallen?"

„Doch. Der Junge hatte Luftnot."

„Er hatte Luftnot? Und du hast nicht Bescheid gesagt?"

„Nee. Auf einer Intensivstation hat man nun mal Luftnot. Sonst wäre man ja nicht dort. Ich bin davon ausgegangen, dass die Kollegen wissen, was zu tun ist."

„Spinnst du?", sagte sie pikiert. Ich bemerkte eine pochende Halsvene an ihrem schlanken Hals.

„Das ist unverantwortlich!"

„Weißt du, ich habe zwar nicht Bescheid gesagt, aber ich habe den Perfusor auf Bolus gestellt, den Alarm am Monitor unterdrückt, und dann gewartet, bis er langsam erstickt. Oder was habt ihr gedacht?"

Ich hatte betont langsam gesprochen und und schaute nun in die Runde. Die plötzliche Stille war mit Händen greifbar. Jochen fing sich als Erster und lachte schallend.

„Mensch, Kathy, ich wusste ja gar nicht, dass du so eine Zynikerin bist!", prustete er. „Der war jetzt echt gut!" Die anderen lachten ebenfalls und schüttelten ihre Köpfe. Nur Christine Oberschlau schickte mir tödliche Blicke, die Blumen zum Verwelken bringen würden. Sie lachte nicht.

Ich wusste, das war jetzt der Start für eine spannende Feindschaft. *Blöde Kuh! Leg dich bloß nicht mit mir an.*

Ich schaute sie so lange an, bis sie wegsah.

„Ich bin nicht zynisch, ich bin sauer, weil ich am frühen Morgen so blöde Fragen gestellt bekomme. Ich habe weiß Gott genug an der Backe im Moment. Können wir jetzt mal mit der Übergabe beginnen?", blaffte ich. „Dann kommen wir endlich mal zum

Wichtigen!"

Ehrlich, das war ganz schön heftig gerade, Kathy! Bist du eigentlich bekloppt? Wahrscheinlich ja.

„Du hast heute noch dein Jahresgespräch mit der Pflegedienstleitung, Kathy!"

Gerd, unser Teamleiter, stand in der Tür und hielt eine Tasse Kaffee in der Hand.

„Hast du dran gedacht? Zehn Uhr! Ich komme mit."

Auch das noch, völlig vergessen. Diese Gespräche kotzten mich an. Eine Mischung aus Lobgesang, Zukunftsbetrachtung und Fehleranalyse mit Beichtcharakter wurde zur Wiedergutmachung möglicher Erfolgsreserven charakterlicher Weiter- entwicklung über dem Tisch hin und her geschoben. Dann verschwand das Protokoll wieder für ein Jahr in der Mitarbeiterakte. Oben, in der Teppichetage im sechsten Stock, in der Abteilung für betreutes Wohnen. Ich stöhnte.

„Ich habe mich gar nicht vorbereitet. Die Sache mit meinem Vater wirbelt bei mir gerade alles durcheinander. Kann man das nicht auf nächste Woche verschieben?" Ich hatte heute keinen Bock auf diesen Mist. Ich hatte nie Bock darauf.

„Wird nicht so schlimm, lass es uns durchziehen, dann hast du's hinter dir. Wahrscheinlich hat die Ganter so schnell auch keinen Termin mehr frei."

Die Ganter, das war die Pflegedienstleitung. Sie ließ sich selten bei uns blicken. Intensivstation – das lag ihr nicht. War ihr zu gruselig. Manchmal dachte ich, dass sie gar keine Lust auf diese Quatscherei hatte, sondern nur aufgrund des klinikeigenen Qualitätshandbuches diese Gespräche nachweisen musste. Sonst konnte die Zertifizierung ins Wasser fallen. Und das wiederum würde Ärger geben.

„Okay", stöhnte ich. „Kann ich vorher noch zu meinem Vater gehen? Er soll von der Intensivstation verlegt werden."

„Klar. Übernimmst du wieder die Drei?"

Ich nickte. Der Patient würde auch heute nicht viel reden. Passte mir gut. Die Drei war noch abgedunkelt, ich schaltete das erbarmungslos helle Deckenlicht an. Es roch tatsächlich nicht mehr nach Verwesung. Was ein Glück. Das Dialysegerät war von den Kollegen aus der Blutwäscheabteilung schon neben dem Bett aufgebaut worden.

Er lag auf dem Rücken, seine Augen waren mit feuchten Kompressen bedeckt, damit die Augen wegen des fehlenden Lidschlages nicht austrockneten. Diese Nachtdiensttruppe arbeitete wirklich genau. Das gefiel mir.

Ich tupfte ihm vorsichtig die Lippen ab, nahm einen Waschlappen und reinigte das Gesicht.

Er tat mir leid. Was musste ein Mensch nicht alles aushalten, bis er starb. Und wir sorgten dafür, dass es auch schön lange dauerte. Ich seufzte, ein wenig schämte ich mich wegen meiner Gedanken.

Den meisten Patienten halfen wir doch wieder auf's Pferd, aber seit meiner Begegnung mit Sisyphus zweifelte ich am Sinn unseres Tuns. *Wo war der eigentlich?* Heute hatte er sich noch nicht gemeldet. *Wir dürfen den Tod nicht in Ketten legen! Ich befreie ihn und lasse ihn seine Arbeit tun.* Genau.

Zufrieden führte ich die Körperpflege weiter durch. Das war doch was Sinnvolles. Sein halbes Bein lag auf einem zusammen gerollten Kopfkissen. Der Verband war durchgeblutet, aber sonst sah alles ganz gut aus.

***

Vater lag in sauberer Bettwäsche auf der Seite und schnarchte. Mein Blick fiel auf das leere Bett gegenüber. Keine Qualen mehr wegen Luftnot. Alles friedlich und aufgeräumt. Ich berührte Vater sanft an der Schulter.

„Papa? Ich bin's Kathy, wie geht es dir?"

Er grunzte, drehte sich um und gähnte laut. Er sah mich an, sein Blick wirkte erstaunlich klar.

„Kathy. Was machst du denn hier?" Er war noch nicht rasiert. Sein Gebiss lag auf dem Nachttisch. Er trug es selten, und zum Essen nie. Das störte nur, sagte er immer.

„Ich wollte dich besuchen. Hast du Schmerzen? Willst du was trinken?"

„Hast du vielleicht ein Bier?" *Aha.*

„Nein. Willst du das etwa aus dem Schnabelbecher trinken? Hier gibt es kein Bier, du bist im Krankenhaus."

Mein Blick ging zum Tropf über ihm.

Was Flüssigkeit im Menschen Gutes bewirken konnte … es ging sofort alles besser. Wasser ist Leben, es findet seinen Weg.

Sein Gehirn funktionierte wieder leidlich. Ich reichte ihm den Schnabelbecher mit Tee. Brav trank er ein paar Schlucke. „Sach' ma', das Ding da in meinem Pimmel – kann das nicht weg? Das stört!" Er schlug die Bettdecke zurück.

„Ich weiß. Ich denke, der Pfleger zieht es dir gleich raus. Und sonst hast du keine Probleme mehr? Mit dem Meier oder so?" Ich zog die Decke wieder zurück. Die Unterwelt beim eigenen Vater war kein schöner Anblick.

„Wer ist denn der Meier?", fragte er. „Kenne ich nicht." *Na, ein Glück!*

„Nichts, schon gut. Du, Papa, ich räume das Haus auf. Du musst noch ein Weilchen im Krankenhaus bleiben!"

„Ich will aber jetzt nach Hause, ich muss noch Schriftsätze schreiben, und morgen habe ich eine Verhandlung mit einem schlimmen Mandanten, der keine Steuern …"

„Papa, du musst morgen nirgendwo hin! Nirgendwo! Hörst du? Du musst erst wieder auf die Füße kommen, und dann hole ich dich nach Hause. Einverstanden?"

„Nee. Aber das nützt ja doch nichts. Wann kommst du wieder?"

„Übermorgen, dann sehen wir weiter. Sag mal …", ich stockte, „könntest du dir vorstellen, in ein Pflegeheim umzuziehen? Dort hast du den Himmel auf Erden, immer was zu essen, bist nicht allein …"

„Was soll ich denn im Himmel? Ich habe zu Hause mein Paradies! Auf keinen Fall ziehe ich aus!" Hatte ich etwas anderes erwartet? Aber wenigstens hatte ich es versucht.

„Du, Kathy?"

„Ja?"

„Ist der Meier ein Mandant?"

Angestrengt runzelte er die Stirn. „Hat der seine Steuern endlich bezahlt?"

Ich seufzte. „Ich denke, ja, mach dir keine Sorgen, Papa! Steuern müssen alle zahlen."
Ich küsste ihn zum Abschied auf die Stirn. Die Schiebetür ging auf. Markus stand in der Tür.
„Hallo Kathy! Hast du es schon gehört?", fragte er.
Ich nickte.
„Schlimme Sache, hat die Ratzeburger sich sehr aufgeregt?"
„Aufgeregt? Die hat gebrüllt und eine Nierenschale durch die Gegend geworfen. Dabei konnte sich keiner erklären, warum der Junge so viel Morphium aus dem Perfusor bekommen hat. Ich hatte die Einstellung mit der Azubine zusammen gemacht, ehrlich – ich weiß nicht, wie das passieren konnte. Ich werde eine Abmahnung bekommen. Scheiße!"
„Für was denn? Es kann doch keiner nachweisen, wie der Junge gestorben ist. Nur, weil der Perfusor leer war? Tut mir echt leid für dich."
„Du hast auch nichts bemerkt, oder?"
„Nein, ich bin mit meinem Vater mehr als genug beschäftigt."
„Klar. Entschuldige – aber … ich muss dauernd daran denken und habe einfach keine Erklärung dafür."

„Weißt du, man kann den Tod nicht in Ketten legen."

„Wie? Was meinst du damit?" Fassungslos schaute er mich an.

„Wenn die Uhr abgelaufen ist, dann ist sie eben abgelaufen."

„Auch mit einer falschen Perfusoreinstellung? Dann würden *wir* ja an der Uhr drehen – das kann doch nicht dein Ernst sein!"

Ich seufzte. Er verstand mich nicht. Wie auch? Sollte ich ihm das mit Sisyphus erklären? Das hatte wohl noch weniger Zweck. Ich legte meine Hand auf seine Schulter.

„Hör mir zu. Du weißt doch gar nicht, ob der Perfusor falsch eingestellt war. Oder?" Meine Stimme bekam einen sanften Ton.

„Nein. Wir wissen es eben nicht. Wir wissen nur, dass die Spritze fast leer war. Und das geht nur mit einer falschen Einstellung. Und die habe ich gemacht."

„Mit der Azubine zusammen. Vielleicht ist da was schief gelaufen. Sie hat den falschen Knopf gedrückt und du warst vielleicht schon beim nächsten Patienten. Ihr seid doch unterbesetzt! Komm mal zu uns – wir rennen in der Frühschicht immer zu fünft rum, und ihr seid drei und eine Azubine!" Markus fuhr sich mit der Hand durch das Gesicht. Ich konnte seine Verzweiflung spüren. *Aber – gibt es nicht höhere, wichtigere Dinge? Man darf den Tod nicht in Ketten legen.*

„Du hast wahrscheinlich recht. Was soll's? Ist ja nicht mehr zu ändern."

Ich sah auf die Uhr. „Sei mir nicht böse, ich hab noch das Jahresgespräch mit der Ganter vor mir und muss jetzt los. Weißt du, wann mein Vater verlegt wird?"

„Wahrscheinlich morgen. Er hat sich ganz gut gemacht seit gestern. Der Entzug ist vorbei, es ist überstanden."

Ich lächelte ihn an. „Wenn ich wieder mehr Ruhe habe, gehen wir mal was trinken, ja?" Er lächelte zurück. „Gute Idee. Bis morgen dann!"

Ich nahm den Weg über die inoffizielle Raucherecke und holte mein Handy aus der Kitteltasche. Meine Finger tippten eine WhatsApp an Christoph.

„Können wir uns heute sehen?
Ich bin um vier Uhr Zuhause. Denk an dich. Kathy. "

***

„Hallo Frau Küster!"

Im schicken Kostüm saß die Ganter an ihrem Schreibtisch und schaute mich freundlich über ihre Lesebrille hinweg an. Neben mir saß Gerd. Die Beine übereinandergeschlagen, wippte er nervös mit seinem rechten Fuß.

„Guten Tag Frau Ganter, ja, das Jahr ist schon wieder rum."

„Wie die Zeit vergeht …" Sie rückte ihre Brille zurecht, die bereits perfekt saß, und nahm ein beschriebenes Blatt aus einer Akte.

„Ich habe hier das Protokoll des letzten Gespräches, da waren noch einige Dinge, die geklärt werden mussten. Aber ich glaube, das brauchen wir nicht mehr aufzuwärmen. Was meinen Sie, Herr Schöttler?"

„Die Konflikte im Team konnten wir alle klären, und die Zusammenarbeit mit den Ärzten ist auch besser geworden. Katharina ist eine zuverlässige Mitarbeiterin." Er räusperte sich verhalten.

„Konnten Sie die fachlichen Lücken schließen?", fragte sie in meine Richtung.

„Ich denke schon. Ich arbeite ja noch an mir. Mit den Ärzten ist es manchmal schwierig, die sind sich untereinander nicht ganz grün. Einer fühlt sich wichtiger als der andere. Mit den Kollegen dagegen

hab ich keine Probleme, wir sind ein gutes Team."
Irgendwie quollen die Sätze nur schwer aus meinem
Mund.

„Sie hatten zu Beginn Ihres Dienstes Schwierigkeiten
mit verschiedenen Krankheitsbildern … sagen wir,
mit Schwerkranken, die im Sterben liegen."

„Was meinen Sie mit ‚Schwierigkeiten'?"

„Sie sagten, manchmal wäre es besser, man ließe die
Menschen einfach in Ruhe sterben. Stimmt das?"

„Ja. Wenn keine Rettung mehr möglich ist und sie
wegen uns leiden müssen."

„Denken Sie nicht, dass es Ihnen nicht zusteht,
darüber zu entscheiden?"

„Denken *Sie* nicht, dass ich dazu meine eigene
Meinung haben darf? Ich entscheide ja nichts."

„Wirkt sich Ihre Meinung auf die Arbeit aus?
Arbeiten Sie pflegefachlich immer korrekt?"

Gerd rutschte unruhig auf seinem Stuhl hin und
her.

„Frau Ganter, ich kann Ihnen versichern, die
Meinung von Frau Küster wirkt sich in keinster
Weise auf ihre Arbeit aus. Ich bin froh, dass sie zum
Team gehört. Im Gegenteil, sie hat sogar aufgeholt,
was ihr fachliches Wissen angeht. Sie versorgt eigen-
verantwortlich ihre Bezugsgruppe und springt bei
personellen Engpässen oft ein. Und die haben wir ja

immer – eine Stelle ist immer noch nicht besetzt. Sie dokumentiert exakt und zeitnah, sie bietet anderen, wann immer möglich, ihre Hilfe an."

Kurzzeitig wurde es still. Dann ruderte Frau Ganter zurück.

„Natürlich. Ich verstehe. Für mich war es wichtig, dass es noch mal angesprochen wurde. Haben Sie denn noch etwas auf dem Herzen, Frau Küster?"

„Ja." Ich schaute hoch. „Ich möchte gerne die Fachweiterbildung machen. Damit könnte ich auch alle fachlichen Lücken schließen. Ist das in absehbarer Zeit möglich?"

„Der Kurs ist nicht billig. Ich werde sehen. Sie müssen aber mindestens zwei Jahre auf der Intensivstation Erfahrung gesammelt haben und sich nach der Weiterbildung für drei Jahre verpflichten, in der Klinik weiter zu arbeiten."

Sie nahm ihre Brille herunter. „Sonst haben wir ja nichts davon, wenn wir Sie qualifizieren."

„Ich arbeite schon seit vier Jahren auf der Station", sagte ich und wollte nicht überheblich klingen. Aber diese Frau nervte mich. Sie hatte keine Ahnung von den Mitarbeitern, eigentlich interessierte sie sich auch nicht für uns. Aber wenigstens notierte sie sich mein Anliegen. Mal sehen, ob sie es nächstes Jahr noch wusste. Dann würden es schon fünf Jahre sein.

„Bewerben Sie sich für die Weiterbildung schriftlich. Dann sehen wir weiter."

Wir waren entlassen.

„Was meinte sie denn mit der pflegefachlichen Versorgung? Habe ich irgendwas falsch gemacht?", fragte ich Gerd, als wir auf dem Flur standen.

„Nein, du hast nichts falsch gemacht. Aber mit deiner Meinung über Sinn und Unsinn der ärztlichen Therapien ... tu mir bitte den Gefallen und halt dich mit diesbezüglichen Äußerungen etwas zurück. Du kannst denken, was du willst, aber beim Reden überleg dreimal, was du sagst."

Ich atmete tief ein und aus. „Okay. Mach ich."

Jede Schicht nimmt mal ein Ende. Ich stand vor dem Klinikgebäude und starrte auf mein Handy. Christoph hatte sich nicht gemeldet.

Okay, dann eben nicht.

Ich fuhr mit dem Bus nach Hause. Meine Maschine hatte ich heute Morgen stehen gelassen. Es regnete. Kramte alle fünf Minuten mein Handy hervor. Das Display blieb dunkel. *Dachte ich mir es doch ...* Aber vielleicht war es ja besser so? Ich kaufte unterwegs ein paar Lebensmittel ein. Baguette, Salami, Käse und Tomaten. Florentine würde sich über meinen gefüllten Kühlschrank freuen.

Vor meiner Wohnung parkte ein schwarzer SUV. Mein Herz machte einen Sprung und plumpste wieder zurück in die Magengegend. Flattern, Herzklopfen, trockener Mund. Als Christoph mich sah, stieg er aus und kam auf mich zu. Er strahlte mich an. In der Hand hielt er eine tiefrote Rose, Black Baccara. Meine Lieblingsblume. Die schönste Rose der Welt.

„Ich dachte, ich komme einfach vorbei, statt nur eine WhatsApp zu schicken. Außerdem kann ich per Handy keine Blume überreichen." Er grinste jungenhaft und wurde ein wenig rot. *Wie süß!*

„Schön, dass du gekommen bist!"

Sein Gesicht wurde ernst.

„Ich muss am Montag nach Hamburg und schon sehr früh da sein. Ich habe es auch erst heute Morgen von meinem Chef erfahren. Wir haben jetzt also drei Tage Zeit, du hast doch morgen frei?" Ich nickte.

„Aber es gibt noch einiges zu klären mit Marlies. Willst du mitkommen?"

„Jetzt gleich?"

„Wenn es dir nichts ausmacht?"

„Na ja, ich habe hier noch meine Einkäufe. Gehen wir doch erst mal hoch, was meinst du?"

Er nahm eine Strähne von meinen Haaren, drehte

sie um seinen Finger und hauchte einen Kuss darauf. „Wir haben doch Zeit, oder?" Ich schloss für einen Moment die Augen, atmete hörbar aus. „Ja, natürlich. Wir haben alle Zeit der Welt."

„Du hast wundervolles Haar. Entschuldige, ich bin so aufgeregt." Er zog mich an sich. Ich lachte, fühlte und hörte sein Herz schlagen, es hämmerte regelrecht gegen die Brust. *Buuuu-uh-tupp.* *Buuuu-uh-tupp. Buuuu-uh-tupp.* Wahnsinnig schnell.

Als ich die Wohnungstür hinter uns schloss, fielen wir uns sofort um den Hals, die Einkaufstasche landete auf dem Boden und die Tomaten kullerten raus. Ich beachtete sie nicht, denn Christoph küsste mich, wohin er gerade traf: auf den Hals, hinters Ohr, auf die Nase. Alle Stellen fühlten sich gut an. Er roch nach teurem Aftershave mit einem Hauch von Nelke.

„Komm doch rein", sagte ich und schob ihn sanft von mir.

„Wo rein?", fragte er und strich mir mit zwei Fingern sachte über meinen Schritt. Ich erstarrte und zog geräuschvoll die Luft durch ein. „Oh Gott, was machst du?", keuchte ich.

„Ich lerne dich gerade kennen, und deine rosige Mitte möchte ich erforschen, spüren, kosten …"

Die andere Hand schob sich in meine Bluse, fasste

meine Brust und streichelte über die Spitze, die sich sofort hart aufstellte. Die Tatsache, dass ich nie BHs trug, erwies sich jetzt als vorteilhaft.

Seine Finger waren so zärtlich, seine Zunge erforschte meinen Mund und die andere Hand ließ er mit ungeheuer sanften Bewegungen über meiner Knospe im Zentrum kreisen. Durch den Stoff der Hose fühlte ich eine Wallung nach der anderen hochspülen. Plötzlich und abrupt ließ er los, umklammerte mich und flüsterte: „Wir haben doch noch Zeit, oder? Ich … kann jetzt … nicht so schnell … weißt du?"

„Sagte ich doch schon, wir haben Zeit. Du hast angefangen, nicht ich!"

„Ich konnte nicht anders. Entschuldige … ich habe seit drei Tagen nur daran gedacht. Wie du riechst, wie du schmeckst, wie du dich anfühlst."

Ich löste mich von ihm.

„Okay. Lass mich mal auspacken, such dir einen Platz, ich bin gleich so weit. Muss nur kurz ins Bad."

Er setzte sich an den Tisch und ließ seine Blicke durchs Wohnzimmer schweifen. „Du malst?"

„Ja. Manchmal. Eigentlich zeichne ich lieber."

Und manchmal verschwinden Zeichnungen einfach, dafür gibt es dann Steingeschenke.

Ich räumte meine Einkäufe in den Kühlschrank, danach verschwand ich im Badezimmer und hockte mich auf die WC-Schüssel. Aber es kam nichts. Kein Wunder, bei dem Aufruhr zwischen den großen Zehen. Ich zog mich aus und löste meine Zöpfe und stieg in die Dusche. Das prasselnde Wasser kühlte mich wieder ab. Danach sprühte ich einen Hauch von *L'air du Temps* von Nina Ricci auf. Mein Lieblingsduft. Blumig, rein, weiblich. Dieses Parfum verheißt Frieden und Freiheit. Allein der Flacon ist ein Meisterwerk.

„Du bist schön." Christoph stand in der Tür. „Du bist so schön!" Ich schnappte mir das Handtuch. „Könntest du bitte …?"
Er grinste. „Na klar. Ich gehe schon."
Einigermaßen sortiert stand ich kurze Zeit später wieder vor ihm, in dem Sommerkleid vom letzten Abend.

„Willst du was trinken? Ich habe aber nur Mineralwasser und abgestandenen Apfelsaft."

„Abgestandener Apfelsaft klingt gut. Weißt du, dass deine langen Haare offen viel besser aussehen?"
„Ja, das weiß ich. Die Zöpfe sind auch nur für die Arbeit gedacht." Ich schenkte ihm Saft ein und mir selbst ein Wasser. „Was machen wir nun?"
„Ich dachte, wir fahren nach Frankfurt? Marlies wurde heute aus der Uniklinik entlassen und ist wieder im Heim. Ich muss mich um einen neuen

Heimplatz bemühen. Vom ambulanten Palliativteam habe ich Adressen von anderen Häusern bekommen, hoffentlich haben sie einen Platz frei. Im Sommer wird das wohl schon mal schwierig, weil viele in Urlaub fahren und ihre Angehörigen in die Kurzzeitpflege geben."

„Hast du schon im Internet gesucht? Es gibt so viele Pflegeheime!"

„Ja. Mit einem Heim in Rödelheim habe ich Kontakt aufgenommen und einen Termin vereinbart. Dort können wir im Anschluss hinfahren."

„Okay. Machen wir."

NUN GEHT ES ALSO LOS.
ICH BIN SO STOLZ AUF DICH!

Unser Glück in der Nische

Christoph fuhr schnell. Er stellte sich vor, wie es wäre, wenn sie beide mit ihren Motorrädern unterwegs sein würden, in den Alpen, auf Sardinien, in der Toskana. Überall hin mit Katharina, nur nicht nach Korsika.

Morgens zusammen aufwachen, wenn sich Erde und Himmel im Morgenrot begrüßen. Nie mehr mit Tränen in den Augen einschlafen, endlich die Trauer hinter sich lassen und einen weichen Körper neben sich spüren.

Nun, das musste noch ein wenig warten. Ihm graute schon vor dem Gespräch mit dem Heimleiter. Marlies war sang- und klanglos aus der Klinik entlassen worden. Es bestand kein Therapiebedarf, eine neue PEG durfte nicht gelegt werden, die Infusionen hatten sie ebenfalls eingestellt. Jetzt ging es ums Ganze.

„Woran denkst du?", fragte Katharina in seinen Gedankentunnel hinein.

„An das Gespräch, was gleich vor mir liegt. Möchtest du Musik hören? Im Handschuhfach liegen CDs."

„Na, dann schau ich doch mal. Hast du leichte Klassik?" Christoph schaute sie verblüfft von der Seite an.

„Du hörst Klassik? Nein, das ist nicht so mein Ding."

„War es früher bei mir auch nicht. Dann lernte ich Smetana kennen. Die Moldau. Weißt du, meine Schwester und ich stellten uns immer vor, wir wären zwei Flüsse, die zusammenfließen. Ich bin die Moldau und sie die Elbe. Wenn du dir vorstellst, du bist ein Fluss, ist alles viel leichter. Wasser hält nichts wirklich auf."

„Warum ist es denn die Moldau und nicht der Main?"

„Weil der Main doof ist." Sie lachte. „Nein, ich weiß es nicht. Für Florentine und mich waren es immer die Moldau und die Elbe. Meine Schwester war in Erdkunde viel weiter als ich damals. Wahrscheinlich hatte sie gerade Unterricht über die Moldau und die Elbe. Aber wir hörten gerne die ‚Moldau' von Smetana. Wenn du sie hörst, meinst du, im Boot auf einem Fluss zu treiben."

„Florentine heißt deine Schwester? Seltener Name,

noch nie gehört."

„Ja. Sie hat mich quasi mit erzogen, mein Vater war dazu nicht fähig, meine Mutter heulte ständig und war depressiv."

„Keine leichte Kindheit hattest du."

„Bis zu meinem neunten Lebensjahr war noch alles okay. Dann soff mein Vater nur noch. Ich glaube, ihm wuchs alles über den Kopf und er wollte mehr scheinen, als er wirklich war. Er gab zu viel Geld aus. Meine Eltern hatten kein leichtes Leben … na ja."

„Du liebst deinen Vater, nicht wahr?"

„Nein, ich mag ihn nur. Und ich habe ihm verziehen. Er tat, was er konnte, aber das war nicht viel. Oder nicht genug …"

„Was ist für dich der Unterschied zwischen lieben und mögen? Gibt es einen für dich?"

„Hm. Ich weiß es nicht. Aber Buddha sagte mal: Wenn du eine Blume magst, dann pflückst du sie einfach. Aber wenn du sie liebst, dann gießt du sie täglich."

„Bist du etwa Buddhistin?"

„Nein. Aber Buddhas Sprüche sind ziemlich weise. Oder findest du nicht? Auch Bhagwan hatte seine

Vorzüge, ich habe sein Buch ‚Ganz entspannt im Hier und Jetzt' gelesen. Ich finde, man kann sich von diesen Religionsstiftern oder Gurus das Passende raus suchen und danach leben. Aber ein Fluss macht Mensch und Landschaft glücklich. Setz dich an sein Ufer, beobachte das Fließen und die Tierwelt, hör auf die Geräusche des Wassers und des Windes. Fahr mit einem Kajak durch Stromschnellen, und alles ist halb so schlimm."
Christoph sah sie von der Seite an.
„Du bist schon sehr speziell in deiner Weltanschauung, oder?"
„Keine Ahnung … bist du nicht auch speziell?"
„Wieso?"
„Na – du schneidest einfach eine Magensonde durch. Du willst, dass deine Frau endlich Ruhe findet, und ziehst vor Gericht. Dazu gehört schon was."
„Willst du für deinen Vater nicht auch den Tod?", fragte Christoph und schaute starr auf die Straße. Die Skyline von Frankfurt tauchte auf. Kathy zögerte mit der Antwort. Wollte sie den Tod ihres Vaters?
„Ja, ich glaube schon. Das wäre besser für ihn und

für uns auch. Aber er soll in seinem Chaos-Zuhause sterben, nicht im Pflegeheim. Und dann möchte ich gerne bei ihm sein."

Christoph nickte. „Dachte ich mir."

Er bog von der Autobahn ab.

„Wir sind gleich da. Willst du mich denn jetzt *pflücken* oder *gießen?*"

„Hm." Kathy stockte. „Das ist eine sehr direkte Frage. Ich meine – wir kennen uns ja noch nicht so lange. Also – eigentlich eher gießen." Sie merkte, dass sie errötete. Vom Hals aufwärts kroch die Wärme in ihr Gesicht und färbte langsam die Wangen und die Ohrläppchen. „Glaube ich", fügte sie schnell hinzu.

„Das beruhigt mich jetzt." Christoph lächelte, doch seine Augen blieben ernst. „Ich möchte nämlich nicht gepflückt werden und beim ersten Anzeichen des Welkens auf dem Komposthaufen landen."

Er tastete nach ihrer Hand. „Liebes", sagte er. „Lass uns das alles erst mal überstanden haben, danach haben wir Zeit für uns. Das haben wir verdient, denkst du nicht?" Kathy seufzte und nickte.

Sie waren da. Christoph lenkte den SUV auf den Parkplatz der Pflegeeinrichtung. Katharina stieg aus, ließ ihre Blicke über das Gebäude schweifen. Sie stand zum ersten Mal vor einem Pflegeheim.

„Wir müssen in den dritten Stock. Dort ist ihr Zimmer. Ich lasse dich dann mal kurz allein, ja? Damit ich das Gespräch mit dem Heimleiter hinter mich bringe und ihm die Vertragskündigung überreichen kann."

„Wird das lange dauern?", fragte Katharina. Es klang besorgt. „Vielleicht sollten wir einfach mit uns beiden so lange warten, bis ... ich meine ... bis es abgeschlossen ist. Ich fühle mich ... irgendwie ... nicht so gut damit."

„Nein, keine Sorge. Bald ist es vollbracht. Ich bin froh, dass du bei mir bist."

Er nahm eine Strähne ihres Haares, sah ihr in die Augen und küsste sie vorsichtig.

„Hier ist es." Christoph klopfte an, nahm Katharinas Hand und trat ein. Marlies schlief. Jedenfalls hatte sie die Augen geschlossen. Kein Infusionsständer, keine Pumpe mehr. Ihr rechtes Handgelenk war verbunden, wahrscheinlich bedingt durch Infusionen, die sie im Krankenhaus bekommen hatte. Christoph berührte sie an der Schulter. „Marlies?"

Katharina ging zur anderen Seite des Bettes. Aufmerksam betrachtete sie die Pflege-Utensilien auf dem Nachtschrank, schaute in Marlies' Gesicht. Ihre Lippen mussten angefeuchtet werden, sie atmete schnell und kurz. Katharina legte ihre Hand auf die Stirn von Marlies.

„Hat sie Fieber? Sie sieht so aus …"

Christoph nahm einen feuchten Lappen und wischte Marlies über das Gesicht. Er antwortete nicht. Seit Betreten des Zimmers war er starr vor Traurigkeit und Angst.

„Marlies, das ist Katharina. Meine Freundin. Sie wollte dich kennenlernen. Und ich wollte, dass ihr euch kennenlernt. Katharina ist Krankenschwester. Stell dir vor, sie fährt auch Motorrad. Ich habe dir ja schon von ihr erzählt."

Marlies öffnete die Augen, starrte an die Decke, schmatzte und gähnte herzhaft. Aus ihrem Mund strömte strenger Geruch, die Zunge war weiß belegt.

„Das macht sie dauernd", sagte Christoph.

Katharina nickte. „Das ist normal für Wachkomapatienten. Es sind nur reflexartige Handlungen. Du hast richtig gehandelt, als du die PEG durchgeschnitten hast. Erst dachte ich ja …

nun … ganz schön dreist. Also – ich war ehrlich geschockt, aber nun kann ich es verstehen." Christoph
streichelte Marlies' Hand.

„Ja, ich war verzweifelt. Kann ich dich jetzt kurz mit
ihr allein lassen? Ich will dieses Gespräch hinter
mich bringen."

„Alles gut. Geh nur."

Christoph verließ das Zimmer und trat in den
Flur. Eine Pflegerin kam ihm entgegen. „Hallo, Herr
Thormann! Ihrer Frau geht es nicht so gut, nicht
wahr?"

„Nein. Sie wird nicht bei Ihnen bleiben können."

„Ich verstehe Sie ja, aber Sie müssen uns auch verstehen."

„Nein, muss ich nicht. Und erst recht nicht Marlies.
Entschuldigen Sie, ich habe mit Herrn Niehltisch
noch eine Verabredung." Er ließ die Pflegekraft
stehen und fuhr mit dem Aufzug in den fünften
Stock.

Die Bürotür stand offen. Er klopfte und trat
sofort ein. „Guten Tag Herr Niehltisch, darf ich
reinkommen?"

„Herr Thormann! Danke, dass Sie gekommen sind.
Sie wollen den Heimvertrag kündigen?" Der Leiter

trug heute saloppe Kleidung, schwarze Jeans und weißes Piquéshirt. Das silberne Kreuz fehlte.

„Ja. Es geht ja nicht anders."

„Ich habe nachgedacht, Herr Thormann. Ich kann Sie durchaus verstehen, die Ärzte in der Uniklinik waren der Ansicht, mit einem Beschluss sind diese Entscheidungen zu rechtfertigen…"

„Heute verstehen mich scheinbar alle."

Christoph verzog das Gesicht. „Aber davon hat Marlies nichts. Es ist völlig ausgeschlossen, dass sie in diesem Haus sterben kann? Sie lebt hier doch seit drei Jahren."

„Nein. Wir würden ihr Infusionen geben müssen, damit sie nicht verdurstet. Hungern muss sie ja schon."

„Dr. Mechtildis wird keine verordnen, also dürfen Sie das nicht!"

„Sehen Sie, wir drehen uns hier im Kreis. Deshalb kann sie nicht hierbleiben. Ich ermögliche Ihnen eine fristlose Kündigung des Vertrags, Sie können sofort raus, ohne weiter das Heimentgelt zahlen zu müssen."

„Na, das ist ja sehr löblich." Christophs Sarkasmus brannte förmlich Löcher in den Tisch. Er nestelte in seiner Jackentasche und zog das Papier raus.

„Hier ist die Kündigung. Ich werde einen neuen Heimplatz besorgen und habe schon einen Termin zu einer Besichtigung." Christoph seufzte. „Können wir uns jetzt darauf verständigen? Ich meine, Sie können meine Frau ja nicht einfach vor die Tür setzen."

„Natürlich. Wir wollen doch, dass die Sache zur Zufriedenheit aller Beteiligten geregelt wird. Sie geben mir Bescheid, wenn Sie einen anderen Platz gefunden haben? Ich muss ja auch planen mit der Vermietung des Zimmers. Sie verstehen?"

„Natürlich. Was ist übrigens mit Ihrer Absicht, mich anzuzeigen?"

Der Heimleiter runzelte die Stirn. „Davon bin ich abgewichen. Sie haben recht, Sie hatten ja einen Beschluss, was Sie aber nicht dazu berechtigt, einfach eine Sonde abzuschneiden! Sie haben mich dadurch in eine schwierige Situation gebracht. Ich musste mich juristisch versichern, dass mir nicht etwas angelastet wird."

Es klopfte. „Herein! Entschuldigen Sie bitte", sagte der Heimleiter. Eine Pflegekraft steckte vorsichtig ihren Kopf herein, der restliche Körper blieb vor der Tür.

„Frau Mangfeld! Kommen Sie doch rein. Gibt es was Wichtiges?"

Christoph stand auf. „Wir waren doch ohnehin fertig, oder?"

„Ich denke schon. Frau Mangfeld, was gibt es denn?"

Die Altenpflegerin schaute verunsichert erst zu Christoph, dann zu ihrem Chef und wieder zurück zu Christoph. Sie holte tief Luft, zögerte, und dann stotterte sie: „Ihre Frau … Herr Thormann … Ihre Frau ist eben gestorben."

***

„Also – für mich hat deine Schwester einen ziemlichen Knall!"

Miriam saß mit ihrer Lebenspartnerin auf dem Balkon ihres Lofts in der Frankfurter Innenstadt. Heute hatten beide keinen Blick für die Skyline im Bankenviertel – bei strahlend blauem Himmel und mit untergehender Sonne. Es war warm, Florentine trug nur Unterwäsche und kühlte ihre Füße in einem Metallbottich mit Wasser. Sie wirkte müde, ihre Schminke um die Augen befand sich in Auflösung. Sie winkte ab.

„Miriam, jeder Mensch ist anders. Kathy ist halt ein bisschen speziell, und einen Knall hat heutzutage fast jeder."

„Mag sein. Manche finden ja, dass Lesben einen Knall haben. Tatsache ist aber: Wir legen keine Steine in den Kühlschrank oder bedrohen Nachbarn mit einem Stoppi auf der Maschine.
Wir reden auch nicht mit einem griechischen Mythos. Du weißt, was ich meine."

„Ja, ich weiß. Sie hat manchmal diese Phasen, in denen sie ausgesprochen kreativ ist. Und diese Nachbarn haben unserem Vater schon immer das Leben schwer gemacht. Ein bisschen kann ich sie deshalb verstehen. Aber du hast natürlich recht, so was geht nicht."

„Für mich sieht das aus wie das Verhalten einer Teenager-Spätlese, sprich ausgesprochen unreif und bockig."

„Sie ist, was Vater angeht, sehr verantwortungsbewusst und verständnisvoll. Was ich bewundere an ihr. Ich hasse dieses versoffene Stück, da sind zu viele Dinge passiert, die nicht mehr zu heilen sind. Na ja – olle Kamellen."

„Und was sagt deine Mutter dazu?"

Florentine zog ihre Füße aus der Waschschüssel und stellte sie auf ein bereitgelegtes Handtuch.

„Willst du auch mal kühlen?" Miriam schüttelte den Kopf. „Nein, ich will lieber was essen. Hast du ein Bier?"

„Im Kühlschrank. Extra für dich – Weizenbier." Miriam stand auf und kam mit Bier und Wasserflasche zurück.

„Also, du hast meine Frage nicht beantwortet. Was ist mit deiner Mutter?"

Florentine seufzte. „Frau Oberkommissarin – deine Fragerei ist doch privat, oder?"

Miriam schmunzelte, streichelte Florentines Oberschenkel, wobei ihr Zeigefinger sanft von der Innenseite in Richtung Slip wanderte. Florentine holte geräuschvoll Luft.

„Wenn du nicht über sie reden willst …", sagte Miriam.

„Da gibt es nicht viel zu erzählen. Meine Eltern sind geschieden, schon lange. Was für Kathy und mich ein Segen war. Wenigstens *ihr* geht es gut, alles andere muss jetzt von uns geregelt werden."

„Sollen wir was zu essen kommen lassen? Was hältst du von Sushi?"

„Gute Idee. Ich bestell die große Platte. Von allem ein bisschen?"

„Wie immer. Und nach dem Essen massiere ich dich ein wenig, vor allem deine kleine Perle. Okay?" Florentine lächelte. „Klingt verlockend."

Es schellte. Miriam schaute Florentine überrascht an. „Erwartest du Besuch?"

Florentine schüttelte den Kopf, stand auf und ging zur Wohnungstür.

„Hallo?", fragte sie über die Sprechanlage.

„Flo? Hier ist Kathy! Kann ich hochkommen? Ich muss mit dir reden!"

***

Christoph rannte über die Stufen des Treppenhauses in den dritten Stock zurück und nahm zwei Stufen auf einmal. Er konnte es nicht glauben – Marlies tot?

So schnell? Und er war nicht bei ihr gewesen! Wie mochte das für Kathy gewesen sein? Gerade kennengelernt und nun tot.

„Kathy! Wie …"

„Schschscht!" Kathy legte die Finger auf ihre Lippen. „Alles gut, sie ist eingeschlafen. Schau, wie friedlich sie aussieht." Sie streichelte die Hände der Verstorbenen.

„Marlies! Mein Gott, Engelchen! Und ich habe dich allein gelassen …" Christoph schluchzte auf. „So plötzlich, so schnell …"

Er fühlte Kathys Hand auf seiner Schulter. „Sie hat einfach aufgehört zu atmen. Sie wusste, dass jetzt der Weg zu Ende ist, mach dir keine Vorwürfe. Ich war ja da. Sie war nicht alleine. Jetzt hat sie ihren Stein auf die Bergspitze gewälzt und ist am Ziel."

„Was meinst du mit ‚Stein auf die Bergspitze gewälzt'?" Irritiert schaute Christoph Kathy an.

„Ach, nur so. Das ist eine Metapher für das Ende einer mühevollen Arbeit."

Christoph setzte sich auf den Stuhl neben dem Bett, weinte erneut, nestelte nach einem Taschentuch und schnäuzte sich. „Ich muss ihre Eltern anrufen."

„Ja, mach das. Ich lasse euch jetzt allein und fahr mit dem Zug zurück."

„Ist das wirklich okay für dich? Es tut mir so leid … in was bist du da rein geraten durch mich …"

„Das Leben ist nun mal so." Sie lächelte ihn an.

„Mach dir um mich keine Sorgen! Ich komme schon gut heim, und morgen telefonieren wir. Okay?"

Sie legte die Arme um seinen Nacken.

„Alles wird gut!"

Erwartet und doch überraschend

Vor der Eingangstüre der Pflegeeinrichtung blieb ich stehen, fischte eine Zigarette aus der Packung und verfluchte den Umstand, nicht mit dem Motorrad hier zu sein. Jetzt erst mal zum Bahnhof fahren. Oder sollte ich vielleicht Florentine besuchen? Wenn ich doch schon mal in Frankfurt war.

GUT GEMACHT, ASSISTENTIN!
NICHT SCHLECHT FÜR DEN ANFANG!

Na, da war er doch wieder. „Findest du?", fragte ich in die Gegend. Ich sah ihn nicht.

JA! SIE HAT DOCH NICHT LEIDEN MÜSSEN, UM IHREN STEIN ZURÜCKZUBEKOMMEN.

Ja, jetzt geht es allen ein wenig besser.
Wenn sich der Schock erst mal gelegt hat.

DAS GEHT SCHON VORÜBER.

DIE IDEE MIT DEM KISSEN WAR GUT. NUN SCHLÄFT SIE ENDLICH!

Tun wir das vielleicht doch alles nur für uns? Ich meine, wenn es allen besser geht?

UNSINN. DAS KOMMT DIR NUR SO VOR. HAUPTSACHE, DER STEIN IST OBEN!

„Alles in Ordnung, junge Frau?" Ich schrak zusammen. Neben mir hatte eine ältere Dame auf ihrem Rollator Platz genommen. Sie trug Filz-pantoffeln und eine schmuddelige Jogginghose.

„Ja, alles bestens. Wieso?"

„Na, Sie führen Selbstgespräche. Ich dachte, das sei erst in unserem Alter die Regel."

Ich lächelte sie an.

„Nein, unsere Generation kann das auch. Jedenfalls, wenn gerade jemand gestorben ist."

„Oh. Das tut mir leid. Doch der Tod gehört nun mal zum Leben. Ha'm Sie ne Zigarette für mich?"

Ich reichte ihr eine.

„Wie komm ich hier zum Bahnhof?"

Florentine wohnte feudal in einem Loft. Lange Zeit wusste ich überhaupt nicht, was das ist. Dachgeschosswohnung mit sehr gehobener Ausstattung. Können sich nur Akademiker leisten. Hat einen Portier, der alle Besucher und Bewohner des Hauses in die Gesichtskontrolle nimmt. So bleiben die Reichen unter sich. Ich besuchte sie nicht oft, und sie war ziemlich überrascht.

„Ist was mit Vater?", fragte sie, als ich den Flur betrat. Parkettfußboden, Stuck an den Decken, Massivholzmöbel aus heller Eiche und Pantoffeln für die Besucher – das Parkett durfte nicht leiden.

Ich zog die Sandalen aus und lief barfuß durch den Flur auf das Wohnzimmer zu, mit Wendeltreppe in der Mitte. Diese führte zum Schlafzimmer in der Galerie und zu einem riesigen, kreisrunden Bett. Es war ziemlich warm hier, Florentine nutzte die Klimaanlage erst bei vierzig Grad und bevorzugte die Abkühlung durch Verdunstungskälte mit Wasser.

„Mit Vater ist nichts. Er wird aber nächste Woche entlassen. Hast du was zu trinken? Wasser ohne Kohlensäure?"

„Klar! Geh mal auf die Terrasse, da sitzt Miriam. Sie wird gleich was zu essen holen. Sushi. Willst du auch was?"

„Roher Fisch? Von mir aus – ich nehme aber nur die Teile mit Lachs. Hi Miriam!"

„Grüß dich Kathy, seltener Gast. Was führt dich her?"

„Ich habe einen Mann kennengelernt. Christoph. Er fährt eine Ducati-Monster-Dark und ist unglaublich süß. Mit ihm war ich hier, muss mit dem Zug aber gleich zurück."

Miriam und Florentine runzelten gleichzeitig ihre Stirn. „Aha." Miriam grunzte. „Welche Vorzüge, außer Ducatifahrer zu sein, besitzt er noch? Wohnt er in Frankfurt?"

„Nein, in Petterweil wohnt er, ein kleines Kaff im Wetteraukreis."

Florentine sah mich prüfend an. „Rehlein, dich hat es aber erwischt! Bist du deshalb gekommen?"

„Ja. Äh – nein. Eigentlich nicht. Ich wollte …"

„Na, was?"

Sie stellte das Glas Wasser vor mich hin, setzte sich in den Liegestuhl und zog eine Schüssel mit Wasser zu sich heran. Miriam stand auf.

„Also, ich fahr jetzt Sushi holen. Ich sterbe vor Hunger. Bis gleich, ihr Hübschen."

„Ich werde Vater nicht in ein Pflegeheim bringen, er kommt nach Hause, wenn er entlassen wird. Und das passiert wahrscheinlich schon in ein paar Tagen."

Florentine sagte nichts, sondern schaute konzentriert in die Wasserschüssel und prüfte den Lackierzustand ihrer Fußnägel. Das Wasser plätscherte leise, wenn sie die Zehen bewegte.

„Wie willst du das machen? Ich meine, er kann doch nicht allein bleiben, oder?"

„Ich bleibe ein paar Tage bei ihm, organisiere für tagsüber einen Pflegedienst, und nachts kann ich da pennen."

„In diesem Schweinestall? Kathy, Rehlein, also ehrlich!"

„Hast du ihn im Krankenhaus besucht?"

„Ja, gestern Abend, aber nur kurz. Ich kann ihn einfach nicht sehen, ich will ihn auch nicht sehen. Er ist unerträglich. Das Einzige, was ihm wichtig war – eine Flasche Wodka. Hatte ich aber nicht dabei. Obwohl sie seinen Leberzerfall beschleunigen dürfte."

SIEHST DU? DEINE SCHWESTER HAT ES ERKANNT!

„*Nein! Das stimmt nicht!*", schrie ich in seine Richtung. Florentine zuckte zusammen und starrte mich an.

„Meine Güte, was hast du denn?

Und *was* stimmt nicht?" Ich schnaufte.

„Nichts. Er spricht nur gerade wieder mit mir."

„Wer? Dein Mythos? Was sagt er denn so?"

„Dass du recht hast. Aber das stimmt so nicht. Ich kaufe ihm keinen Alkohol, damit er sich totsäuft."

„Na, das ist doch längst gelaufen." Pause.

„Wirst du wieder zu deiner Therapeutin gehen? Ich mach mir Sorgen um dich, Kathy! Wenn das mit den Stimmen wieder losgeht und du leidest …"

„Ich leide nicht! Manchmal nervt der Typ zwar, aber er ist halt da und unterhält sich mit mir. Er wird auch wieder weggehen – irgendwann, schließlich hat er in den Bergen einiges zu tun."

Florentine seufzte und nahm eine Haarsträhne von mir zwischen ihre langen, schönen Finger. „Sicher." Sie lächelte.

„Du glaubst mir nicht."

„Doch. Ein bisschen. Nicht immer. Nicht alles. Aber jetzt erzähl mir von deinem neuen Freund. Wie heißt er? Lerne ich ihn mal kennen?"

„Natürlich lernst du ihn kennen. Christoph heißt er, und fast hätte ich deinen juristischen Rat gebraucht. Seine Frau ist eben gestorben, sie lag drei Jahre im Wachkoma, und Christoph hatte per Gerichtsbeschluss alle Maßnahmen der Lebensverlängerung durch Ernährung und Flüssigkeitsgabe absetzen lassen. Der Heimleiter wollte nicht mitspielen und bezeichnete seinen Wunsch als aktive Handlung, die er aus Gewissensgründen ablehne. Stell dir vor, er drohte ihm sogar mit einer Klage, nachdem Christoph die Magensonde einfach abgeschnitten hatte."

„Er hat was? Abgeschnitten? Na, der traut sich was! Und das bei der eigenen Frau – *my godness*!"

„Ja. Dachte ich auch. Aber als ich sie heute gesehen habe …"

„Und jetzt? Sie ist tot?" Florentine schnippte mit den Fingern. „Einfach so?"

„Ja. Sie wurde ins Krankenhaus gebracht, weil der Heimleiter eine neue Sonde legen lassen wollte. Hat aber nicht geklappt. Das Krankenhaus hat den Beschluss akzeptiert und sie nach ein paar Tagen wieder entlassen. Christoph wollte dann einen neuen Heimplatz suchen, wo sie sterben darf. Aber das ist ja nun nicht mehr nötig. Jetzt ist sie tot und hat ihren Stein nach oben gebracht."

„Wie? Was meinst du mit ‚Stein nach oben gebracht'? Was für merkwürdige Ideen du wieder ausspuckst, echt. Ich komme nicht mit ..."

„Sisyphus ist der Auffassung, dass jeder Mensch sein Leben lang einen Stein nach oben wälzt und das immer und immer wieder. Quasi als Lebensaufgabe. Und die Medizin trennt sie von ihrem Stein, weil sie Menschen nach Maximaltherapie zu Pflegefällen macht. Ohne Möglichkeiten einer Selbstbestimmung. Ohne Lebensqualität, mit Leiden aller Beteiligten."

Florentine sagte lange nichts und schaute mich nur nachdenklich an.

„Darf ich eine rauchen?", fragte ich.

„Von mir aus. Aber blas nicht in meine Richtung. Und schmeiß die Kippe nicht vom Balkon." Ich stand auf, ging zur Brüstung und schaute hinunter. Beeindruckender Ausblick in die Tiefe und über Frankfurt! Ich steckte mir eine Zigarette an.

„Und wie ist sie gestorben? Die Ehefrau, meine ich", fragte Florentine.

„Sie ist erstickt. Aber es ging ganz ruhig zu. Sie war

schon länger ohne Nahrung und Flüssigkeit, hatte hohes Fieber und eine Lungenentzündung. Schrecklicher Zustand, nicht wahr?" Ich nahm einen tiefen Zug. „Ich dachte, ich lass Christoph in dieer Situation allein. Er war doch sehr geschockt, dass es so schnell ging."

„Wie alt war sie?" Florentine klang bedrückt.

„Ich weiß es gar nicht so genau. Mitte Zwanzig, vielleicht so alt wie ich."

„Und wieso war sie im Wachkoma?"

„Motorradunfall." Jetzt klang ich auch bedrückt. Ich kannte Florentines Meinung dazu. „Sie saß bei Christoph hinten drauf."

Florentine nickte. „Scheiß Motorräder. Sag ich doch immer." Sie hob die Füße aus der Schüssel. Kurz darauf schellte es. Miriam kam zurück. Also besaß sie noch keinen Wohnungsschlüssel. Sie trug ein Tablett mit einer Familienpackung Sushi.

„Mahlzeit! Und Extraportion Wasabi, mit Vorsicht zu genießen, Kathy. Wer will Stäbchen?"

„Ich nicht, dauert zu lange", sagte ich schnell. „Ich muss noch nach Hause heute und habe keine Zugverbindung." Ich nahm mit den Fingern zwei Reisröllchen und schob sie mir in den Mund.

„Kathy, würde es dir etwas ausmachen, wenigstens eine Gabel zu benutzen?"

Florentine konnte ganz schön ärgerlich werden.

„Ja, Mama. Klar, Mama. Ich hab aber keine."

Ich probierte es mit einem Stäbchen und spießte das nächste Reisröllchen mit grünem Zellkern mittig auf. Das Ergebnis war, dass es auseinanderfiel und nun nicht mehr stäbchenkompatibel war. Ich benutzte wieder meine Finger.

Florentine atmete geräuschvoll ein, stand auf und holte eine Gabel.

„Wie hast du den Christoph denn kennengelernt?" Miriam war schon Berufs wegen neugierig.

„An einer Tankstelle. Ich hatte mein Portemonnaie vergessen. Da hat er das übernommen. Zum Dank habe ich ihn dann zum Essen eingeladen."

„Du findest auch immer einen Blöden, der dich raushaut, oder?" Miriam grunzte. Für mich klang es abfällig.

„Was genau meinst du denn *damit*, Schatz?", fragte Florentine. Ihre Stimme klang scharf.

„Du hilfst ihr doch so oft aus der Bredouille, als wäre sie noch ein Kind. Meistens mit Geld. Und nun hat sie einen anderen gefunden, der es tut. Hat er viel Kohle?"

„Quatsch. Das spielt doch keine Rolle! Ich habe nur für 28 Euro getankt, also, was willst du eigentlich von mir? Streit? Wir müssen uns nicht mögen, nur weil du meine Schwester puderst!"

„Es ist gut jetzt! Müsst ihr immer streiten?"

Florentine hob selten die Stimme, aber jetzt klang sie richtig sauer. Miriam senkte den Kopf.

„Sorry, Schönheit … Ist mir so rausgerutscht."

Ich stand auf, nahm eins von den runden Reiskunstwerken mit rosa Lachs und schob es mir in den Mund.

„Ich muss dann los. Machts gut, ihr zwei!"

Florentine stand auf. „Du rufst mich an – wegen Vater und so? Wenn du Geld brauchst – sag Bescheid!"

„Mach ich." Ich fischte nach einem eckigen Sushi mit Avocado *drin*. Wäre doch schade drum.

Florentine küsste mich rechts und links und brachte mich zur Tür.

„Du machst keine Dummheiten, oder?", fragte sie zum Abschied. „Immer, wenn du einen Mann kennenlernst, dann …"

„Was dann?"

„Ach … nichts. Schon gut!“ Was gäbe ich darum, jetzt meine Maschine zu haben! Frankfurt – Marburg, nicht gerade eine Traumverbindung.

Pling! Eine WhatsApp.
„Bin bei Marlies' Eltern. Wo bist du? Christoph.“

Ich lächelte. Mir wurde warm. Ich tippte eine Antwort.
„Bin bei meiner Schwester und laufe jetzt zur S-Bahn. Fahre gleich nach Hause. Ruf dich morgen an, denk an dich.“

„Ist er das?“, fragte Florentine. Ich lächelte und zeigte ihr das Display.
„Ja, das ist er. Süß, nicht wahr?“

Pling. „Freue mich schon, bis morgen!“

„Ja“, sagte Florentine. „Sehr süß. Bin schon auf ihn gespannt. Bis bald, Rehlein. Ich bestelle die Entrümpelungsfirma. Einverstanden?“

Ich küsste sie. Unten angekommen, schaltete ich das Handy aus und steckte mir wieder eine Zigarette

ins Gesicht. Ich fühlte mich schlagartig müde. Ab
zum Bahnhof.

Es ist angerichtet

Eins war klar, Vaters Butze musste hergerichtet werden. Florentine hatte die *Fitzli-Putzis* bestellt, ein Unternehmen, das gemeinsam mit Hartz-Vier-Empfängern eine Dienstleistung anbot, das sich mit Entrümpelung und Auflösung von Haushalten im Frankfurter Raum über Wasser hielt. Sie nahmen auch Spenden an. Sollten Gegenstände noch zu gebrauchen sein, wurden sie von Hand- werkern entweder weiter verarbeitet oder nach Reparatur verkauft. Das würde bei meinem Vater nicht der Fall sein.

„Mensch, Frau Küster. Ist es wieder so weit?"
Der Chef der Truppe stieg aus dem LKW, den er auf dem Gehweg abgestellt hatte. Das würde wieder Ärger mit meiner Lieblingsnachbarin geben.

„Können Sie den LKW vom Bürgersteig fahren? Das gibt hier schnell Ärger."

„Kein Problem, wir haben eine Genehmigung." Was es nicht alles gibt? Den LKW warfen sie jedenfalls nicht so schnell um.

„Was kann denn weg?", fragte einer der fünf Mann starken Gruppe.

„Alles, was stinkt und nach Müll aussieht. Bett und Tisch und die Stühle bleiben hier."

Nach drei Stunden war der LKW gefüllt, und die Mannschaft fuhr wieder ab. Ich setzte mich an den Tisch und holte mein Handy heraus. Keine Nachricht von Christoph. Aber ich hatte ja gesagt, dass ich anrufen würde. Er nahm nach dem zweiten Klingeln ab.

„Kathy, wo bist du?"

„In Vaters Haus. Ich habe gerade alles entrümpeln lassen, und werde jetzt noch putzen. Vater kommt morgen aus dem Krankenhaus. Ich bleibe übers Wochenende hier und bestelle einen ambulanten Pflegedienst. Jetzt, da wieder aufgeräumt ist, werden sie sich wohl bereit erklären, morgens und abends nach ihm zu sehen. Das Krankenbett wird auch morgen geliefert."

„Wann können wir uns sehen?", fragte Christoph.

„Morgen? Oder soll ich nach Mücke kommen? Bin jetzt Zuhause." Ich seufzte.

„Willst du dir das hier wirklich antun?"

„Du bist mit mir auch ins Pflegeheim gefahren."

„Wann ist denn die Beerdigung von Marlies? Musst

du nicht erreichbar sein?"

Er seufzte. „Sie wird eingeäschert, die Urnenbeisetzung dauert noch, aber die Trauerfeier ist schon am Mittwoch nächster Woche. Es ist alles geregelt. Auch die Grabplatte habe ich bestellt."

„Was wird drauf stehen?", fragte ich.

„Na ja, ihr Name natürlich und das Geburts- und Sterbedatum. Warum?"

„Ich finde es wichtig, was auf einem Grabstein steht. Ein einziger Satz beschreibt das ganze Leben eines Menschen. Nur Geburtsdatum und der Todestag sind bisschen wenig."

Christoph schwieg. „Meinst du wirklich?", fragte er schließlich.

„Natürlich. Schreib doch: ‚Ich bin schon mal vorausgefahren' oder ‚Ich habe den Felsen oben', oder so was. Das klingt doch ganz anders als ‚Hier liegt' … oder ‚Ruhe sanft'."

„Ich weiß nicht …", Christophs Stimme klang plötzlich dünn. „Ich werde ihre Eltern fragen. Sie kannten sie am längsten." Dann schwieg er. Ich fühlte seine Traurigkeit durch das Handy kriechen, sie legte sich wie die zentnerschweren Stoffbahnen des verhüllten Reichstages von *Christo* auf mich.

Meine Augen fühlten sich plötzlich feucht an.

„Können wir uns heute noch sehen?", fragte ich zaghaft. „Komm doch nach Marburg. Ich bin heute Abend mit dem Aufräumen hier durch und warte Zuhause auf dich."

„Bist du mit der Raptor unterwegs?"

„Ja, ich habe sie ein paar Straßen weiter geparkt. Nicht, dass die Idioten sie mir noch mal umschmeißen."

„Wie? Was meinst du denn damit? Wer wirft deine Karre um?"

„Die Nachbarschaft ist nicht gerade gut auf mich und meinen Vater zu sprechen. Sie würden ihn lieber in der Klapsmühle sehen. Aber egal … ich mach mir nichts mehr draus."

„Weißt du was?" Seine Stimme klang jetzt lebhafter. „Ich komme mit der Ducati und hol dich ab. Dann fahren wir zusammen nach Marburg zurück und gehen heute Abend was essen. Was meinst du?"

Ich lachte und drehte verlegen an einer Haarsträhne. „Ja. Klingt gut. Ich möchte dich auch wiedersehen. Ab morgen werde ich bei Vater bleiben müssen, da habe ich die nächsten Tage nicht so viel Zeit."

„Dann bis später, meine Schöne. Freue mich ganz doll!" Ich grinste und legte auf.

Mein Darkfahrer.

Danach machte ich mich ans Werk mit Schrubber, Heißwasser, sehr viel Reinigungsmittel und *Sagrotan* und weit geöffneten Fenstern. Am schlimmsten war das Bad: Die Stapel der benutzten Klopapierstücke entsorgte ich in einem Müllsack, der angeschimmelte Duschvorhang wanderte hinterher. Die WC-Schüssel säuberte ich mit *Rohrfrei*, mechanischer Gewalt und Zitronensäure. Mehrmals war ich kurz vorm Kotzen. Das Raumaroma wurde mit einer kompletten Dose Raumspray von der Sorte Latschenkieferduft aufgebessert. Vaters Schrank füllte ich mit sauberer Bettwäsche, die ich Zuhause gewaschen hatte.

Seine Waschmaschine funktionierte nicht mehr, nachdem er statt Wäsche einen halben Zementsack eingefüllt hatte. Er wollte die Gartenmauer ausbessern und verwechselte das Gerät mit einem Betonmischer. Die schmutzige Matratze verschwand unter einem weißen Spannbettlaken, das für einen erträglichen Anblick sorgte.

ES WIRD ZEIT, IN DIE APOTHEKE ZU
FAHREN.

Ich schreckte zusammen und drehte mich um.
Sisyphus saß wie der Denker auf seinem Felsen in
der Zimmerecke. Seine Augen blickten gütig zu mir
herüber.

Was soll ich in der Apotheke?

TRINKNAHRUNG FÜR MORGEN KAUFEN!
ODER VON WAS WILLST DU DEINEN
VATER ERNÄHREN?

Wieso denn Trinknahrung??

Was er schon wieder von mir wollte! Ich hatte jetzt
so gar keine Lust auf ihn, ich freute mich schließlich
auf Christoph.

ERST DIE ARBEIT, DANN DAS
VERGNÜGEN.
SCHLIEßLICH BIST DU MEINE
ASSISTENTIN.

DEIN VATER BRAUCHT NAHRUNG, ER
IST SEHR GESCHWÄCHT.
DAS WEISST DU DOCH, ODER? MIT DER
NAHRUNG BEKOMMT ER
SEINEN FELSEN DEN BERG WIEDER
HOCH.

Ich nickte. Der Mythos dachte wirklich an alles. Meine Fußsohlen fühlten sich plötzlich so heiß an, so, als stünde ich auf glühenden Kohlen. Ich trat auf der Stelle, hüpfte auf und nieder, scharrte mit den Füßen. Es ging nicht weg, das unangenehme Gefühl.

Okay. Habe ich verstanden. Wie viel werde ich brauchen? Zehn Päckchen?

KAUF SIE IN GRÜNBERG EIN, NICHT IN
MÜCKE. UND ETWAS WODKA WÄRE AUCH
NICHT SCHLECHT. SCHWING DICH AUF
DIE MASCHINE! JETZT!

Dann war er wieder verschwunden. Einfach weg. Das Brennen an den Fußsohlen ließ nach. Ja, ich musste los. Ich hatte noch keine weiteren Vorbereitungen für Vaters Rückkehr getroffen. Na klar, Sisyphus hatte recht. Er brauchte kalorienreiche und eiweißlastige, flüssige Kost. Und er brauchte mich, die sie ihm zu trinken gab. Mich, die bei ihm blieb. Mich, die dafür sorgte, dass er nicht im Pflegeheim landete. Als ich in die Motorradstiefel stieg, verschwand das brennende Gefühl unter den Fußsohlen plötzlich.

Die Auswahl in der Apotheke war riesig. Die Preise ebenfalls. Ganz schön teure Angelegenheit. Ein Päckchen Trinknahrung mit 200 Millilitern und 400 Kalorien kostete 7,89 Euro. Also beließ ich es bei zehn Stück in verschiedenen Geschmackssorten von pikant und süß. Mit Wodka- oder Biergeschmack gab es leider keine. Ich stopfte alles in die Packrolle. Es blieb nicht mehr viel Zeit, Christoph konnte jeden Moment eintreffen. Ich überlegte, eine gemeinsame Runde über den Vogelsberg zu drehen, das Wetter war immer noch sehr warm.
Der ambulante Pflegedienst hatte sich bei mir

gemeldet, eine Pflegekraft wollte morgen Abend kommen, um sich einen Überblick verschaffen. Na, also, geht doch! Heute war wirklich ein guter Tag. Ich räumte die Päckchen in den Schrank. Ein Dutzend Kakerlaken krabbelten auf mich zu und purzelten zu Boden. Ich trat ein paar von den Biestern tot. Was für eine Sauerei!

Da! Das sonore *Pott-pott-wa-brumm* der Ducati vor dem Haus. Ich schnappte mir Helm und Jacke und lief in den Vorgarten.

„Hi!" Etwas Intelligenteres fiel mir nicht ein. Christoph auch nicht. Er sagte nämlich gar nichts, schaute mich nur an, Helm und Handschuhe in den Händen.

„Wir müssen einmal ums Eck fahren, da steht meine Maschine."

„Okay." Er deponierte Helm und Handschuhe auf dem Tank, legte seine Hände auf meine Schulter und zog mich an sich. „Schön, dich zu sehen, ich habe dich vermisst. Auch, wenn ich erst mal allein sein musste – ich habe dich sehr vermisst." Er hauchte einen Kuss auf meine Nasenspitze. „Mit jedem Kilometer von Frankfurt weg fühlte ich mich freier, wie von einer Zentnerlast befreit."

Ich nickte. „Ja, es ist vollbracht. Marlies hat es geschafft, allen geht es besser, auch wenn der Schmerz noch frisch ist. Das geht wieder vorbei!"

„Was machen wir jetzt?" Christoph streichelte meine Wange.

„Aufsitzen. Wir fahren zum Vogelsberg und zum Hoherodskopf und dann zurück nach Marburg."

„Ist aber ein ziemlicher Umweg, oder?"

„Ja. Doch der Weg ist das Ziel. Ich kenne tolle Strecken dort", sagte ich. Sein Blick glitt am Haus entlang, nach oben und wieder nach unten. „Hier wohnt dein Vater?"

„Ja. Sieht schon viel besser aus. Hab eine Putzorgie veranstaltet."

„Okay. Dann steig auf. Wo steht die Raptor?"

„Die nächste Straße rechts und wieder rechts. Muss nur noch abschließen."

Wir stiegen auf die Maschinen. Unsere erste gemeinsame Tour! In meinem Bauch tummelten sich Schmetterlinge. Ich fuhr Richtung Laubach nach Schotten, links seitlich auf der Spur voran, Christoph rechts hinter mir, im Abstand eines Spiegelblicks.

Den Vogelsberg kannte ich wie meinen Wohnzimmerschrank. Europas größtes erloschenes
Vulkangebiet, mit kleinen Dörfern, Bachtälern und
sanften Kurven. Schräglagenfreudig durch Wälder
und über kleine Sträßchen. Den Klettergarten auf
dem Hoherodskopf hatte ich zu Trainingszwecken
einmal pro Jahr besucht, den nahm ich mir jetzt mit
Christoph gemeinsam vor. Wir stoppten auf dem
Hoherodskopf und tranken einen Kaffee an der
Bude. Er spielte mit meinem Haaren.

„Lass uns zu dir fahren, ja?" Christoph wirkte
unruhig. Ich fühlte mich genauso. Wir waren zwar
zusammen unterwegs, uns aber nicht nahe.
Dazwischen störten zehn Meter Asphalt,
Lederkombi, Helm und Kevlarjacke. Ich nickte.

Mein Interesse galt auch weniger unserer Tour,
sondern der Überlegung, wie er ohne Klamotten
aussah – und noch wichtiger – wie er sich anfühlte.
Wie groß sein Schwanz wurde, wenn er sich
aufrichtete. Wie sein Geruch unter der Vorhaut war:
muffig, bitter oder einfach nur nahe. Intimgerüche –
eine Ehre, beim anderen schnuppern zu dürfen. Ich
sagte ja schon, ich habe eine empfindliche Nase.
Und wie er sich in mir anfühlt, klein, stark oder

verklemmt. Rammbock oder sanfter Stoßer? Gehörte er zu denen, die einem die Zunge ins Ohr stecken? Hoffentlich nicht. Für mich war es das Gleiche, als schöbe ich meinen Kopf in eine Waschmaschine.

Diese Gedanken ließen meine Konzentration auf der Maschine in den Keller sinken und nur knapp bekam ich in einer Spitzkehre die Linie hin, ohne die Karre abzulegen. Das hätte noch gefehlt! Wir stellten die Maschinen in der Tiefgarage ab und zogen die Helme aus.

„Das war eine schöne Tour", sagte ich und streifte die Handschuhe ab. Christoph nickte. „Aber jetzt freue ich mich, dass wir angekommen sind. Gehen wir hoch?"

Er fasste meine Hand, faltete seine Finger zwischen meine. Ich lächelte. Mit meiner freien Hand streichelte ich sein Gesicht, verharrte mit dem Finger über der Unterlippe, berührte seinen Mund, steckte den Finger hinein. Er sog an der Fingerkuppe, und ich spürte, wie sich seine Zunge an ihm entlang tastete. Ein Blitz fuhr in meine Körpermitte, meine Rose öffnete sich, mein Unterkörper drückte sich an ihn, machte eine Kreisbewegung.

„Sollen wir etwa hier in der Tiefgarage …?", fragte Christoph und atmete heftig.

Ich schüttelte den Kopf, zog ihn mit mir, durch das Treppenhaus nach oben in meine Wohnung. Ganz oben, auf der letzten Stufe blieb ich stehen und legte meine Hände auf seine Schultern. „Gleichstand. Jetzt kann ich dir direkt in die Augen sehen."

Ich küsste ihn sanft und vorsichtig. Dann ließ ich meine Zungenspitze vorschnellen und leckte seine Unterlippe. Christoph stöhnte auf und riss mich an sich. Der Kuss nahm kein Ende.

Unsere Zungen tupften sich vorsichtig ab, dann umkreisten sie sich wie zwei Schlangen, die sich ineinander wanden. Nie fühlte ich mich so begehrt wie in diesem Moment. Ich glaubte, ganze Bergketten mit meinen Armen wegschieben, Baumstämme ausreißen und ungespitzt in den Boden rammen zu können.

Christoph umfasste meine Taille, hob mich hoch und trug mich die letzten Meter zu meiner Wohnung. Wie eine Betrunkene stocherte ich zweimal neben dem Schlüsselloch, bis ich es endlich traf und aufschloss.

Kaum hatten wir die Tür hinter uns zugeknallt, befreiten wir uns von den Stiefeln und rissen uns die Motorradklamotten vom Körper. Sie flogen auf den Boden, samt Pullover und T-Shirts. Nur in der Unterwäsche standen wir Bauch an Bauch, so eng, kein Frauenhaar hätte dort noch Platz gefunden. Ich küsste seine Brust. Sie war so stark behaart, dass ich seine Brustwarzen erst suchen musste.

Er stöhnte. Ich keuchte, als er mir den Slip zerriss. Mit meiner Rechten fuhr ich über seine Unterhose, aus der sich das heiße Köpfchen schon befreien wollte. Ich zog sie beherzt hinunter, staunte über mich selbst und dann sah ich ihn endlich: Seinen erigierten Penis, gekrönt von der prallen – einem Ritterhelm gleich – geformten Eichel. Sehr gut bestückt. SCHÖN! Ein richtiges Prachtexemplar. So, wie ich es mir gewünscht hatte.

Gleichzeitig spürte ich seine Finger in meiner Scheide, erst vorsichtig und gestreckt, dann gekrümmt, fordernd und ungeduldig mit dem Daumen über meiner zu einer Murmel mutierten Goldperle. Ich schrie auf, zitterte wie Espenlaub, fühlte den Orgasmus tief in meinem Becken kommen, einer Lawine gleich, erst langsam und leise grollend, dann mit der Wucht einer Knallgas-explosion. Ich biss gnadenlos zu, spürte, wie sich Christophs Halsmuskel anspannte, hörte seinen unterdrückten Schmerzgrunzer. Ich schmeckte Blut, dann versagten meine Knie.

Er fing mich auf, hob mich hoch, lief drei, vier Schritte durchs Wohnzimmer und legte mich rücklings aufs Sofa, fegte Zeitungen, Bücher und meine unvollendeten Bilder mit einer Handbewegung auf den Boden.

Ich spreizte meine Beine, das rechte Bein legte ich auf Sofalehne, mein linkes hing herunter. Meine Finger glitten nach unten und öffneten die roten Vorhänge, für ihn.

„Hier! Jetzt! Ich warte auf dich, tu es!"

„Gleich. Nicht so schnell, meine Schöne. Mein Gott, bist du schön." Er betrachtete mich, sein Blick heftete sich auf meine Brüste, dann streichelte er mit zwei Fingern ganz vorsichtig eine Brustwarze. Prompt reckten sich ihm meine Zweizylinder mit steinharten Nippeln entgegen.

„Nun mach schon!" Vor lauter Gier schon schier verzweifelt griff ich nach seinem Schwanz, fasste hart zu und führte ihn hin zu mir.

„Hier, bitte, bitte!"

„Warte noch."

Er rutschte nach unten und seine Zunge glitt über meine Venuslippen, teilten sie, kostete und suchte. Es machte mich schier wahnsinnig!

„Du schmeckst so gut. Ich wollte dich erst schmecken. Willst du mich jetzt?"

„JA. JA. JA. Ich will dich, nun mach schon, bitte, bitte!" *Herrgott noch mal!*

Dann spürte ich seinen Ritterhelm, wie er sich langsam und sehr vorsichtig Zugang verschaffte. *Das ist ja nicht zum Aushalten!* Ich packte seine Hüften, zog ihn mit einem Ruck heran und spürte den versenkten Pfahl in mir, ganz tief, ganz heftig, ganz brutal. Endlich. Wir vögelten wild drauf los. Ich merkte, wie es mir schon wieder kam. Ich wollte es zurückhalten, aber unaufhaltsam baute sich die nächste Lawine auf. Christophs Hände krallten sich in meine Pobacken.

Er zog sie auseinander, lag schwer auf und tief in mir, und sein Gewicht machte mich wehrlos. Ausgeliefert. Nie war es schöner, sich aufzugeben und voll einzulassen. Die Lawine donnerte zu Tal, ich schrie und biss mir in die eigene Hand. Kurzes

Nachbeben, dann schüttete mich seine Lawine zu. Christoph keuchte mit weit nach hinten gebeugtem Kopf, als er kam. Seine Fingernägel bohrten sich so in meinen Allerwertesten, dass *ich* dieses Mal vor Schmerz grunzte.

Quid pro quo. Geben und Nehmen.

„Hier kommt die Flut", keuchte ich. „Oh, war das schön!" Christoph rührte sich nicht und lag zentnerschwer auf mir. Ich rutschte unter ihm ein wenig zur Seite.

„Alles okay mit dir?"

Er sagte nichts, sein Körper zuckte. Ich begriff, dass er weinte. Meine rechte Halsseite wurde nass. Er schluchzte nicht, er weinte völlig lautlos mit einem Strom von Tränen, die sich in meiner Halsgrube zu einem See sammelten. Ich erschrak. Die Erotik flog weg.

„Lieber, was ist mit dir?" Christoph richtete sich auf. „Eine bessere Welt zum Leben", sagte er. „Ich sehne mich so nach einem normalen Leben. Entschuldige."

Sein Penis rutschte aus mir heraus, und ich hielt die Hand vor meine Vulva, um die Unanständigkeit weißer Flecken auf meinem schwarzen Sofa zu vermeiden, und nahm die letzte gekritzelte Zeichnung vom Boden. Die legte ich unter meinen Hintern. Ich streichelte über seinen Kopf.

„Wir werden uns ein neues Leben aufbauen", flüsterte ich.

„Die Chancen stehen gut, meinst du nicht auch?" Er stöhnte.

„Es ist, als würde ich nach dem Unfall das erste Mal wieder ganz normal Auto fahren", sagte Christoph leise. So leise, dass ich sehr genau hinhören musste.

Ich verstand, was er meinte. Mein letzter Sex lag ein Jahr zurück. Jedes Mal, wenn ich es erneut mit einem Mann versuchte, scheiterte es an banalen Dingen. Oder eben nicht banal. Mehr essenziell. Das Feuer war plötzlich verschwunden. Wenn der andere furzte, klang es nicht mehr wie Musik in meinen Ohren, sondern ging mir gewaltig auf die Nerven.

Wenn er an mir herum kritisierte, meine Ansichten bescheuert fand, mein Parfüm ekelhaft, meine Bilder nichts- sagend und in falscher Perspektive gezeichnet, war der Anfang vom Ende eingeläutet. Sex allein ist nichts wert. Respekt und Vertrauen sind die einzige Basis für eine Beziehung. Nichts anderes. Und natürlich wäre auch Liebe vorteilhaft.

„Das haben wir aber gut hingekriegt, das erste Mal wieder Autofahren, findest du nicht?" Ich rührte mich unter ihm. Er war wirklich ziemlich schwer. Christoph verstand und rollte von mir runter. „Ich bin dir zu schwer, oder?"

„Nein, nein. Du bist mir eine süße Last. Aber jetzt muss ich aufs Klo." Wir lagen Seite an Seite nebeneinander. Das Papier unter meinem Hintern knisterte. Mal sehen, was aus dieser Zeichnung werden würde. Mit Sperma von unserer ersten „Autofahrt" verschmiert.

„Ich bin gleich wieder da." Ich stand auf und lief mit vorgehaltener Hand zwischen meinen Beinen zum Bad. Ich fühlte mich so gut wie seit Langem nicht mehr. Wieder war etwas vollbracht. Dem Ziel ein Stück näher. Im Spiegel tauchte ein großer Stein auf. Er wurde größer und größer, bis ich keinen Spiegel mehr erkennen konnte.

BIST DU GLÜCKLICH?

Ja. Sehr glücklich. Wir stemmen jetzt gemeinsam unsere Steine.

DANN MAL LOS. IHR MACHT DAS
SCHON.

Ja. Ich bin froh, dass es dich gibt.

Der Stein verschwand. Der Spiegel wurde wieder
sichtbar. Ich sah mich darin, mit einem riesigen
Knutschfleck am Hals, mit glänzenden Augen und
roten Wangen. Orgasmusrot.

Ende im Gelände

Ich stöhne vor Anstrengung. Es bringt mich fast um. Das Seil straff um mich gewickelt, die Beine gespreizt und fest auf dem Boden, ziehe ich, was das Zeug hält. Ich muss diesen Felsen mit den zehn Menschen daran hochhieven. Sie schaffen es nicht alleine. Ich bin nackt und finde es ganz normal. Mir ist überhaupt nicht kalt. Doch die Kräfte verlassen mich. Ich will das Seil festhalten, aber es rutscht mir durch die Hände, verbrennt sie, bis ich aufschreie und loslasse. Es geht nicht mehr. Die Menschen stürzen mit dem Felsen zu Tal, der Felsen überrollt sie, wahrscheinlich überleben sie das nicht. Ich habe versagt. Ich bin wütend, weine, schmeiße das Seil hin, hocke mich auf den Boden und schluchze mir die Seele aus dem Leib. Ich will nicht mehr. Ich bin keine Assistentin, ich bin ein Wrack. Ich höre ein Lied. *Waltzing Mathilda.* Der Sänger fängt an zu schluchzen, er walzt gerade Mathilda. Gott, was ist jetzt los?

Pling, pling, pling, pling.

„Guten Morgen, meine Schöne." Ich fühlte neben mir einen warmen Körper. Der Sänger kam aus meinem Radiowecker und hieß Tom Waits. Seine Stimme klingt, als hätte er mit Reißnägeln gegurgelt. Acht Uhr. Christoph schaute mich zärtlich an.

„Gut geschlafen?"

„Ach, ich habe schlecht geträumt. Habe versucht, Menschen an einem Seil den Berg hochzuziehen, habe aber das Tau losgelassen. Alle sind runter gestürzt."

„Nur ein Traum, Liebes. Aber das hier", er streichelte meine Brüste, „ist echt."

Ich kroch in seine Arme. „Ja, die sind echt. Gehören mir schon lange. Und sie vertragen sich gut."

Er lachte.

„Soll ich uns Kaffee machen?", fragte er, während seine Hände zielstrebig nach unten wanderten.

„Na so was. Du bist ja noch immer feucht!"

„Ja, wer mag denn daran schuld sein?" Ich seufzte wohlig, als sein Mittelfinger kleine Kreisbewegungen über meinem Zentrum ausführte.

„Da tröpfelt noch die Erinnerung an gestern Abend ... oh ... ja ... was tust du wieder ..." Meine Hände krallten sich in seinen Rücken. Es ging nicht lange gut. Es war dieses Mal keine Lawine, es war ein Geysirausbruch. Zisch! Heftig, kurz und heiß. Ich zitterte wieder, krallte mich noch fester. „Oh Gott!"

„Du kannst ruhig Christoph zu mir sagen!" Ich brach in Lachen aus, konnte gar nicht mehr aufhören.

„Okay, Gott Christoph, zeig mir mal, wo die Kronjuwelen sind."

Ich rutschte nach unten, meine Lippen fanden den Ritterhelm an der hochgereckten Lanze. Er roch nach ihm und ein wenig nach mir. Ich zog die Kapuze zurück, ganz langsam, und betrachtete den Ritter ohne Helm. Dann umkreiste meine Zunge die Furche und nippte an der empfindlichsten Stelle – dort, wo sich Kranz und Bändchen vereinigen – ganz zart. Es schmeckte himmlisch.

Jetzt stöhnte er, reckte sich mir mit seinem Gemächt entgegen. Ein bisschen Handunterstützung noch – und es stürzte aus ihm heraus.

Meine Lippen ließen seinen Penis los. Ach, wenn dein Glied meine Lippen verlässt ... Ich zählte fasziniert drei bis vier Blow-outs, die sich erst auf seinem Bauch ausbreiteten und dann seitlich wegflossen. Sperma auf dem Weg in die Freiheit. Ich kroch wieder nach oben und küsste ihn.

„So schmeckst du!" Er nickte.

„Hast du schon mal dein Sperma probiert?", fragte ich.

Er grinste. „Ja. Ich wollte wissen, was Männer den Frauen so zumuten …"

„Und, hat es geschmeckt?"

„Nein. Nur warm und dick. Und bisschen bitter. Also – eigentlich eklig."

„Stimmt. Es schmeckt einfach nur eklig."

Das Telefon ließ mich zusammen zucken. *Wer kann das jetzt sein? Das Krankenhaus?* Seufzend sprang ich aus dem Bett und lief ins Wohnzimmer.

„Kathy, hier ist Mutter. Was macht dein Vater?"

„Es geht ihm besser. Heute wird er entlassen." Sie hatte mir noch gefehlt.

„Und? Was hast du vor?"

„Ich habe die Butze aufräumen lassen, geputzt, und heute bin ich da, wenn er kommt. Ich habe mir freigenommen."

„Bist du wahnsinnig? Du willst diesen Idioten pflegen? Kann doch nicht dein Ernst sein!"

„Doch. Dieser Idiot ist mein Vater. Ihr beide habt mich produziert. Es geht dich doch nichts mehr an.

Also ...“

„Kathy! Wie sprichst du mit mir?“ Christoph war hinter mich getreten und legte seine Hände auf meine Schultern. „Bleib ganz ruhig“, flüsterte er in mein Ohr.

„Mutter, gib jetzt endlich Ruhe.“

„Nein, das tue ich nicht. Du bringst uns doch alle ins Unglück. Wer ist da überhaupt bei dir?“

Christoph nahm mir den Hörer aus der Hand. „Christoph Thormann. Thormann mit ‚Th‘, wie der Gott mit dem Hammer. Ich liebe Ihre Tochter.“ Er gab mir den Hörer wieder zurück.

„Mutter? Ich muss Schluss machen, ich habe heute noch viel vor. Mach's gut, bis bald!“ Ich legte auf. Dann fingen wir beide an zu lachen und konnten nicht mehr aufhören.

„Nette Familie, oder?“, fragte ich.

„Ohne sie würde es dich nicht geben. Das alleine zählt.“

„Sollen wir duschen? Ich muss gleich los.“

„Du meinst, wir duschen zusammen?“, fragte er zurück.

„Ja, klar, müsste passen, so dick sind wir ja nicht.“ Ich prustete schon wieder los. „Also ...“

Der Strahl prasselte auf uns nieder, wir küssten uns, wir rieben uns aneinander und verteilten das Duschgel auf unseren Körpern.

Spülten den Sexgeruch durch den Abfluss. Ich hätte ewig so weiter stehen können, aber uns blieb wenig Zeit. Es war neun Uhr, und ich musste noch nach Mücke fahren. Christoph holte Brötchen beim Bäcker um die Ecke. Ich packte nach dem Frühstück meinen Rucksack und zog die Motorradklamotten an.

„Soll ich mitkommen?", fragte er. Ich schüttelte energisch den Kopf.

„Nein. Das muss ich allein erledigen. Ich ruf dich heute Abend an. Okay?" Wir schauten uns an.

„Wenn du meinst. Klar. Wenn was ist – ruf ruhig eher an."

Er zog sich ebenfalls die Motorradkluft an. Gemeinsam gingen wir die Treppen zur Tiefgarage hinunter. Ich setzte mich auf die Cagiva und kickte den Seitenständer weg. Konnte losgehen. „Ich würde so gern abhauen. Auf unseren Maschinen. Ganz weit weg", sagte ich wehmütig.

„Das holen wir nach. Wir haben doch jetzt alle Zeit der Welt, oder?"

„Wer hat schon Zeit? Es kann so schnell vorbei sein, das weißt du doch …"

„Nein, weiß ich nicht. Wir fangen doch gerade erst an. Da ist überhaupt nichts schnell vorbei. Ich freue mich schon so, nur ein paar Wochen, und dann sehen wir weiter."

Er nahm mein Gesicht in beide Hände und küsste mich. „Bis bald, Schönheit. Ich liebe dich." Mein Mund wurde trocken, mein Herz raste.

„Ich liebe dich auch. Oh Mann, ich liebe dich."

***

Der Krankenwagen fuhr fast zeitgleich mit mir in die Straße rein. Die Lieblingsnachbarin stand auf dem Bürgersteig. Heute trug sie eine karierte Kittelschürze. Ich stieg ab und zeigte ihr den doppelten Stinkefinger. Sie schaute weiter zu mir her. Ich ging langsamen Schrittes auf sie zu. Sie wirkte plötzlich verunsichert.

„Kann ich Ihnen helfen?", fragte ich. „Gibt's was Besonderes?"

„Nein ... wieso?" Sie stotterte plötzlich. „Wie kommen Sie darauf?"

„Immer gaffen, wenn ein Krankenwagen kommt, oder? Man könnte ja was verpassen. Und lassen Sie bloß die Finger von meiner Maschine. HABEN. WIR. DAS. NUN. VERSTANDEN?"

Ich kam noch näher, den Blick fest auf sie gerichtet. Endlich ruderte sie zurück.

„Nein, nein, alles in Ordnung. Entschuldigung." Sie verschwand.

Ich wartete, bis sie an ihrem Hauseingang angekommen war. Sie schaute noch mal zu mir her, schüttelte den Kopf und verschloss die Tür. *Na also. Geht doch!* Vater lag auf der Krankentrage und grinste mich an.

„Hallo Kathy, da bin ich wieder! Ist der Meier schon hier gewesen?"

„Nee, er hat angerufen, er komme später. Jetzt komm du erst mal rein in die gute Stube." Ich schloss die Haustür auf und schielte zur anderen Straßenseite. Niemand zu sehen, nur Gardinen bewegten sich.

Die Krankenwagenfahrer ließen sich nichts anmerken, als sie durch den Flur gingen. Sie trugen

Vater ins Wohnzimmer und hievten ihn auf das Sofa. Ich nahm eine Wolldecke, die ich noch für ganz brauchbar hielt, deckte ihn zu und bedankte mich bei den Sanitätern.

„Alles klar?", fragte einer von den beiden und schaute sich skeptisch um. Keine Bilder an den Wänden, dafür reichlich sich ablösende Tapetenstreifen mit dunkel verfärbtem Putz dahinter.

„Ja, den Rest mach ich schon", sagte ich. „Ich bin Krankenschwester und an all das hier gewöhnt." Sie tippten sich an die Mützen und gingen hinaus. Ich schaute wieder auf die Straße. Die Nachbarin stand mit in die Hüften gestemmten Armen auf dem Bürgersteig und starrte auf den Krankenwagen. *Das wird heute noch lustig mit der!*

„Papa, ich komme gleich zurück. Stell nur meine Maschine in den Vorgarten."

Es war unmöglich, die Cagiva durch das Gartentor zu schieben. Zu schwer. Also warf ich den Motor an. Zog wegen der Unterhaltung für die Nachbarschaft bei gezogener Kupplung kräftig am Gashahn und fuhr auf die zugewucherte Wiese. Stellte sie ab.

Ich schaute zur anderen Straßenseite, sah, dass die Nachbarin in ihrem Haus verschwand. Ich band die Packrolle mit der Isomatte los, löste die Koffer und trug alles in den Hausflur. Vater stand schwankend vor dem Wohnzimmerschrank. Er wühlte hektisch in den Schubladen.

„Was machst du denn da?"

„Ich suche die Akte von Meier."

„Die ist oben. Ich hole sie gleich. Aber nur, wenn du das jetzt trinkst."

Ich öffnete ein Päckchen der Trinknahrung und schüttete es in ein Glas. Paprika-Möhre-Kartoffel.

„Das schmeckt lecker, probier mal!" Vater schüttelte den Kopf. War vorherzusehen gewesen.

„Falls du es nicht trinkst, kannst du zusehen, wie du an die Akte kommst. Von mir kriegst du sie jedenfalls nicht. Du trittst unweigerlich in Terminverzug. Das wirst du deinem Mandanten nicht antun! Hörst du?"

Er schaute mich mit seinen immer noch gelblich schimmernden Augäpfeln an.

„Und dann holst du mir die Akte?"

„Versprochen." Er trank einen Schluck, kniff die Augen zusammen und verzog angeekelt den Mund.

„Was ist das?"

„Gemüsesuppe. Gut, nicht wahr?"

„Nein, das schmeckt scheiße. Wieso muss ich das trinken?"

„Weil es danach einen Nachtisch gibt."

„Ich will jetzt die Meier-Akte sehen. Du hast es mir versprochen!"

„Erst, wenn du austrinkst." Ich hielt ihm das Glas hin. Er schaute mich böse an, griff zu und trank es in einem Zug aus. Dann rülpste er.

„Ich muss aufs Klo." Er rülpste erneut. Irgendwie roch es komisch, als wenn er … Ich seufzte. Er hatte in die Hose geschissen.

„Komm, ich mach dich sauber." Zum Glück trug er eine Windel, und zum Glück hatte ich welche eingekauft. Warmes Wasser gab es nicht, Vater jammerte in einem fort, während ich ihm den Hintern abwusch. Seine Haut in der Kimme und in der Umgebung leuchtete knallrot wie ein Pavianarsch.

Die Pflege im Krankenhaus schien nicht optimal gewesen zu sein. Oder weil er ständig Durchfall hatte, sah die Haut so schlimm aus. Er schrie, als ich ihm die Scheiße abwischte.

„Warte." Ich holte die Packrolle und kramte eine Hautcreme hervor. Cremte sein Hinterteil großzügig ein. Irgendwie machte es mir gar nichts aus, meinem Vater den Hintern einzufetten.

„So, alles fertig und wieder sauber, Papa." Ich zog ihm eine frische Windel an. „Komm, ich lege dich aufs Sofa und bring dir deinen Nachtisch." Ich fasste ihn unter den Achseln und schob ihn vorwärts. Er ließ sich widerstandslos zurückbringen. Ich öffnete die Wodkaflasche und schüttete die Flüssigkeit zweifingerhoch ins Glas rein. „Riech mal." Ich hielt ihm das Glas an die Nase.

„Oh, woher hast du das denn?"

„Das gibt es überall zu kaufen, wenn man achtzehn Jahre ist." Er trank schlürfend, verschluckte sich und fing an zu husten.

„Nicht so schnell, Papa. Nimmt dir doch keiner weg."

Mein Handy klingelte. Es war der ambulante Pflegedienst. Die Kollegin sagte für heute Abend ab. Es seien viele Mitarbeiter erkrankt, ob es auch morgen ginge, so gegen siebzehn Uhr? *Na klar.*

Das Handy klingelte erneut. Es war Gerd, mein Chef. Ob ich morgen schon kommen könnte? Sie hätten viele Ausfälle wegen Krankheit, er wüsste nicht mehr, wie er die Dienste besetzen solle. Ich sagte ab, ich musste Vater helfen. Es fiel mir das erste Mal nicht schwer, Nein zu sagen. Sollten sie doch nicht so viel operieren oder jemanden sterben lassen, der ohnehin chancenlos ist. Dann hätten sie weniger zu tun, und begriffen endlich, dass es ohne Personal nicht funktionierte.

Vater war wieder aufgestanden und wollte die Wodkaflasche vom Tisch nehmen. Er griff daneben, rutschte aus und schlug lang hin, quer über den Tisch. Ich seufzte. *Na, das kann ja heiter werden.* „Mensch Papa, was machst du denn? Kannst du es nicht abwarten?" Ich fasste ihn unter den Schultern – zum Glück war er leichter geworden – und schleppte ihn zurück zur Couch. Seine Hose war schon wieder voll.

„Pass auf, ich mach dich hier sauber. Bis zum Klo ist es zu weit. Das strengt dich zu sehr an." *Also von vorne.* Ich brauchte Öl. Irgendwo hatte ich gestern so eine Flasche gesehen – im Flur? Nein, in der Küche, in der Spüle bei den Kakerlaken.

Ballistol, das musste jetzt herhalten. Einzigartig, vielseitig und umweltgerecht, las ich.

Pflegt, schmiert, desinfiziert, schützt vor Rost. Kriecht in feinste Winkel, ist gleitaktiv. Na also, das konnte alles, dieses Öl. Warum war es für Pflegekräfte noch nicht entdeckt worden? Bloß kein Wasser mehr auf die entzündete Haut.

„Noch einen Schluck, Papa?" Ich hielt ihm das Glas mit dem Wodka hin. Dieses Mal verschluckte er sich nicht. „Ich mach dir den Fernseher an."

Gut, dass Florentine inzwischen den Strom bezahlt hatte. Es lief eine Sendung über Ameisenexkursionen. Das war nicht das Richtige. Womöglich kamen seine Halluzinationen wieder, wenn er dieses Gekrabbel sah. Ich zappte mich durch die Kanäle und fand einen Dokumentarbericht über die Felskletterei im Himalaja. Schon besser.

„Kathy?" Vater schaute zum Bildschirm, aber eigentlich schaute er durch den Fernseher hindurch.

„Ja?"

„Es tut mir leid. Es tut mir so leid. Ich hätte es mir anders gewünscht, es war falsch." Alarmiert hob ich den Kopf. *Bitte, keine Lebensbeichte.*

„Was denn, Papa? Was tut dir leid?"

„Das mit Florentine, das mit deiner Mutter. Wir hätten ein schönes Leben haben können …"

Er schluchzte auf. *Oh nein, nicht das noch!*

„Ist schon gut, Papa. Ist doch okay. Es ist nun mal so, wie es jetzt ist."

„Weißt du, wenn der Meier mir nicht in den Arsch geschossen hätte …"

„Dann hätte er woanders getroffen. Also, lass es gut sein. Bitte."

„Ich wollte euch nicht wehtun, ich weiß nicht, wieso …"

„Das wissen wir alle nicht. Du hattest ein scheiß Leben. Es nützt doch auch …" Ich stockte. Fassungslos sah ich auf den Bildschirm. Sisyphus zog seinen Törn zum Gipfel durch.

Zum Gipfel des Mount Everest. Wie jetzt? *Der Everest? Das schaffte er? Nicht zu fassen.*

Nur noch tausend Meter. Er verschnaufte an einer Klippe, drehte sich um, schaute mich an. Er hob den Arm und winkte mir zu. Da löste sich der Fels. Er sprang zur Seite und versuchte noch mit seinem Oberkörper, den Felsbrocken aufzuhalten. Vergebens. Er polterte mit Getöse zu Tal, knallte über riesige Vorsprünge, verdoppelte die Geschwindigkeit, bis er nicht mehr zu sehen war. Sisyphus sah ihm kurz hinterher und grinste mir zu.

Er wirkte überhaupt nicht enttäuscht.

NUN BEGINNT MEINE ZEIT!
MACH NOCH EIN TRINKPÄCKCHEN AUF!
BIS BALD, ASSISTENTIN!

Der Bildschirm wurde dunkel, kurz darauf wieder hell. Der Sender wechselte von ganz allein. Statt der Berglandschaft erschien ein Nachrichtensprecher auf der Mattscheibe.

„Kathy? Was ist nun? Mach mal die Hessenschau an, ich will jetzt …"

„Sei doch mal still!

Hörst du, was der Sprecher sagt?"

„Wie wir eben durch sichere Quellen erfuhren, wurden am Mount Everest durch einen Felsabgang mehreren Expeditionen zweitausend Meter unter dem Gipfel große Schäden zugefügt. Es gab Tote. Ungeklärt ist, was die Felslawine auslöste. Wir melden uns in Kürze mit weiteren Informationen."

Mit dem Abgang eines Felsen wurden andere geschädigt. An diese Möglichkeit hatte ich überhaupt nicht gedacht! Wo ist er jetzt, der Mythos?

„Sag mal, kann ich noch einen Schluck von dem Wodka haben?" Ich drehte mich zu Vater um und versuchte, mich zu beruhigen.

„Klar, wenn du noch ein Trinkpäckchen nimmst. Eins mit Vanille-Mango?"

***

Florentine Küster studierte eine Gerichtsakte, als ihr Blick auf den Terminkalender fiel. Den ganzen Vormittag über verspürte sie eine Unruhe, die sie kaum still sitzen ließ. Sie drückte die Taste der Gegensprechanlage zu ihrer Sekretärin.

„Frau Schmitt? Können Sie mal reinkommen?"

„Bin gleich da. Kaffee?"

„Nein, danke. Ich muss Sie was fragen."

Die Tür öffnete sich, Frau Schmitt, eine schlanke Mittfünfzigerin mit hochgestecktem, dunklem Haarschopf trat ein.

„Frau Schmitt, wir haben heute wirklich keinen

Termin mehr?"

„Nein. Die Anhörung zum Fall ,Schneider gegen Land Hessen' ist ausgefallen. Der Anwalt ist erkrankt. Warum?"

„Ich muss mich für heute abmelden, hab eine dringende familiäre Angelegenheit zu regeln. Würden Sie bitte diese Akte bearbeiten? Ich habe die Klageschrift vorbereitet. Bitte nur gegenlesen, kommentieren oder ergänzen. Kriegen Sie das hin?"

Frau Schmitt schnaubte.

„Na, hören Sie! Kleinigkeit. Gehen Sie ruhig. Ist es wegen Ihres Vaters?"

Florentine nickte. „Er wurde heute aus dem Krankenhaus entlassen und wird vermutlich nicht mehr lange leben. Ich muss meiner Schwester zur Seite stehen. Verstehen Sie?"

„Na klar. Viel Kraft. Bis morgen!"

***

Mein Handy klingelte erneut. Vater lag auf der Couch, satt, sauber und trocken. Drei Trinkpäckchen hatte er intus. Mit dem Wodka blieb ich zurückhaltend, zwei Schnäpse durfte er trinken.

„Kathy? Ich bin's, Flo. Ich komm zu dir und bin in einer halben Stunde in Mücke. Ich dachte ... vielleicht ... kann ich dir helfen, ich will mich ja nicht drücken." Mir wurde warm in der Magengegend.

„Ach, Flo ... das ist lieb von dir. Danke, dass du den Strom bezahlt hast, so können wir wenigstens fernsehen ... kannst du was zu essen mitbringen? Hier ist nämlich nichts – außer Kakerlaken."
Florentine seufzte.

„Kakerlaken, na, das klingt doch gut. Schläfst du auch dort?"

„Ja. Der ambulante Pflegedienst hat für heute abgesagt, er wird erst morgen kommen. Ist aber nicht schlimm."

„Okay, Liebes. Bis gleich."
Ich legte auf.
Pling. Eine WhatsApp. Christoph.

„Vermisse dich. Alles klar bei dir? Brauchst du Hilfe? Hast du überhaupt was zu essen? Kussi, überall hin und auch genau da hin. In deine süße Mitte. Christoph."

Anscheinend machten sich alle Sorgen um mein

Essen. Das war das kleinste Problem. Ich drückte die Ruftaste. „Hi, mein Süßer mit den geschickten Lippen – mir geht es gut. Schön, deine Stimme zu hören."

„Geht es dir wirklich gut, Kleines? Was macht dein Vater?"

„Er schläft. Wir haben ferngesehen und einen Moralischen bekommen. Aber nun ist es wieder gut. Gleich kommt Florentine."

„Du magst deine Schwester, nicht wahr?"

„Ja. Sie ist ein ganz besonderer Mensch."

„Was ist ein *besonderer* Mensch für dich?".

Er besaß die Gabe, direkte Fragen zu stellen und schnell auf den Punkt zu kommen. Ich überlegte. „Ein Mensch, der gut beobachtet. Ein Mensch, der auch in einfachen Dingen das Schöne findet und es mit mir teilt. Und mich beschützt."

„Wovor beschützt?"

„Vor den Bösen, die mir Schlechtes wollten. Vor meinem Vater zu den Bestzeiten seiner Trunksucht zum Beispiel. Sie kassierte oft *die* Schläge, die für mich bestimmt waren."

„Trotzdem liebst du deinen Vater, oder? Sonst würdest du nicht bei ihm in der verkommenen

Wohnung sitzen."

„Ist alles lange her, Christoph. Ich habe ihm verziehen. Er wird bald sterben. Die Zielgerade hat er fast erreicht …"

„Ach, Liebes." Er schwieg. Dann: „Ich verstehe dich. Und es gefällt mir, *wie* du es ausdrückst. Sehen wir uns morgen?"

Ich zögerte. Was sollte ich sagen? Ob mein Plan mit dem Leberausfallkoma aufging und Vater morgen schon tot sein würde?

„Ich ruf dich an. Du kannst ja herkommen, wenn du willst. Oder du kommst gleich zu mir nach Hause. Ich muss aber erst mit dem Pflegedienst sprechen."

„Okay, Liebes. Melde dich einfach. Ich warte auf deinen Anruf und … ich weiß gar nicht …"

„Ja?"

„Viel Kraft! Ich wünsch dir ganz viel Kraft. Ich stehe nämlich hinter dir und streichle dich." Ich lächelte. „Bis morgen." Ich legte auf.

Vater schnarchte. Ein süßlicher Geruch lag in der Luft. Ich überlegte gerade, den Fernseher wieder zu starten, als ich laute Stimmen vor dem Haus hörte. Ich sah aus dem Fenster.

Florentine stand im taubenblauen Hosenanzug und weißer Bluse mit zwei Pizzakartons vor dem Gartentor und debattierte mit den Nachbarn. Die *Lieblingsnachbarin* war auch dabei, dieses Mal ohne Kittelschürze. Ich stürmte nach draußen.

„Was ist hier los?", rief ich wütend.

„Nichts, Kathy ... Die Nachbarn wollen nur wissen, wie es unserem Vater geht." Sie drehte sich zur kittellosen Nachbarin um. „Nicht wahr?" Die schüttelte ihren Kopf.

„Nein, wir möchten wissen, wie lange diese Sauerei hier in der Straße noch dauert."

„Was geht Sie das an?", zischte ich, nahm einen der Pizzakartons und öffnete ihn. Salami, Pilze, Oliven und Tomaten, super!

„Wissen Sie was? Den hier kriegen Sie gleich auf Ihr Haupt, dann haben Sie allen Grund, sich über Sauereien zu beschweren!" Ich hob den Karton hoch, als Florentine mich am Arm packte.

„Lass doch, Kathy. Die kapieren es einfach nicht. Wir sind hier auf einem Dorf."

Sie spuckte es förmlich aus, das Wort „Dorf", und zückte ihren Ausweis.

„Staatsanwaltschaft Frankfurt. Und jetzt

verschwinden Sie, sonst bekommen Sie eine Anzeige nach Ordnungswidrigkeitsgesetz, Paragraf 118, wegen groben Unfugs und Störung der Öffentlichkeit. Haben Sie das verstanden?"

Die Nachbarin starrte auf den Ausweis.

„Na, aus Ihnen scheint ja was Richtiges geworden zu sein. Entschuldigung, Frau Staatsanwältin, konnten wir ja nicht ahnen." Die Truppe drehte sich um und trottete über die Straße auf die andere Seite.

Ich klappte den Pizzakarton wieder zu. Schade. Die Oliven hätten auf dem Dauerwellenkopf sicher gut ausgesehen. Andererseits … ich merkte gerade, wie hungrig ich war.

„Das war klasse, Flo. Echt klasse. Komm jetzt rein. Und pass auf deinen Hosenanzug auf. Ich hab nicht alles sauber gekriegt."

„Ach was." Sie schnaufte. „Das hätte mich auch gewundert. Blöde Sippe, nichts hat sich geändert. Dabei bin ich schon so lange weg von hier."

Sie trat durch die schiefe Haustür und schaute sich im Flur um. „Was stinkt denn hier so?"

Ich zuckte die Schultern. „Schwer zu sagen. Eigentlich alles."

„Wo ist er? Im Wohnzimmer?" Sie lief durch den

Flur, noch immer den Pizzakarton in der Hand. „Oh mein Gott!" Sie hielt sich die Hand vor die Nase. „Das kann ja nicht wahr sein!"

Ich schnüffelte. „Ups, er hat wohl schon wieder die Hose voll. Na, dann will ich mal. Geh doch mit den Pizzen in die Küche, wir essen die am besten dort."

„Ich will keine Pizza. Du weißt doch, dass ich dieses Junkfood meinem Körper nicht antue. Die eine ist für Vater, die andere für dich."

„Papa bekommt was Besseres, ich habe Eiweißdrinks gekauft. Eine Pizza kann er nicht mehr bewältigen."

Ich beugte ich mich kurz über Vater, hob die Windel mit zwei Fingern vorsichtig an und spähte knapp über seinem Bauchnabel in die Tiefe. Okay. Das ging ja noch. Ich nahm die Mehrzweckrolle, eine Plastiktüte für die Entsorgung, tränkte zwei Tücher mit Ballistol und öffnete die Klebestreifen an den Seiten des Pakets. Durchfall, wie gewohnt. Die Haut sah aber schon etwas besser aus.

Vater schnarchte weiter, er zeigte überhaupt keine Reaktion.

„Gott, was stinkt das! Ekelhaft!"

Florentine ging zum Fenster und riss es auf. Dabei fiel der Griff ab. „Was machst du denn mit dem *Ballistol*? Waffen reinigen?"

„Nein, ich mach seinen Pöter damit sauber. Hab nichts anderes gefunden."

Florentine schaute auf den Fenstergriff in ihrer Hand.

„Ach was. Meinst du, damit kann man auch das Griffstück hier reparieren?" Sie versuchte, den Hebel wieder einzusetzen.

„Lass doch! Ich kümmere mich gleich darum."

Ich deckte Vater zu, nahm die Mülltüte mit der Verrichtung und entsorgte sie in der Restmülltonne vor dem Haus. Von der Nachbarschaft war nichts zu sehen. Wahrscheinlich hingen alle hinter den Gardinen. Dann wusch ich mir gründlich in der Küche die Hände. Florentine hatte die Pizzen auf den Tisch gestellt. Sie waren zum Glück schon in handliche Stücke aufgeteilt. Hungrig griff ich nach so einem Dreieck und schob es mir in den Mund.

„Kathy." Florentine stand in der Tür, zog ihren Blazer aus und legte ihn über eine Stuhllehne.

„Ich weiß, was du an dieser Stelle leistest. Ich könnte

das nicht. Ehrlich, entschuldige meine blöden Sprüche." Sie atmete hörbar aus.

„Ist schon okay, Flo. Ist für mich auch nicht gerade wie Urlaub. Aber …"

Ich kaute das Pizzastück zu Ende.

„Es wird nicht mehr lange dauern."

„Na, das wünschen wir uns ja alle." Sie hielt inne. „Aber woher weißt du das so genau?" Sie runzelte die Stirn. Ihre sorgsam gezupften Augenbrauen wanderten dabei anmutig nach oben.

„Weil ich seit heute Morgen dafür sorge, dass seine Leber bald aufgibt. Seit zwei Stunden schnarcht er tief und geräuschvoll. Er wird bald ins Koma fallen."

Florentine sank auf den Stuhl und legte ihre Hand an den Hals. Sie gab ein ächzendes Geräusch von sich.

„Was tust du? Du sorgst dafür, dass seine Leber *aufgibt*?! Wie macht man denn so was?" Ich holte tief Luft. „Seine Leber ist sowieso fast am Ende der Fahnenstange. Deshalb sieht er auch so gelb aus. Ich habe ihm diese Eiweißdrinks nicht wegen seiner Ernährung gekauft."

„Sondern?" Sie starrte mich an.

„Damit es schneller geht. Die Leber kann diesen

Eiweißansturm nicht mehr verkraften.

Heißt konkret, das Ammoniak wird nicht mehr entgiftet und steigt zu Kopf. Er wird irgendwann bewusstlos werden und dann das Atmen einstellen."

„Und das schaffst du mit diesen Eiweißdrinks? Also, Kathy … ich weiß nicht … du bringst ihn quasi um?"

Ich biss wieder in ein Pizzadreieck und schüttelte den Kopf.

„Findest du nicht, dass er selbst viel dazu beigetragen hat? So etwa, seit du 12 Jahre alt warst?"

Flo biss sich auf die Lippe und schwieg.

„Und überhaupt – dass er endlich stirbt, wünschen sich alle. Nämlich du, Mutter, ich und die klein karierte Nachbarschaft mit eingeschlossen! Aber er soll nicht im Pflegeheim den letzten Schnaufer tun, auch wenn in Mücke gerade ein hotelähnliches Haus eröffnet hat. Er soll in seinem verdammten, verwahrlosten Elend sterben! Jeder besitzt das Recht, zu verwahrlosen. Das müsstest du doch am besten wissen!"

Die letzten Worte schrie ich fast. Mit dem Ergebnis, dass es mir wieder sofort leidtat.

Florentine leistete auch ihren Teil, sie finanzierte

dieses Elend schließlich.

„Entschuldige bitte", sagte ich kleinlaut. Florentine hockte wie ein Häufchen Zusammengekehrtes in einer Schaufel auf dem Stuhl, beide Hände vor dem Gesicht. Das Fingernagelstudio hatte ganze Arbeit geleistet. Auf jedem knallroten Nagel ein winziges Sternchen. Sie sprach noch immer nichts. Stattdessen hörte ich … Schluchzen?!

„Flo, bitte nicht weinen! Ich habe es nicht so gemeint!"

„Doch, hast du." Sie schniefte. „Du hast es genauso gemeint. Und – wahrscheinlich hast du recht."

Sie schluckte und kramte in ihrer Blazertasche nach einem Taschentuch. „Aber einem Menschen vorsätzlich Nahrung einzuflößen, die ihn umbringen wird, ist eine andere Nummer. Gerade das weiß *ich* sehr genau. Das ist verboten in diesem unserem Lande." Ich sank auf den anderen Stuhl, der gefährlich wackelte.

„*Er* hat es mir gesagt. Ich verhelfe ihm nur zu seinem Stein."

„Wer ist ‚er'? Dein Sisyphus, der Mythos oder die Fantasiegestalt deines kranken Hirns?" *Was? Krankes Hirn? Ich?* Wütend sprang ich auf.

Der Stuhl kippte nach hinten und ein Bein brach ab. „Was sagst du da? Krankes Hirn? So, ich bin also krank. Aber ihr, die ihr seinen schnellen, schmerzlosen Abgang wünscht, damit ihr entlastet seid, damit es euch allen besser geht – das ist völlig in Ordnung, ja? Es gibt Länder, da dürfen Todkranke sich quasi sanft umbringen lassen. In der Schweiz zum Beispiel, oder in Holland. Sind die auch krank?!"

„Die Kranken entscheiden das aber selbst. Dazu kann man ja stehen, wie man will. Hier jedoch entscheidest *du* beziehungsweise dein Mythos. Diese Stimme, dein Zweites Ich, sie flüstert es dir ein. Und das erzählst du einer Staatsanwältin. Sag mal, geht's noch? Du hast doch nicht mehr alle Räder auf den Felgen! Wegen dieser Psychose bekämst du vielleicht noch mildernde Umstände, aber du … du wärst mit Sicherheit reif für eine Sicherheitsverwahrung in Schwalmstadt! Oder in der forensischen Psychiatrie mit meterhohen Mauern und Stacheldrahtrollen. Und zwar in der illustren Gesellschaft von anderen gefährlichen Idioten."

„Vater kann nichts mehr entscheiden. Der sucht noch immer seine Mandantenakten und den, der ihm in den Arsch geschossen hat."

Trotzig hob ich das Kinn an, verschränkte die Arme und lehnte mich an den Küchenschrank.

„Kathy, schon die Tötung auf Verlangen ist strafbar, Paragraf 216 Strafgesetzbuch. Aber hier entscheidest *du* über Leben und Tod. *Duuuu!* Ist dir das klar? Was die in der Schweiz oder in Holland machen, spielt überhaupt keine Rolle. Nicht die Geringste!"

Florentine schlug auf den Tisch. „Ach, Scheiße!"

Sie schaute auf ihre Handfläche, dann auf mich.

„Und erzähl mir nicht, unser Vater hat dich um einen assistierten Suizid gebeten! Der kann doch keinen Satz mehr geradeaus sprechen."

Ich spürte einen Wutanfall kommen, und jetzt haute ich auf den Tisch. Die Pizzakartons sprangen kurz hoch. Das tat gut.

„Und wer schickt mich in diese Verwahrung? Du? Bestimmt nicht. Du kannst dich nicht einfach zurücklehnen und sagen, gut, dass er endlich tot ist, aber die Art und Weise war juristisch nun mal nicht astrein. Spinnst du? Weil ich ihm Trinkpäckchen und Schnaps zum Verdünnen reiche? Ist das etwa verboten? Nein. Das ist lächerlich, das weißt du!"

„Kathy …"

„Nein, nix Kathy. Ich mach hier die Drecksarbeit, und du zahlst. Quid pro quo. Geben und Nehmen, deine Worte!" Florentine schluchzte wieder.

„Okay. Sorry."

„Oh Gott. Wann hast du deine … äh … Figur denn das letzte Mal gesehen oder gehört?"

„Heute Morgen. Er war im Fernsehen." Ich nahm mir noch ein Stück Pizza.

„So, so. Er war im Fernsehen. Ja, klar. Haben sie ihn interviewt, wie man Steine wälzt, *ohne* dass sie wieder runterrollen?"

„Nein, er stand unterhalb der Spitze des Mount Everest. Und ich konnte sehen, wie der Fels abging."

Dass der Abgang einigen Menschen das Leben gekostet hatte, verschwieg ich.

„Okay. Kathy, du bist krank, das weißt du nur nicht, oder du willst es einfach nicht wahrhaben. Du hast wieder Halluzinationen und hörst Stimmen. Die gehen auch wieder, sind irgendwann verschwunden. Aber ich habe deine Therapeutin angerufen. Du sollst einen Termin mit ihr vereinbaren. Hörst du? Es ist wichtig. Ich mach mir Sorgen."

„Ja, du machst dir dauernd Sorgen um mich. Das liebe ich ja an dir. Du hast immer für mich gesorgt.

Ich wäre ohne dich nicht da, wo ich heute bin. Aber *wann* ich zu meiner Therapeutin gehe, bestimme ich. Okay?"

Florentine schwieg und sah auf ihre Füße. „Sag mal, gab es da noch andere Aufträge von Herrn Sisyphus?"

„Was meinst du mit ‚anderen Aufträgen'?", fragte ich bockig, obwohl ich es sofort verstanden hatte.

„Du weißt schon … verschiedene Menschen um die Ecke bringen oder den Stein wieder finden, beim Hochziehen helfen oder was weiß ich. Dieser verqueren Philosophie kann ich einfach nicht folgen. Obwohl die Metapher gut ist. Könnte ich im Gerichtssaal anwenden."

Sie schaute mich streng an. Superstreng. Ich kannte diesen Blick, laserstrahlscharf. Brannte Löcher in die Netzhaut des Gegenübers. Also besser wegsehen.

„Gab es welche?" Lügen war zwecklos. Florentine wusste sofort, wenn ich log. Keine Antwort zu geben, war genauso gut wie es zuzugeben. Also gab ich es zu. Ich nickte und fixierte einen Fettfleck an der Wand. Florentine stöhnte auf.

„Lass mich raten. Die Frau von Christoph?"

Ich nickte wieder.

„Wie hast du es gemacht?", flüsterte sie. Ich schwieg.

„Weiß er das?" Ich schüttelte den Kopf.

„Na, was ein Glück. Gott, Kathy ... was tust du nur?
Mann, ich bin Staatsanwältin, hörst du?
Staatsanwältin! Ich verurteile Verbrecher. Kannst du
dir nur ein bisschen, wirklich nur ein klitzekleines
bisschen, meinen Konflikt vorstellen?"

Ich nickte. „Kannst du dir vorstellen, was dein
Christoph sagt, wenn er weiß, dass du das Sterben
seiner Frau beschleunigt hast?" Ich schüttelte den
Kopf.

„KANNST. DU. ÜBERHAUPT. MAL. DEN.
MUND. AUFMACHEN?!"

Jedes Mal wenn Florentine schrie, gab es kein
Ausweichen, kein Zurück, kein weiteres Schweigen
mehr. Ihre Stimme schlug gnadenlos zu – wie in
einem Gerichtssaal. Jedes Wort wie Säure, jeder Satz
eine Waffe, schneidend scharf und ein Gemetzel
auslösend, bis das Opfer blutend vor ihr lag und um
Gnade flehte. Ich blickte weiter starr geradeaus. Vor
meinem inneren Auge erschien plötzlich Marlies –,
wie sie keuchte.

„Ich habe ihr ein Kissen aufs Gesicht gedrückt.
Ging schnell."

Es gibt eine Form von Stille, die nicht nur mit
Händen greifbar ist, sondern sich in Würfel
schneiden lässt. Das war jetzt der Fall. Ich sah die
Stillewürfel durch den Raum wabern. Sie verfingen
sich in der Gardine, die nur noch an drei Haken hing
und kurz vorm Absturz stand. Die Würfel waberten
zurück und trafen mich im Gesicht.
  „Es war ganz leicht. Nach knapp zwei Minuten
vorbei."
Florentine fiel wieder in sich zusammen.
„Und dann gab es noch den fünfzehnjährigen
Jungen auf der internistischen Intensivpflegestation,
im selben Zimmer von Vater – im Bett gegenüber."
Sie hob den Kopf und starrte mich an.
„Ja? Und?"
„Ich habe ihm eine Überdosis Morphin verabreicht.
Den Perfusor manipuliert. Auf Bolus gestellt, bis die
Spritze leer war. Er ist ganz glücklich eingeschlafen.
Ohne Luftnot, ohne Angst. Er hatte Leberkrebs.
Endstadium."
„Das ist jetzt nicht dein Ernst. Ein Fünfzehn-

jähriger?"

„Ja!" *Wer andere schont, schont nur sich selbst. Sie hatte es doch unbedingt wissen wollen!*

„Auch Jugendliche haben Krebs, Schmerzen und Luftnot."

„Hat das jemand bemerkt?" Florentine sah leichenblass aus. Plötzlich fühlte ich Mitleid, das war alles schwere Kost für sie.

„Nein. Ich meine – natürlich haben sie bemerkt, dass er tot ist."

„Verarsch mich nicht!", zischte sie und schaute mich so böse an, dass ich in mir zusammen sank.

„Aber sie haben es auf die Azubine geschoben, die nicht wusste, wie man einen Perfusor einstellt. Und natürlich auf meinen Kollegen, der auf die Azubine nicht aufgepasst hatte."

Ich sah plötzlich das glückliche Lächeln von Michael vor mir, als er blau angelaufen in die Kissen sank. *Was sollte denn daran verkehrt gewesen sein? Er hatte seinen Stein wieder.*

„Er flehte mich an, ihm zu helfen."

„Kathy!", stöhnte Florentine. „Das kann doch nicht wahr sein! Sag, dass es nicht wahr ist, zum Teufel noch eins!"

„Das sagt ausgerechnet eine Staatsanwältin? Es ist wahr. Und jetzt weißt du es."

Ihr Handy klingelte. Sie schaute aufs Display.

„Mutter."

„Na, dann." Ich stand auf. „Ich schau mal nach Vater."

Ich ging ins Wohnzimmer. Vater schnarchte nicht mehr, sondern atmete schnell und mit weit geöffnetem Mund. Die Augen geschlossen, die Hände zuckten auf der Wolldecke. Es roch süßlich, es roch merkwürdig, es roch nach … Ammoniak?

Ich schüttelte ihn an der Schulter. Er reagierte nicht. Seine Zunge und die Lippen waren trocken. Ich nahm die Papiertaschentücher aus der Packrolle und befeuchtete sie mit Wasser. Damit rieb ich über den Mund und die Zunge. Er schlug die Augen auf, merkwürdig nach innen oben verdreht schauten die Augäpfel zur Decke. *Okay, es ist soweit.*

Ich hörte die gedämpfte Stimme von Florentine, wie sie mit Mutter sprach. Ich nahm seine Hand.

„Papa? Hörst du mich?"

Statt einer Antwort versuchte er, meine Hand zu drücken. Fast unmerklich wie ein Wimpernschlag.

Oder waren es nur Zuckungen, das unkontrollierte Zittern eines komatösen Hirns? Ich kniff ihn unter der Nasenspitze. Er grunzte leise, machte aber keine Abwehrbewegungen. Es würde nicht mehr lange dauern.

Die, die ich bin

Mein Handy klingelte. Christoph.

„Hi, mein Liebes, ich fahre jetzt los und komm zu dir. Soll ich was mitbringen?"

„Du kommst her?" Ich schluckte. „Bist du dir sicher, dass du das wirklich willst?"

„Ja." Entschieden, eindeutig, unzweifelhaft. „Ich lasse dich nicht allein in der Situation. Ich möchte bei dir sein. Du warst auch bei mir, als Marlies ging. Das ist das Mindeste, was ich tun kann."

„Du weißt, wie es hier aussieht?"

„Nein, aber das werde ich dann schon mitkriegen. Wie geht es ihm?"

„Schlecht. Es wird nicht mehr lange dauern." Mir kamen die Tränen, ich wollte weiter reden, aber mein Mund blieb verschlossen. Ich versuchte es mit Luft holen, Atmen und an die Decke starren – es kam kein Wort raus.

„Kathy? Bist du noch dran?" Ich stöhnte.

„Hm."

„Bin in einer Stunde da. Halt durch, Liebes!" Aufgelegt.

Ich stand mitten im Wohnzimmer, drückte das Handy an die Brust und starrte an die Decke. Ich sah Bilder von Menschen, die in den Zieleinlauf einbogen. Die Arme nach oben gereckt, die Gesichter bei den letzten Metern verzerrt, keuchend, fast taumelnd. Nur einer kann gewinnen, der Schnellere, der Erste, der das Band durchtrennt, noch knappe fünf Meter schafft und dann zusammen bricht.

„Papa, du gewinnst! Hörst du? Es ist bald geschafft! Lauf weiter! Ich bin so stolz auf dich. Ich bin so stolz …"

Eine Wand von Tränen baute sich vor mir auf. Als teilte sich das Rote Meer vor Mose. Die Wand stürzte auf mich zu. Nicht aufzuhalten und ohne Fluchtmöglichkeiten. Ich schluchzte völlig hysterisch los, schrie nach Mutter, rief nach Papa, es knallte mich einfach durch. Mir wurde gleichzeitig heiß und kotzübel. So übel, dass ich ohne Vorwarnung auf den Boden kotzte. Die Pizza – noch erkennbar – lag in einem ekelhaften See vor mir auf dem zerfransten Teppich, ein reizender Anblick. Ich merkte, wie zwei starke Arme mich packten, meinen Kopf nach unten rissen und die Zöpfe im Nacken festhielten.

„Oh Gott, Kathy! Geht es wieder los? Ist ja gut, Rehlein, ist ja gut!" Florentine zog mich hoch. „Komm ins Bad. Mach dich frisch. Alles wird gut, alles wird gut, glaub mir! Ich bin doch da."

Von trockenem Schluchzen regelrecht geschüttelt, versuchte ich aufzustehen und hielt mir dabei die Hand vor den Mund, aber es nützte nicht. Ich kotzte erneut, mit widerlichen Geräuschen kam die restliche Pizza zutage. Florentine hatte Tücher in der Hand, wischte mir die Augen und über den Mund, versuchte, mich zum Gehen zu bringen und dabei nicht in das Erbrochene zu treten.

„Ach, Kathy. Es tut mir leid, ehrlich. Ich war sehr hart zu dir. Das wollte ich nicht." Ich nickte.

„Ich weiß", flüsterte ich. „Du bist die Elbe, und die Moldau hat gerade Hochwasser." Im Bad klatschte ich mir mit beiden Händen Wasser ins Gesicht, spülte den Mund aus, um den ekelhaften Geschmack loszuwerden. „Sorry."

„Schon okay. Ist es jetzt besser?", fragte Florentine.

„Du zitterst ja wie Espenlaub."

„Papa ist im Zieleinlauf." Plötzlich fühlte ich mich ruhig. „Wirklich? Er stirbt? Bist du sicher?"

Fassungslos starrte sie mich an.

"Was machen wir denn jetzt? Sollen wir einen Arzt rufen?"

Ich schüttelte den Kopf. Meine Haare hatten zum Glück keine Kotze abgekriegt.

„Wozu? Ihm kann kein Arzt mehr helfen."

Gelebt, geliebt, gesoffen und am Ende auf den Doktor hoffen. Dummer Spruch, der es immer wieder auf den Punkt bringt.

Das funktionierte nicht. „Den Arzt rufen wir erst, wenn er den Totenschein ausstellen muss."

„Weißt du, beim letzten Mal bekamst du auch einen Koller. Als die Psychose fortging." Florentine legte mir die Hand auf die Schulter und drückte sie leicht. „Wir stehen auch diese durch. Glaub mir, alles wird gut."

„Ich bin nicht irre. Hör endlich auf mit dem Scheiß! Übrigens, Christoph kommt gleich", sagte ich. „Er will mich jetzt nicht allein lassen."

„Dann lerne ich ihn ja kennen! Miriam ist auch unterwegs. Sie will mir auch beistehen."

„Ist ja die perfekte Umgebung für ein Kennen-lernen."

Wir sahen uns an und lachten gleichzeitig los, mit der Wucht und Kraft eines Vierzylindermotors und mit Gas am Anschlag. Wow, das tat gut.

Heulen, Kotzen, Lachen. Trias des Grauens.

„Kathy?" Florentine schaute plötzlich ernst.

„Hm?"

„Das bleibt alles unter uns, hörst du? Du erzählst nichts von den Sisyphus-Aufträgen, und ich erzähle auch nichts. Niemals! Niemandem! Verstanden?" Ich nickte, was auch sonst? *Es glaubte mir ja sowieso keiner.*

„Ich habe Durst. Du auch?", fragte ich. Florentine seufzte.

„Ja. Und wie. Aber außer Schnaps gibt es hier nichts. Soll ich schnell in den Supermarkt fahren?"

„Gute Idee. Ich halte hier die Stellung und mach die Kotze weg." Ich ging wieder ins Wohnzimmer.

Vater hatte sich umgedreht und lag nun quer auf dem Sofa, die Beine auf dem Boden. Er röchelte, und aus seinem Mund floss Speichel. Der Geruch im Zimmer war schlimmer geworden. Wahrscheinlich wegen des Erbrochenen auf dem Teppichboden. Ich legte Vater wieder in Rückenlage, befeuchtete mit dem Lappen seine Lippen. Dann holte ich einen Eimer und schrubbte den Boden. Gott, war das eklig.

Ein Auto hielt vor dem Haus. Ich blickte hinaus. Es war Miriam, im schwarzen Audi A4.

Warum fahren eigentlich so viele schwarze Autos?

Ich ging zur Haustür und öffnete sie. „Hi Miriam! Schön, dich zu sehen."

Sie trug hellbeige Cargohosen und eine karierte Outdoorbluse, ihre Augen scannten mit skeptischem Blick das Haus und die Umgebung.

„Hi Kathy! Alles klar mit euch?" Sie drückte mich kurz an sich.

„Na ja. Wie man es nimmt. Flo ist zum Supermarkt gefahren, wir haben keine Getränke, jedenfalls nichts, was wir tagsüber trinken könnten."

„Du meinst sicher Schnaps. Ich dachte, dein Vater trinkt nicht mehr …"

„Einmal Alkoholiker, immer Alkoholiker. Warum sollte er jetzt aufhören?"

„Stimmt wahrscheinlich. Wo ist er?", fragte sie und trat in den Hausflur, die Daumen im Hosenbund.

Ich zeigte aufs Wohnzimmer. „Komm mit."

Sie ging zum Sofa und schaute auf Vater runter. Falls sie schockiert war, so ließ sie es sich nicht anmerken. Ihr Gesicht blieb völlig ausdruckslos. *Bullenblick.*

"Er sieht nicht gut aus. Warum ist er so gelb?" Sie drehte sich zu mir um.

„Wegen der Leber. Funktioniert nicht mehr richtig.

Die Galle staut sich."

„Aha. Verstehe." Mir war klar, dass sie nichts verstand. „Was ist das?" Sie zeigte auf die Trinkpäckchen. „Trinknahrung. Habe ich ihm besorgt, weil er nichts mehr essen kann."

„Aha. Sag mal, riecht es hier nach Kotze?"

„Ich fürchte – ja. Aber die ist von mir, ich versuchte gerade, sie wegzumachen. Entschuldige mich kurz … mir ist schon wieder … schlecht …" Ich rannte zum Bad, kniete vor die Schüssel, aber außer lautem Würgen und Gurgeln kam nichts raus. Stöhnend wischte ich mir über den Mund.

Mein Gott, wenn Christoph mich so sieht! Er wird ziemlich ernüchtert sein.

„Kathy? Alles okay mit dir? Soll ich dir helfen?"

„Nein, nein. Ist gut. Komme gleich."

Draußen hörte ich Tumult, so als schrien viele Menschen durcheinander. Ich rappelte mich hoch und klatschte mir Wasser ins Gesicht. *Grundgütiger!*

Miriam stand schon in der Tür, die Hände in die Hüften gestemmt.

„Ey! Was machen *Sie* denn da? Bleiben Sie von dem Motorrad weg! Noch ganz frisch unterm Hut?"

Die Nachbarschaft hatte sich auf dem Bürgersteig

versammelt, etwa sieben bis acht kräftige Männer.
Zwei standen im Vorgarten an meiner Cagiva. Der
eine hielt einen Hammer in der Hand, der andere ein
Feuerzeug. *Was sollte das denn werden?!*
„Haut endlich ab hier! Drecksbacken, Gesindel! Wir
fackeln euch die Hütte ab, hört ihr? Verschwindet!
Sofort! Jetzt!"
Der Typ mit dem Hammer schwang den Arm und
haute auf den Tank meiner Maschine. Einmal,
zweimal und ein drittes Mal. Der Tank riss auf und
Benzin spritzte heraus. Plastik ist nicht sehr
widerstandsfähig. Der zweite Typ zündete sein
Zippo an, stellte die Flamme riesengroß und warf es
in Richtung Tank. Es machte BUMM, WOMM und
ZUMM, und der Sprit loderte mit einer Stichflamme
auf.

Fassungslos starrte ich auf mein Motorrad.
Miriam stürmte schreiend auf die beiden zu, hob ein
Bein und trat dem einen ins Gesicht, drehte sich im
Halbkreis und trat dem anderen an die Schulter.
„Idioten! Das wird euch ziemlich leidtun!"
Beide torkelten, fingen sich aber überraschend
schnell und stürzten brüllend auf Miriam los. Sie
bekam einen Schlag ins Gesicht, taumelte nach

hinten und fiel vor die brennende Cagiva. Ihre Bluse fing sofort Feuer. Sie schrie vor Schreck und Schmerz, wälzte sich hin und her und löschte damit die Flammen. Ich schnappte mir hektisch das Handy und wählte die 110, als einer der beiden Spackos auf mich zu kam.

„Das lässt du schön bleiben!", schrie er. „Jetzt bist *du* dran! Denn jetzt – fahren wir *dich* über den Haufen!"

Er packte meine Zöpfe und zog mich zu sich ran, ein zähnebleckendes Grinsen im blutigen Gesicht. Er nahm meine rechte Hand und verdrehte den kleinen Finger. Das tat wahnsinnig weh! Ich senkte den Kopf und stieß zu, direkt mit der Stirn auf seine schiefe Nase. Ich hörte das Knirschen, als sein Nasenbein brach, und glaubte, mein Schädel zerspringt. Aber irgendwie nahm ich das nur zur Kenntnis, stieß einen Schrei aus und schlug mit der rechten Handfläche knapp unterhalb der Nase des Idioten von unten nach oben zu. Dann mit der Linken und noch mal mit der Rechten. Jetzt tat mir alles weh. Meine rechte Hand konnte ich nicht mehr bewegen, der kleine Finger stand merkwürdig ab. *Gebrochen vermutlich.*

Miriam hatte sich aufgerappelt und boxte dem anderen kräftig unter die Nase. Ich hörte ein Motorrad kommen, Bremsen quietschten – Christoph! Im nächsten Moment ein Krachen. Die Ducati war samt Christoph umgefallen, und er lag halb darunter. Aber nur kurz, dann rappelte er sich auf, stürmte zu uns rüber und riss sich dabei den Helm runter. Bei uns angekommen, nahm er den Helm und knallte ihn den beiden abwechselnd auf den Kopf.

„Was ist denn hier los?", rief er panisch. „Kathy? Alles okay? Du blutest!"

„Ruf die Polizei!", schrie ich. "Und einen Krankenwagen! Miriam hat Verbrennungen."

Die brennenden Reifen der Cagiva sorgten für dichten, schwarzen Qualm um uns herum. Ich hustete und torkelte auf Christoph zu. Die Männer machten sich auf den Rückzug.

„Nicht nötig", keuchte Miriam. „Die Polizei ist gleich hier, ich habe Verstärkung angefordert."

Im selben Moment hörten wir das Tatütata. Zwei Polizeiwagen mit Blaulicht bogen in die Straße ein. Miriam winkte und zeigte auf die zwei Gestalten, die humpelnd zu flüchten versuchten. Was ihnen allerdings nicht gelang. Zwei Beamten hasteten hinterher, die anderen beiden kamen zu uns und tippten sich an die Mützen.

„Was ist passiert? Schlägerei?" Sein Blick ging zur qualmenden Cagiva.

Das Feuer flackerte nur noch, und es stank entsetzlich. Dieses Motorrad konnte ich nie wieder fahren. *The one and lonely has gone.*

„Miriam Grohnert, Kripo Frankfurt, Polizeioberkommissarin." Sie zückte ihren Ausweis. „Ich bin hier zu Besuch. Einer der beiden hat den Tank der Maschine mit dem Hammer zertrümmert, der andere warf ein brennendes Feuerzeug auf das auslaufende Benzin. Dann griffen sie mich an."

„Sie sind verletzt, Frau Kommissarin! Wir lassen einen Krankenwagen kommen."

„Nicht nötig, die Verbrennungen kann ich selbst behandeln, das ist halb so wild." Sie zeigte auf mich. „Das ist die Schwester meiner Freundin, Katharina Küster. Und das ist ihr Freund … äh …" Sie sah Christoph fragend an.

„Christoph Thormann, ich bin auch zu Besuch."

„Aha. Aufregender Besuch. Ist das Ihr Motorrad auf der Straße?", fragte der andere Beamte.

„Ja. Vor lauter Schreck habe ich vergessen, den

Ständer auszuklappen."

Ich fing plötzlich an zu schluchzen, und alle drehten sich zu mir um.

„Alles okay?", fragte Miriam.

„Ja", schniefte ich und fuhr mir mit der Hand über die Stirn. Blut. „Alles super, wirklich bestens", heulte ich. „Meine Karre wurde angesteckt, mein Gesicht ist verletzt, mein kleiner Finger ist gebrochen, und drin stirbt mein Vater! Echt, besser könnte es gar nicht sein!"

Der Polizist hob fragend die Augenbrauen. „Es geht Ihnen nicht gut?"

„NEIN. ES. GEHT. MIR. NICHT. GUT!"

Ich hörte ein Auto, wahrscheinlich kam Florentine mit den Getränken. Sie stoppte mit quietschenden Bremsen, stieg aus und rannte auf uns zu. Sie hatte sogar vergessen, den Motor auszumachen.

„Kathy! Miriam! Oh Gott, was ist denn hier passiert?"

„Krieg der Nachbarn."

Geschrei auf der anderen Straßenseite, etwa hundert Meter entfernt. Die Beamten hatten einen der beiden Schläger erwischt und in Handschellen gelegt. Sie kamen auf uns zu.

„Wer? Der da?", fragte Florentine und schaute ihre Freundin an. „Miriam! Oh Gott! Was ist mit deiner Bluse passiert?"

„Verbrannt. Die kann ich wohl wegschmeißen."

„Wer sind Sie?", fragte der Polizist, der mir am nächsten stand.

„Das ist meine Schwester, Florentine Küster, Staatsanwaltschaft Frankfurt", erklärte ich. Die anderen Beamten wechselten vielsagende Blicke und runzelten die Stirn.

„Staatsanwaltschaft? Stimmt das?" Erneut zückte Florentine ihren Ausweis.

„Ich bin zu Besuch hier. Meinem Vater geht es schlecht."

Ich sah zu Christoph und schniefte.

„Komm, wir heben deine Ducati auf. Das kann ich nicht sehen … so ein umgekipptes Motorrad."

„Nein, das mach ich schon selbst. Aber zeig erst mal deinen Finger." Ich zeigte ihm die rechte Hand.

„Der sieht nicht gut aus!"

„Später. Lass uns zur Ducati gehen."

Wir setzten uns in Bewegung. Christoph legte den Arm um mich. „Da bin ich gerade richtig gekommen, was?"

Ich lächelte schief.

„Und Flo muss ihren Motor ausstellen, der läuft immer noch."

Christoph stemmte den Lenker zur rechten Seite, klemmte die Hüfte an den Tank und arbeitete die Maschine nach oben. Ich drückte meinen Körper ans Heck. Geschafft! Florentine schaltete den Motor an ihrem Wagen aus und knallte die Tür zu.

„Grundgütiger! Das glaube ich alles nicht."

Zwei Beamten verfrachteten den Schläger auf den Rücksitz im Polizeiwagen und nahmen rechts und links von ihm Platz.

„Wir fahren dann mal aufs Revier nach Grünberg", sagte der dritte Beamte zu Miriam. „Die anderen können ihre Aussage entweder gleich hier machen oder aufs Revier kommen. Wie hätten Sie es gern?"

„Ich muss mich erst umziehen", antwortete Miriam. „Sie wissen ja, wo Sie mich finden. Adickes-Allee in Frankfurt."

„Du musst erst zu einem Arzt, Miriam!" Florentines Stimme duldete keinen Widerspruch. „Los, wir fahren jetzt zum Krankenhaus."

„Wohin denn?"

„Das nächste ist in Laubach, über die B 276 leicht zu

finden", sagte der Polizeibeamte.

Die beiden marschierten zum Auto, Miriam hielt die Reste ihrer Bluse über der Brust mit der Hand zusammen. Viel war vom Stoff nicht mehr übrig. Ihr Oberkörper war knallrot, vereinzelt hatten sich Blasen gebildet.

„Sie kommen allein klar? Was ist mit Ihrem Finger?"

„Später", sagte ich. „Ich muss bei meinem Vater bleiben."

Christoph starrte auf mein Motorrad beziehungsweise auf das, was davon übrig war.

„Warum haben die das gemacht?", fragte er leise.

„Mein Vater hat vom Balkon gepinkelt; sie beschweren sich seit Monaten über die Zustände hier. Die Karre haben sie auch schon mal umgeschmissen."

„Die haben die Cagiva umgeworfen? Wie dämlich ist das denn …"

„Die ist nicht mehr zu retten, oder?", fragte ich traurig.

Christoph schüttelte den Kopf. „Nein, die ist hinüber. Du musst Anzeige erstatten!"

„Glaubst du, ich bekomme davon ein neues Motorrad? Und schon gar nicht so eine Cagiva.

Nein, vergiss es." Ich schüttelte meinen Kopf. „Ach, scheiße!"

„Lass uns reingehen." Er legte wieder den Arm und mich. Gemeinsam schleppten wir uns nach drinnen. Mir tat auch der Hintern weh, nicht nur der Finger und der Kopf. Ich stöhnte.

„Hier liegt mein Vater. Am besten, du hältst die Luft an …"

Ich sah es sofort, der Zieleinlauf hatte stattgefunden. Er war tot. Er lag noch immer auf dem Rücken, den Mund weit geöffnet, die Augen halb geschlossen, wächserne Ruhe über ihm.

„Oh Gott!" Während wir uns mit der Nachbarschaft prügelten, hatte er sich davon gemacht. Ohne Abschied, ohne Händchenhalten, ohne letzte Worte.

„Ist er tot?" Christoph blieb in der Tür stehen.

Ich nickte. „Ja, er ist gestorben. Allein."

Dann hockte ich mich auf den Knien neben das Sofa, legte die eine Hand auf Vaters Bauch und versuchte mit der anderen, seine Lider zu schließen, aber sie gingen immer wieder auf. Ich fühlte nach dem Puls am Hals. Nichts. Natürlich nicht.

„Papa", flüsterte ich. „Ach, Papa." *Die, die ich bin,*

schaut auf den, der er immer sein wollte. Und es nicht
geschafft hatte.

Ich erinnerte mich an meine Kindheit:
Gemeinsames Pfeifenschnitzen aus Haselnuss-
zweigen und an meine vergeblichen Versuche, dem
Holzstück einen Laut zu entlocken. Ich dachte an
unsere Wanderungen im Wallis, in den Dolomiten
und in der Brenta. Damals, als noch alles in
Ordnung war. Mein starker Vater, der alles wusste,
alles konnte, sogar fliegen und übers Wasser gehen.
So war es mir als Kind vorgekommen. Nichts war
ihm fremd. Bis ihn der *Meier* in den Arsch geschossen hatte.

Schade, dass ich Meier nie kennenlernen würde.
Ich dachte daran, wie Vater mir das Schwimmen
beibrachte, das Zubinden der Schuhe, das
Fahrradfahren. Die elende Mathematik und die
angewandte Physik. Wie ich mit acht Jahren das erste
Mal an Heiligabend Ravels *Bolero* hörte.
„Das hören nur vornehme Familien", hatte Mutter
gesagt und den Rehrücken angeschnitten. Vater
hatte gütig genickt. „Alle anderen spielen
Weihnachtsmusik. Wir nicht."

Jetzt erinnerte nichts mehr daran, sein Körper war scheinbar noch kleiner geworden. Die Haut schimmerte dunkelgelb, die Fingerkuppen waren dunkelblau. Ich zog eine Zigarette aus meiner Hosentasche. Mein kleiner Finger schmerzte höllisch.

Christoph nahm das Feuerzeug und knipste die Flamme an. Er sagte kein Wort, und das war gut so. Er hockte sich neben mich auf den Boden und streichelte meinen Nacken. Es kamen keine Tränen. Es kam schlicht gar nichts. Ich fühlte nur eine große Leere. Die Leere, wenn der Stein oben war. Die Leere, wenn es nichts mehr zu tun gibt. *Was bleibt mir nun?* Ich nahm einen tiefen Zug, blies den Rauch in Richtung schimmelige Decke und schaute zum Fenster. Der Vorhang an den drei Haken bewegte sich. Ich erstarrte. Dann sah ich ihn.

Sisyphus.

Hinter der Gardine lag er über einem kleinen Felsblock zusammengekrümmt, nackt und reglos. Die Haare hingen wild an den Seiten herunter, seine Augen waren geschlossen. Er sprach nicht.

Er bewegte sich nicht. Ich hörte plötzlich ein Lied und hob den Kopf. Wehmütig bliesen Oboen, Querflöten und Klarinette ihre Obertöne über Geigen und Trompeten, tasteten sich an den Cellos entlang und versammelten sich über dem Kontrabass. Mehr und mehr schwollen die Töne an, hoben mich hoch, rissen mich mit und überrollten mich.

Ich kann fliegen! Und über Wasser gehen. Was war es nur? Morgenstimmung! Die Suite von Edvard Grieg. Sisyphus lebt nicht mehr! Er hat mich verlassen. Ich bin allein. Florentine hat recht. Alles geht vorbei. Auch die Stimme.

„Kathy?" Christoph fasste mich an der Schulter. „Was ist mit dir? Bist du okay? Sollen wir einen Arzt rufen?"

„Wie?" Verwirrt schaute ich ihn an. „Einen Arzt?"

„Na ja – wir brauchen doch einen Totenschein, oder?"

Ich blickte wieder zum Vorhang. Sisyphus war verschwunden.

„Du warst ja richtig weggetreten! So, als ob nur noch dein Körper hier säße." Er klang beunruhigt.

„Ja, das passiert mir manchmal. Dann höre ich

Musik, sie kommt von irgendwo her und nimmt mich mit."

„Das ist bestimmt ein schöner Zustand. Aber ich machte mir schon Sorgen."

„Ich habe die *Morgenstimmung* gehört. *Morgenstimmung,* hörst du? Das ist ein gutes Zeichen, es beginnt was Neues."

Er nickte, obwohl er vermutlich kein Wort verstand. Er kannte keine Klassik. Ich nahm noch einen Zug von der Zigarette und drückte sie auf dem Teppich aus. Direkt neben der Stelle, wo ich vorhin … na ja. Ich stand auf.

„Ja, du hast recht." Ich nahm mein Handy und wählte die Nummer des Hausarztes.

„Aber Ihr Vater war seit zwei Jahren nicht mehr bei uns", sagte die Arzthelferin. Sie klang nicht gerade freundlich.

„Na, er wird auch nicht mehr kommen, weil er eben gestorben ist", antwortete ich. „Irgendein Arzt muss doch den Tod feststellen, oder?"

„Das muss nicht unbedingt unsere Praxis sein. Das Wartezimmer ist voll, jetzt kann der Herr Doktor auf keinen Fall!"

„Na, es eilt ja nicht mehr. Heute Abend vielleicht?

Vermutlich wird er dann immer noch tot sein." *Blöde Kuh!*

„Rufen Sie doch den Notarzt!"

„Und was soll der machen? Den Tod feststellen? Das ist Missbrauch des Rettungsdienstes. Außerdem wird ein Totenschein gut bezahlt." Allmählich wurde ich sauer.

„Na gut, ich frage den Chef", gab sie kleinlaut bei. *Na also! Warum nicht gleich so?*

„Frau Küster?" Der Doktor persönlich.

„Ja."

„Ich werde *nicht* kommen. Mein Beileid, übrigens. Verstehen Sie das bitte. Ihr Vater ist seit zwei Jahren nicht bei uns gewesen und eine Versichertenkarte besaß er damals schon nicht. Tut mir leid. Rufen Sie den Notarzt!" Aufgelegt. Ich seufzte.

„Was ist los", fragte Christoph. „Kommt er nicht?" Ich schüttelte den Kopf. „Typisch. Warum wundert mich das nicht?" Ich tippte 110.

„Sie haben einen Notfall?", fragte eine männliche Stimme.

„Ja. Mein Vater ist gestorben. Kann jemand kommen?"

„Woher wissen Sie, dass er tot ist?"

„Er sieht so aus. Er atmet nicht, ist gelb und an den Fingerspitzen blau."

„Warum rufen Sie nicht den Hausarzt?"

„Hab ich ja. Aber der kommt nicht, weil die Sprechstunde voll ist und mein Vater seit zwei Jahren nicht in seiner Praxis war. Außerdem hat er keine Versichertenkarte mehr. Aber ich kenne die Versicherungsnummer, das hilft doch schon mal weiter."

„Okay, das klären wir später. Ich schicke einen Wagen. Wohin?" Ich nannte ihm die Adresse. „Blaulicht ist nicht nötig", fügte ich noch hinzu. Dann fiel mir ein, dass wir auch einen Bestatter brauchten.

„Du, Schatz? Kannst du mal googeln, welcher Bestatter hier in der Nähe ist?", fragte ich Christoph, der inzwischen am Tisch Platz genommen hatte.

„Ich nutze Google nicht. Ist eine Manipuliermaschine. Ich nehme immer *Ecosia*. Damit hilft man dem Regenwald."

„Ach so? Der Regenwald – na klar. Von mir aus. Hauptsache, du findest einen Bestatter."

Kurze Zeit später hielt der Rettungswagen vor

dem Haus und zwei Sanitäter stiegen aus. Sie starrten auf mein verkohltes Motorrad. Wahrscheinlich dachten sie, hier auf ein Unfallopfer zu treffen.

„Hallo, ist hier jemand verstorben?", fragte einer der beiden. Nicht zu fassen. *Martin.*

Der Martin, der Vater auch notfallmäßig in die Uniklinik gebracht hatte. *War das wirklich erst drei Wochen her?*

„Ja, mein Vater. Es ist vollbracht. Kommt doch rein. Du warst ja schon mal hier, Martin."

„Ja, die Gegend kam mir gleich bekannt vor." Er nickte Christoph zu.

„Mein Freund Christoph. Christoph, das ist Martin, ein Kollege von mir. Wir sehen uns öfter auf der Intensivstation."

„Und in Mücke schon das zweite Mal."

Er grinste. „Sag mal – ist das etwa deine Maschine im Garten?"

„Ja. Das *war* mal ein Motorrad. Ist ein bisschen heiß geworden. Wir haben unheimlich nette Nachbarn hier." Martin schaute mich irritiert an. Vermutlich hielt er die Stadt Mücke komplett für bekloppt.

„Und der demolierte Helm vor der Tür?"

„Das ist meiner", sagte Christoph. „Hat leider den

Aufpralltest auf Dickschädel nicht bestanden." Ich räusperte mich vernehmlich.

„Äh? Wollt ihr vielleicht ins Wohnzimmer gehen? Dort liegt er." Sie traten vorsichtig und sich nach allen Seiten umschauend ein. „Das ist das Wohnzimmer?", fragte der andere.

„Ja. Muss dringend renoviert werden. Sorry für den Gestank hier. Ist viel passiert."

Draußen stoppte ein Notarztwagen, das Blaulicht knipsten sie nach dem Halt aus. Heute bekam die ganze Straße reichlich Unterhaltung geboten. Alle Fenster zur Straßenseite waren geöffnet, die Köpfe der reizenden Nachbarschaft ragten über- und nebeneinander heraus.

Kaum waren Fahrer und Arzt ausgestiegen, fuhr Florentine vor und hielt mitten auf der Straße. Mit entsetztem und leichenblassem Gesicht öffnete sie die Fahrertür. Ich ging in den Vorgarten und winkte. „Ist er gestorben?", fragte sie. Miriam stieg auch aus. Sie trug einen dicken Verband an Hals und Schulter und ein Schultertuch, in dem ihr linker Arm ruhte. Statt der Bluse hatten sie ihr im Krankenhaus ein gepunktetes, lindgrünes Flügelhemd verpasst, was vorn, einer Zwangsjacke ähnlich, in Hüfthöhe zusammengeknotet war. Ich nickte.

„Es ist vollbracht."

„Sie haben einen Toten in der Wohnung?", fragte der Notarzt. Ich nickte wieder.

„Ja. Unseren Vater. Das ist meine Schwester Florentine Küster."

„Hier scheint noch mehr passiert zu sein", sagte der Arzt, als er die Cagiva und den zerbeulten Helm auf den Stufen entdeckte. Ich nickte erneut. „Ja. Lange Geschichte. Die Polizei war auch hier."

„Sie ist *noch* hier." Miriam meldete sich vom Backstage.

„Tach, Miriam Grohnert, Kripo Frankfurt. Polizeioberkommissarin."

„Freut mich. Dann wollen wir doch mal. So eine hochkarätige Gesellschaft lerne ich selten auf einmal kennen."

Es ging problemlos. Der Notarzt fragte nicht, er schimpfte nicht, er stellte den Totenschein nach einer kurzen Untersuchung aus, und weg war er wieder. Wahrscheinlich beeindruckte ihn die doppelte Präsenz der Gesetzeshüter. Heute würde er viel zu erzählen haben.

„Ich habe so einen Durst", klagte ich. „Hast du was

zu trinken mitgebracht, Flo?"

„Ja. Entschuldige Rehlein, ich hole es gleich aus dem Auto!" Sie drehte sich zu Christoph um. „Und Sie sind Christoph, der Retter von der Tankstelle? Kathy hat mir schon viel von Ihnen erzählt." Christoph nickte.

„Entschuldigt mich, ich muss mal an die frische Luft", sagte er und flüchtete förmlich.

„Was hat er denn?", fragte Miriam.

„Ich glaube, ihm ist schlecht. Es war heute alles ein bisschen zu viel, seine Frau ist vor kurzem auch gestorben. Sie lag drei Jahre im Wachkoma."

„Oh. Verstehe. Das sind ja heftige Ereignisse. Ich fass es noch immer nicht."

„Flo, kannst du den Bestatter anrufen?" Ich reichte ihr den Zettel von Christoph. „Wir müssen Vater noch hier rausschaffen." Ich stöhnte auf.

„Verdammt, mein Finger!"

Miriam stand plötzlich vor mir und nahm mich in die Arme. „Entschuldige, Kathy. Es tut mir leid, was ich alles zu dir gesagt habe. Wie du dich heute gewehrt hast …" Ich hörte so was wie Tränen in ihrer Stimme. „Respekt!"

„Na ja, ich bin halt die, die ich bin", stammelte ich.

„Deine Tritte waren aber auch nicht schlecht!"

Miriam nickte. „Na, meine Deckung war nicht okay, das hätte nicht passieren dürfen, dass mich die Honks umwerfen. Ja, das ist auch gut so, dass du die bist, die du bist. Danke!"

Sie küsste mich vorsichtig auf die Wange. Meine Stirn war noch immer blutverkrustet – nahm ich an.

„Du hast eine ziemliche Beule an der Stirn, weißt du das?"

„Ich hol jetzt was zu trinken", sagte Florentine. Ich sah, wie sie lächelte. „Und dann fahren wir dich zum Arzt, Kathy."

„Nein, ruf erst den Bestatter!" Wütend stampfte ich mit dem Fuß auf. „Was für eine Beerdigung sollen wir ihm gönnen? Feuer und anonym?"

Florentine seufzte und griff zum Handy. „Auf jeden Fall das Billigste. Hat mich genug gekostet, die Aktion Sorgenkind hier." Sie bestellte den Bestatter. *Na also, geht doch.* Ich ging nach draußen, um nach Christoph zu schauen. Er stand vor meiner Cagiva und hielt seinen demolierten Helm in der Hand.

„Ach, Schatz." Mir kamen die Tränen. „Es tut mir so leid … so leid … was du so alles durchmachst mit mir."

„Ja, stimmt. Eins muss ich dir lassen – mit dir ist es nie langweilig." Er grinste schief. „Und das alles nur, weil du an der Tankstelle kein Geld hattest."

Er stockte. „Sag mal – wie kommen wir eigentlich nach Hause? Mein Helm ist kaputt und deine Maschine auch." Wehmütig schaute er auf das verkohlte Gerät. „Glaub ich zumindest."

„Nein, die fährt nicht mehr." Ich legte meine Hand auf die Beule auf meiner Stirn. Sie war ganz schön angeschwollen. „Die stinkt nur noch. Aber es gibt hier doch zwei Autos … Flo oder Miriam nehmen uns auf jeden Fall mit. Oder ich leihe dir meinen Helm. Und wir kaufen unterwegs einen neuen. Aber es könnte noch schlimmer sein, oder?"

„Was sollte denn jetzt noch schlimmer sein als eine verkokelte Cagiva?", seufzte er.

„Wir könnten zum Beispiel tot sein. Die Chancen standen ziemlich gut, die Klopperei mit diesen Rülpsknochen nicht zu überleben, findest du nicht? Dann wären *wir* getrennt, aber ein Motorrad kann man neu kaufen. Florentine wird mir dabei bestimmt behilflich sein." Ich grinste. Christoph schaute mich ernst an.

„Ich weiß jetzt, was auf der Grabplatte von Marlies stehen soll."

„Ach ja?" Überrascht schaute ich zu ihm auf. „Und was wird das sein?"

Er räusperte sich.„Nun, ich dachte in etwa so: „Zeit zu gehen. *Gehen ist besser als zu bleiben. Denn Bleiben ist nur Leiden.*" Was hältst du davon?"

Gerührt schlang ich die Arme um seinen Hals und versuchte, dabei den gebrochenen kleinen Finger nicht zu bewegen. Ich küsste ihn auf die Nase, auf die Augenlider und dann auf den Mund. Ich sah in das schönste Männergesicht und in grüne Augen und versank darin. *Hoffentlich würde der Mythos nie wieder auftauchen.* Ein Mann mit grünen Augen, kaputtem Arai-Helm und einer ramponierten Ducati gefiel mir deutlich besser. *Mein Darkfahrer!*

„Das klingt gut", flüsterte ich in sein Ohr. „Würde Marlies bestimmt gefallen!"

Epilog

*„Um die Geschichte seines Landes zu
beschreiben, muss man außer Landes sein."
- Voltaire*

Diesen Roman zu schreiben, bedeutete eine große
Herausforderung für mich. Und zwar im Sinne des
Einfühlens in eine menschliche Seele, die nach
volkstümlicher Auffassung zu den „Bekloppten"
zählt, und die man nicht ernst nimmt. Ich bin froh,
dass ich in der Literatur auf einige Krankheits-
beschreibungen traf, die zumindest ahnen ließen,
welchem Leid, welchen Ängsten und
Stigmatisierungen Menschen mit psychischen
Erkrankungen ausgesetzt sein können oder sind.

Die Vorstellung, ständig einer Stimme ausgeliefert
zu sein, die mir Befehle zu Handlungen einflüstert,
die ausgefallen, merkwürdig und befremdlich für
Gesunde sind, war für mich erschreckend. Der
Begriff: „Geistige Gesundheit" hat seitdem für mich
an Bedeutung gewonnen. Verbunden mit
Dankbarkeit für die tagtägliche Superleistung meines
Gehirns, die keineswegs selbstverständlich ist. Jeder
Mensch kann an einer Psychose erkranken, und

diese kann – muss aber nicht – zur Verkennung von Situation und verzerrter Wirklichkeit zur Gefährdung anderer führen. Erkrankungen des schizophrenen Formenkreises lassen sich zwar behandeln, doch oft verzichten Erkrankte auf eine medikamentöse Therapie, weil die Leere dahinter – in der sogenannten *normalen* seelischen Landschaft – schlechter auszuhalten ist als die Lebendigkeit einer Stimme in der Einsamkeit aus Steinen und Felsen.

Um diese Geschichte schreiben zu können, recherchierte ich in folgenden Büchern:

1. **Maisch, Herbert:** „Patiententötungen. Dem Sterben nachgeholfen", München, Kindler Verlag GmbH 1997

2. **Dörner / Plog:** „Irren ist menschlich", Lehrbuch der Psychiatrie und Psychotherapie, Psychiatrie Verlag, 21. Auflage, Bonn 2012

3. **Green, Hannah:** „Ich habe dir nie einen Rosengarten versprochen", Bericht einer Heilung, Rowohlt Taschenbuch Verlag; Auflage: 14 (1. Juli 2000)

4. Zerchin, Sophie: „Auf der Spur des Morgensterns", Paul List Verlag 1990, in der Südwest Verlag GmbH & Co. KG München. Hrsg.: Krieger, Hans.

5. Teuschel, Peter: „Der Mann, der sich in die Zebrafrau verliebte", Geschichten über Menschen zwischen Wahn und Wirklichkeit, Ullstein extra Buchverlage GmbH, Berlin 2014.

6. Sacks, Oliver: „Drachen, Doppelgänger und Dämonen",
Über Menschen mit Halluzinationen, Rowohlt Verlag, Hamburg, Juni 2014.

7. Singer, Peter: „Praktische Ethik", 2. revidierte und erweiterte Auflage 1994, Philipp Reclam jun. GmbH & Co., Stuttgart.

Danksagung

Nahezu jedes Buch hat Danksagungen. Manchmal lese ich sie, meistens nicht. Ab sofort werde ich sie immer lesen, denn ich weiß jetzt die Mithilfe, die Unterstützung und die Ermutigungen von anderen Menschen bei einem Schreibprojekt zu schätzen. Ohne diese Menschen geht es nicht!

Ich danke meiner lebenslangen Liebe, Muse und Alter Ego – George. Deine Geduld ist grenzenlos und ohne dich hätte ich diesen Roman nicht zu Ende geschrieben. Jeder braucht einen Menschen, der an einen glaubt. Und das bist du.

Ich danke meiner Lektorin Renate Blaes, du hast den scharfen Blick und Spürsinn für das geschriebene Wort, spürst Stilbrüche und Fehler auf. Das Buch wurde durch dich zur Mündung von Moldau und Elbe!

Ich danke meiner Korrektorin Sabine Hennig-Vogel die dank Renate zwar weniger Arbeit zu bewältigen hatte, aber deine Vorschläge zu Satz und Format waren Gold wert!

Ich danke meinen Testleserinnen:

Eva Buckting, Bärbel Sönnecken, Katrin Henke, Vesna Vidakovic, Dr. Silke Plumanns, Cynthia Nebel, Nadja Reinhold, Eike Guthard und Monika Bieker. Eure Anmerkungen und Kommentare, die Gedanken, die euch beim Lesen durch den Kopf gingen, waren für mich sehr aufschlussreich. Das waren diese:

Wer will schon in der Nachbarschaft eines alkoholkranken Messies wohnen? Da ist jeder froh, wenn er endlich das Zeitliche segnet. Das Thema mit Alkoholkranken zieht sich durch sämtliche Gesellschaftsschichten und hat wie die Landschaften der psychischen Erkrankungen eine besondere Tragik.

Wer möchte sich mit philosophischen Themen auseinandersetzen, wenn es um den Tod geht? Dazu mögen die meisten Menschen ihre pauschalierten Meinungen haben und einen tieferen Blick vermeiden. Jedenfalls so lange, wie man nicht selbst betroffen ist. Vorher belastet es nur. Die ersten dreißig Seiten wurden von euch als anstrengend empfunden. Danke, dass ihr durchgehalten habt! Ich betone nochmals: Alle Figuren und deren

Handlungen sind frei erfunden. Trotz psychischer Erkrankung kam Kathy für euch sympathisch und liebenswert rüber. Es gab bewusst keine Sanktionen über ihre besondere Vorstellung von Menschen und ihrem Stein. Darüber müssen die Leser entscheiden.

Hat Ihnen mein Buch gefallen? Ich freue mich über Rückmeldungen und Rezensionen! Diskutieren Sie mit mir!

Besuchen Sie mich auf Facebook: https://www.facebook.com/marbiestoner/

Und –
haben Sie schon eine Patientenverfügung?

Anhang

Weitere Veröffentlichungen

Motorradfahren ist gefährlich. Das ist unbestreitbar, genauso wie Rauchen, Fallschirmspringen, Hornbach Projekte, im Extremfall sogar Hausarbeit. Im Laufe von zwanzig Jahren auf dem Motorrad haben sich diverse Erfahrungen auf meinem Erinnerungstacho angesammelt. Skurriles, Komisches, Tragisches und Entbehrliches.

In 2012 begeisterte uns Rumänien

durch die Freundlichkeit, die Aufbruchsstimmung im Land und die Fähigkeit der Rumänen, trotz des

schweren Alltags mit einem Lächeln in die Welt zu

sehen. Besonders beeindruckend: die LKW-Fahrer.
Die bremsen nicht, die hupen!

Unsere Balkansucht begann hier.

Länder für Aktivurlauber und El Dorado an Kurven.
Im Zeichen der Flüchtlingskrise. Bulgarien bietet
Bilder voller Gegensätze: Pferdekarren im dichten
Stadtverkehr, Rinder, Schafe am Straßenrand, Prini-
und Rilagebirge und die sanften Hügel der Rho-

dopen im Süden. Bei Amazon, Twentysix und Tolino.

Madeira ist nichts für Anfänger!

Stellenweise Gefälle bis zu 40 %, Kurven, Kurven und nochmals Kurven. Steile Auf- und Abfahrten auf engsten Straßen. Bei Amazon als eBook und Kindle unlimited.

Meine Kurzgeschichtensammlung über die Tragiken des Alltags, über die man lieber nicht spricht, aber gerne liest und sich freut, dass es einen nicht selbst getroffen hat.

Die Idee zu: „Assistentin des Sisyphus" wurde hier geboren. Bei Tolino und Neobooks. Stellen Sie sich vor, Ihr Ehemann öffnet Ihnen die Türe, hat ein

Messer im Bauch und riecht nach E605. „Das Abwasser läuft in die Wand!", sagt er.

Marokko muss man erlebt haben!

Reisebericht „Marokko mit dem Motorrad", auf eigene Faust in einer Kleingruppe. Etappen der

Marbie Stoner

Marokko mit dem Motorrad

Eine Reise für Unerschrockene

Extreme: Berge, Pässe, Wüste und Küste in drei Wochen. Ohne Garmin und mit unzuverlässigen Landkarten.

Abseits der üblichen Pfade über Militärstraßen und Schotterstrecken. Eine viertägige Tour mit dem Enduropark Hechlingen im September 2015.

Besuchen Sie meine Website http://www.margitta-bieker.de oder meinen Blog http://marbieblog.wordpress.com